못다쓴 편지

金虎起 지음

޳ 을유문화사

어머니(故 香庭 韓戊淑)가 세상을 떠나신 지도 벌써 4년의 세월이
보는 듯 지나간다. 4년 전 내 생명보다 더 사랑했던 어른을 하늘로
보내 드리고 나는 슬픔과 애통으로 어쩔 줄을 몰라했었다. 어머니
안 계신 세상을 상상도 하지 못해 하늘이 꺼지고 시간도 그대로 정
지할 것만 같았다. 늘 앵무새처럼 "인생은 짧다"라 떠들어대었지만
어머니를 모시는 행복에 겨운 나머지 기쁘고 아름답던 순간순간에
끝이 없을 줄만 알았던 것이다. 이제 어머니가 안 계시니 그 좋던
순간순간들은 영원에 묻혀 버린 헛되고 헛된 허상뿐일까. 이러한
우리의 "죽음과 삶의 고뇌"(이것은 가친이 당신의 8순을 맞아 돌아
가신 어머니를 그리며 쓰신 〈못다한 약속〉에 나오는 표현이다)에
대해 룩소르 신전에서 나에게 보내 주신 어머니의 말씀이 위안과
아픔을 동시에 준다.

　"……영원이란 무엇일까. 침묵일까? 허무일까?
　영혼을 떠나 생각할 때 그것은 오직 절망일 것 같다.
　그러나 나일은 신전(神殿)도 신상(神像)도 없던 더 아득한 옛날
부터 변함 없는 생명으로 흐르고 있구나……"

어머니가 가신 영원한 나라는 분명 나에게는 침묵도 아니고 허무
도 아니요, 날마다 내 가슴 속에 크게 꽃피는 영혼의 빛이 충만한
곳이다. 지금도 어머니의 편지를 날마다 다시 읽으면 우리 사이를
갈라 놓는 삶과 죽음의 장벽을 극복할 수 있을 것만 같다.

그런 생각으로 하늘에 계신 어머니께 이 세상에서 '못다쓴 편지'를 보내 드리려는 욕망을 어머니와 수십 년간 나눈 편지를 정리해 어머니께 보내 드리는 6통의 긴 편지 형식으로 책을 꾸몄다. 세월과 함께 유실된 편지가 많아 순서가 가물거릴 때도 많지만 하늘로 올라가는 이 편지는 그것이 큰 문제가 되지 않을 것으로 확신한다. 하늘 나라에는 시작도 끝도 없고 영원한 행복만이 가득 차 있기 때문이다.

　　나는 영혼의 존재를 믿으며 어머니의 "豊饒한 不在"를 이제는 마음 깊이 느낀다. 이제는 외우다시피한 어머니의 사랑 어린 편지의 한 구절이 언제나 내 가슴에 남아 있을 것이다.

　　"사랑하는 호기야, 너하고 지냈던 나날, 짧았지만
　　앞으로의 생(生)에 빛과 따뜻함을 충분히 담아 줄 만큼
　　황금 같은 나날이었다. 릴케가 말했지. 어느 봄이
　　황금 같은 날로 차 있으면 나머지 생은 그 시절에
　　채운 빛과 따뜻함으로 항상 빛에 가득 차 있을 수
　　있다고. 나는 지금 너를 생각하며 그 말을 실감한다……"

　　나는 이 책을 하늘에 계신 어머니와 홀로 남으신 아버지께 바친다. 나의 작은 정성이 요단강 양편에 계신 두 분께 생사를 초월하는 다리 역할을 해 드린다면 더할 수 없는 기쁨이 되겠다. 아울러 어머니의 깊은 문학 정신과 매사에 최선을 다하셨던 생활 태도가 조금

이나마 독자 여러분께 전달되기를 바라는 마음이 크다.

좋은 제자(題字)와 그림으로 이 책을 장식해 주신 아버지께 깊은 감사와 사랑의 뜻을 표하고 싶다. 원고를 정리해 준 손영주(孫榮珠) 양, 이미원(李美苑) 양, 진재령(陳在伶) 양에게도 깊은 감사를 드린다. 이 착하고 아리따운 아가씨들이 있어 나의 사회 생활이 즐거운 것을 나는 구태여 감추고 싶지 않다. 좋은 발문을 써 주신 이상우(李祥雨) 선생과 출판 준비를 훌륭하게 해 주신 을유문화사의 권오상(權五祥) 과장께도 감사 말씀을 빼놓을 수 없다.

끝으로 30년을 한결같이 나에게 어머니를 "구원의 여신"으로 모실 수 있도록 허락해 준 내자(內子)에게 나의 깊은 감사와 사랑을 이 자리를 빌어 나타내고 싶다. 이제 어머니 안 계신 이 세상에서 나에게는 가장 아름다운 사람으로 남을 아내를 아끼고 사랑하는 것이 하늘에 계신 어머니의 뜻이라는 것을 나는 굳게 믿는다.

어머니 4주기를 맞아

1997. 1.

김 호 기 씀

못다쓴 편지

□

차 례

□ 머리말 --- 3

제 1 신 논산 훈련소에서 1962 -- 9
제 2 신 어머니 맞아 미국 횡단 여행길에 1965 ------------------ 35
제 3 신 노스웨스턴 대학에서 1976 --------------------------------- 65
제 4 신 외교관 시절에 1978~1984 ------------------------------- 109
제 5 신 잔칫날에 1976~1992 ---------------------------------- 229
제 6 신 하늘에 계신 어머니께 ------------------------------------ 267

□ 발문 / 이상우(소설가 · 언론인) ------------------------------- 302
□ 후기 --- 305

제1신
논산 훈련소에서
1962

사랑하는 어머니께

어머니와 저는 수십 년 동안 수없는 편지를 교환하였습니다. 그런데 제가 기억하기로는 본격적인 편지 교환은 1961년 겨울 제가 입대한 후 훈련소에서 시작되었지요. 하두 오랜 일이라 편지가 거의 다 유실되었지만 다행히 그때 〈여원(女苑)〉지에 연재된 것 중 몇 통이 남아 여기에 실립니다. 제가 대학 2학년 때였지요. 만으로는 갓 열아홉이 지난 지 몇 달도 안 된 어린 나이였던 61년 말이었습니다. 입대하기 전날 어머니는 제 방을 찾아 저를 끌어안고 말없이 흐느끼셨습니다. 늘 아름답고 자상하시던 어머니이지만 무슨 일을 당해도 꿋꿋하게 어려움을 이겨내시던 어머니가 얼마나 감정이 북받치셨길래 그러셨겠습니까? 6·25 때도 어머니의 슬기와 기지로 우리 식구 모두 무사히 숱한 위기를 넘기지 않았습니까? 6·25 때 피난 길에 올랐다가 한강 다리가 끊어져 다시 집에 돌아 왔을 적 다른 동네 사람들은 엉망으로 도적을 당했는데 우리집은 도적이 문 안에 한 발자국도 들여놓지 않았지요.

어머니께서는 포(Edgar Allan Poe)의 〈도둑맞은 편지(Purloined Letter)〉란 작품에서 힌트를 얻으시고 이미 도적을 당한 모습을 보이시려 온 집안을 엉망으로 만드시고 대문도 활짝 연 채 피난길에 오르신 것입니다. 9·28 수복을 사흘 앞두고 큰아버지가 폭격으로 돌아가셨을 때 아버지는 비통하신 나머지 마치 실성하신 어른 같았습니다. 마치 도스토예프스키의 〈백치(白痴)〉 속의 로고진과 다르실

바 없었어요. 아버지와 어른 남자는 한 사람도 없어야 할 집인데 밖
에 인민군이 왔다갔다 하는 것도 아랑곳없이 아버지는 큰 소리로
　"야! 이눔들아. 우리도 다 데려가서 죽여라"
라고 외치시는 것이었습니다. 금세 인민군들이 따발총을 메고 들이
닥쳤습니다. 댓돌 위에 남자 신발이 나란히 놓여 있는 것을 보고 인
민군 하나가 살기등등하게
　"이 집 남자들 있습네?"
하고 물을 때 어린 저의 가슴도 오싹오싹 공포에 질렸지요. 어머니
는 눈하나 깜짝하지 않고,
　"그렇습니다. 저희 집에 초상이 나서 온 일가 친척 노인들이 다
모였습니다. 슬픈 자리이지만 방에 들어가서 확인해 보시고 싶으면
그렇게 하세요. 그러나 안은 엉망이니 별로 유쾌하지는 않으실 겁
니다"
하며 저희들의 누나인 것처럼 연기를 하셔서 아버지 형제들과 친
척들이 떼죽음을 면하게 하셨습니다. 참으로 아슬아슬한 순간이었
습니다. 이 밖에도 어머니가 서른다섯의 젊은 나이에 우리 집안을
모두 살리신 얘기는 한두 가지가 아닙니다. 그러하신 어머니가 저
에게 보이신 눈물은 결코 값싼 것이 아니었습니다. 제가 성인이 되
어 군대에 간다는 사실, 생전 처음 곱게 기른 큰아들을 세상에 내보
내면서 섭섭함과 기대와 안타까움에 어머니의 사랑이 얽힌 깊고 절
절하신 눈물이었습니다. 저는 수십 년이 지나 할아버지 나이가 다
되어가는 지금까지도 그때 어머니께 느꼈던 깊은 사랑을 간직하고
있다는 것이 너무나 행복합니다. 그 사랑은 제가 앞으로도 세상을
하직할 때까지 세월따라 더욱 크게 깊어만 가서 마침내 천국의 어
머니를 만나 주 안에서 영원한 행복을 누리게 될 것을 굳게 믿습니
다.

6주의 훈련 기간 동안 그해 유난했던 혹한과 5·16 후의 엄격한 규율로 혹독한 훈련을 받으면서도 어머니의 사랑과 가르치심으로 가득 찬, 자주 보내 주시는 편지로 저는 꽤 모범 훈련병 소리를 들었어요. 제일 나이가 어린 축에 끼었던 저이지만 누구보다 씩씩하고 누구보다 잘 먹고 잘 자는 것이 가능했던 것은 어머니의 가르치심 덕이었습니다. 입대할 때 어머니는 제게 토마스 만의 단편 〈환멸(幻滅)〉을 읽게 하셨습니다. 만이 그때 제 나이인 열아홉 살 때 쓴 그 단편은 사람이 어떠한 어려움에 봉착하더라도 "요것뿐이구나" 하고 환멸을 느끼면 그 이상의 경우를 당할 때도 어려움을 잊을 수 있다는 내용이 실려 있었습니다. 군대 생활 때 저는 그런 생각으로 꽤 모범병 노릇을 할 수 있었고 그 후에도 같은 식으로 어려울 적마다 좌절감을 떨쳐 버리고 나름대로 희망을 잃지 않고 살아올 수 있었습니다.

　훈련소의 저의 짝은 저보다 경기 중고의 선배인 김석(金石) 형이었습니다. 김형은 개성 있는 피아니스트로 대성하여 지금은 누구나 알아주는 음악 교수가 되었습니다. 너댓 살밖에 차이가 나지 않았지만 20대 초반에 엄청난 나이 차이라 어려울 때 제게 큰형 노릇을 해 준 김형의 우의는 지금까지도 기억하고 있습니다. 행진을 할 때 선임 하사가 군가 부르는 원기가 부족하다고 닦달할 때 타고난 음악가인 김형은,

　"그러면 조(調)가 틀려지는데……"

라며 고개를 갸웃대다가 들켜 혼나기도 했지요. 그 얘기를 듣고 어머니는 얼마나 재미있어 하시고 어린아이처럼 웃으셨는지 모릅니다.

　제가 신병 교육중에 어머니께서 저를 너무 그리워하신 나머지 엄격히 면회가 금지된 훈련소에 저를 어떻게 한 번 만나볼 수 있지 않

나 하는 생각으로 무슨 소설가 훈련소 방문단을 만드셔서 논산에
내려오셨지만 뜻을 이루지 못하시고 상경하여 절절한 그리움을 나
타내신 편지를 보내셨지요. 그때 훈련소 부소장님이 어머니 작품의
열렬한 애독자이신 분이라 어머니께 안돼하시며 그 대신 저를 불러
다가 훈병에게는 상상도 할 수 없는 진수성찬과 같은 장교 식사를
겸상하게 해 주셨습니다. 그것은 정말 파격적인 대접이었습니다.
군대에서 별 하나는 정말 하늘에 있는 별만큼이나 아득하게 높은
것이었으니까요. 훈련이 끝나고 서산에 해가 질 무렵 저를 데리러
지프차가 왔을 때 "모범 훈병"으로 아무것도 거리낄 것 없으면서도
어린 가슴이 그때 얼마나 놀랐는지 모릅니다.

그 후에도 중대장 이하 저한테 너무 잘해 주는 것이 제게는 오히
려 부담이 되었습니다. 훈련 마지막 단계 극기 훈련과도 같은 어려
운 날 중의 어려운 날 나는 의무실에 초대되었는데 그것은 진짜로
몸이 허약하고 발이 까져 엉망이 된 김형에게 양보해서 늘 제게 따
뜻하게 해준 선배께 빚을 갚았습니다.

이런 호강은 정말 그때까지 빈촌 출신 동료들과 친하게 지내던
제게 정말 부담이었습니다. 저는 진짜 잘 먹고 잘 자는 착한 병사였
거든요. 한 번은 선임 하사가 서울 출장을 가서 여러 훈병집에 들렀
다가 우리 집에 와서 눈이 휘둥그래져서

"와— 이게 호기집이여 !"
라고 소리쳤다지요. 그 어려운 시절에 깡촌에서 와서 우리집에 오
면 과연 놀라고도 남았을 겁니다. 선임 하사는 돌아와서

"야, 이눔아 ! 부잣집눔이 그렇게 내숭떨기여 ? "
하면서도 저를 더 친하게 대해 주었습니다.

그는 제가 열아홉 한창 때 걸신처럼 잘 먹고 촌병들이 역겨워 남
기는 음식까지도 싹싹 긁어먹는 것을 보고 아주 빈가 출신인 줄 알

았답니다.

정공채 시인도 훈련소에서 잊지 못할 분입니다. 그는 저보다도 십 년은 위인 것 같았는데 늦게 입대해서 정말 어렵게 지내면서도 구수한 경상도 사투리와 푸근한 마음으로 주위를 따뜻하게 했습니다. 그러면서도 막내동생 같은 선임 하사들에게 혼난 다음 저한테 와서 씩씩대던 모습은 지금 생각해도 웃음이 납니다.

군복무 때 많은 사람들이 기억에 남지만 제가 아직도 잊지 않고 존경해 마지않는 분은 훈련소 때 저희 중대장이었습니다. 저희 중대는 모범 연대 가운데 모범 중대여서 강직하고 추상 같은 중대장 앞에서는 누구나 예외없이 벌벌 떨 정도였습니다. 얼마나 청렴한지 세탁비도 아껴 저희들과 함께 손수 빨래를 하실 정도였는데 당신의 복장은 언제나 군인답게 단정하였습니다. 그분의 이름이 아쉽게도 기억되지 않는데 불혹의 나이에 대위 계급장을 달고 어린 저희들과 거의 매일 숙식을 같이 하다시피 했습니다. 한 번은 젊은 혁명군 소령이 무슨 감찰인가 나왔다가 무례하게도 훨씬 연상인 중대장께 저희들을 도열시킨 자리에서 육두문자를 무식하게 써 가며 으스댔습니다. 평소에 조금만 잘못을 해도 혹독한 벌을 주시던 중대장이라 모두

"오늘은 우리 모두 죽었다"

라며 사형 집행 전의 죄수 같은 심정이 된 우리들에게 중대장은 뜻밖에 인자하신 모습을 보이시는 것이었습니다.

"내가 오늘 막내동생 같은 사람에게 너무나도 부끄럽게도 말할 수 없는 모욕을 당했다. 모든 것이 나의 부덕의 소치이니 나를 용서해라. 그렇게 하기 위해서도 앞으로는 열심히 해 주기 바란다."

그렇게 무섭던 중대장이 말씀하시는 사이 중대장님도 울고 우리 전부도 울었습니다. 그 다음에 저희 중대가 더욱 첫째가는 모범 중

대가 된 것은 너무나 당연한 일이었습니다.

　한 번은 제가 불침번을 서면서 어머니가 보내 주신 윤동주 시집에 취하여 잠이 꼬박 들어 버렸습니다.

　"시를 읽는구나!"

하는 말씀에 깜짝 놀라 잠을 깨니 거기에 새벽에도 손수 순찰하시던 중대장의 모습이 보이지 않겠습니까? 저는 그때 정말 영창에 가는 것을 각오했습니다. 시집이 난로 위에서 열을 받아 불을 붙기 직전이었으니 그런 불침번이 가야 되는 곳이 영창 이외에 또 어디겠습니까? 그러나 놀랍게도 중대장님은 어린 저의 어깨를 두드려 주시며 "근무를 열심히 해야지" 정도의 주의로 끝내고 저와 윤동주 시에 대한 얘기도 한동안 나누다 떠났습니다. 중대장님이 그토록 시심이 깊은 문화인이요 인텔리인 것을 알고 저는 얼마나 기뻤는지 모릅니다.

　그 후 많은 정치 군인들이 출세를 하고 부귀영화를 누렸지만 저는 저희 중대장님 같은 훌륭한 분들이 그들보다 훨씬 더 하늘 나라에서는 빛이 날 것임을 굳게 믿고 세상 사는 용기를 가집니다. 중대장님은 지금 계시면 80대이시니 아마 지금쯤 천국에서 어머니와 함께 이 글을 읽고 계실지 모릅니다. 중대장님을 만나시면 제가 영원토록 세상에서 가장 훌륭한 군인으로 기억해 드릴 것이라고 전해 주세요. 이 밖에도 군대 생활의 에피소드를 다 적으면 책 한 권도 모자랄 것입니다. 매맞고 혼나고 마냥 힘들기만 했던 일이 모두 그리워지기만 하니 젊은날의 추억이 아련하기 그지없습니다.

　새봄이 되어 훈련소 벌판에도 새싹이 트고 휴식 시간에 배를 땅에 대고 엎드리면 저도 모르게 단꿈에 빠지곤 했지요. 그때 제가 진짜 꾼 꿈을 그대로 적으니 한 편의 시가 되었지요. 그것을 용기가 어머니께 드리는 마지막 편지에 실었고, 어머니는 용기가 하늘로 돌아간 뒤 그 편지를 그를 그리는 단편 "우리 사이 모든 것이……"
에 그대로 쓰셨습니다. 수십 년이 지난 뒤 또 다시 어머니를 그리면
서 그 시를 다시 여기에 적어 드립니다.

꿈

부슬비 내리는 아침에
꿈에 본 여인을 그린다.
어떤 곳에 있었나
의식이 흐려진 나라
아름다운 나라
좁다란 나라

동굴을 지나
험한 낭떠러지를 올라
해골, 바람, 죽음이 있던 동굴이
나를 아늑히 해 주었던 것은
어느 태초의 조화였나
담뿍 웃음을 머금은 여인은
그저 여인이었다.

………

나는 괴로움을
기쁨으로 지닌 꿈에 본 여인
오늘 아침 뿌듯한 봄비가 내릴 줄

그때는 몰랐다.
그래도 꿈의 인연은
나는 비를 맞으며
여인에게로 갈 거다
………

   돌이켜보면 아득한 군대 생활의 모든 추억이 아름답기만 합니다.
정말 아폴리네르의 〈미라보 다리〉 안의 구절대로 "기쁨은 언제나
고통 뒤에 오는 것(La joie venait toujours après la peine)"인가 봅니
다. 어머니를 여읜 지 4년이 되니 그렇게 아팠던 이별의 슬픔이 이
제는 세월 따라 기쁨으로 승화될 수 있다는 것을 믿게 되었습니다.
   천국의 어머니, 군복무 때 어머니와 나눈 수많은 편지가 대부분
유실된 것을 섭섭해하지 않습니다. 그 편지들뿐 아니라 수많은 못
다쓴 편지가 어머니와 저 사이에 있는 생사의 벽을 초월하기 때문
입니다. 우리 마음속에는 늘 어머니가 살아 계시고 어머니 계신 곳
에도 저의 못다쓴 편지가 언제나 배달되고 있을 것이기 때문입니
다.
   사랑하는 어머니. 정말 "우리 사이 모든 것이 깊어만 갑니다." 지
금은 천국에서 어머니와 함께 있을 용기가 즐겨 말하던 대로…….
   이 편지를 쓰면서 저는 이 순간도 그때 스무 살로 돌아가는 심정
으로 어머니를 제 맘속에 모시는 행복을 느낍니다.
   내내 영원한 행복을 누리시고 저희들을 위해 늘 기도해 주시기를
비오며

愛子 虎起 올림

그리운 어머니께

 배출대를 나서는 제 마음은 나들이 가는 어린이의 마음이었습니다. 때때 옷을 입고 세상의 모든 원더(wonder)를 거침없이 멋대로 해석하는 아주 지독한 리버럴리스트(liberalist)였지요.

 우리는 하나 둘을 세면서, 혹은 뛰기도 하면서 역으로 갔습니다. 기다림과 아쉬움이 이렇듯 하늘을 날 듯한 기쁜 지금에사 보람 있는 아주 값진 것들이었던 게라고 느껴졌습니다. 어머니는 늘 '삶의 농도'라는 말을 즐겨하셨습니다. 그리고 기다림에 지쳐 '그리움과 외로움을 기쁨으로 축적하는 마음은 재회의 기쁨에 농도를 짙게 하려는 마음'이라고 적어 놓고 스스로를 위안하던 때가 오히려 그리워지기도 했습니다. 논산 거리를, 오래간만에 많은 사람들이 오가는 거리를, 의기 양양하게 지나쳤습니다. 위축됐던 마음이 개선을 하는 기쁜 행군이었으니까요. 길가의 꼬마들이 우리들이 부르는 군가를 따라 부르고 있었습니다. 그러면 우리는 더욱 어린 마음이 되어 의기가 양양해졌지요. 해는 뉘엿뉘엿 저편 붉은 산 너머로 어쩌면 구슬피 넘어가고, 가난한 집들에는 열무 김치, 된장 찌개 냄새가 맛나게 풍겨 나왔습니다. 집 안에는 꼬마들이 저녁 때를 기다려 침을 흘리고 있었겠지요.

 우리가 온 길이 바로 훈련소에 입대할 때 간 길이었습니다. 오랜 기차 여행 끝에 심신이 지친 우리는 쌀쌀한 밤중에 긴장된 마음으로 처치를 기다리고 있었습니다.

보름달이 휘영청 아주 추운 듯이 높이높이 떠 있었지요. 나는 아무 생각 없이 별들을 쳐다보다 전우들의 핀잔을 받았습니다. 저편에서 '이동 주보' 아주머니들이 장교에게 잡혀서 옥신각신하고 있었지요. 마음이 가난할 때는 가난한 사람들에게 동정이 가나 봅니다. 어쩐지 맘이 쓰려지는 걸 참지 못했습니다.

그러던 길을 되오니 야릇한 감회가 오더군요. 나는 곧잘 추억이란 못난 여인에게만 있는 쓸데없는 짓이라고 지껄였습니다. 하지만 추억이 이렇게도 아름다운 거라는 걸 느끼니 눈물이 나는 것을 참지 못했습니다.

사랑하는 사람과 눈이 펑펑 내리는 길을 거닐던 얘기, 브람스를 들으며 나도 모르게 어머니 손을 꼭 쥐었던 얘기, 혹은 염치없던 전우에게 분개했던 얘기, 모두가 선명하게 머리에 떠오르는 것이었습니다. 추억은 아주 화려하고도 슬픈 교향곡입니다. 하나하나의 옛이야기가 시간에 관계없이 늘 내 마음을 한꺼번에 메꾸어 놓았던 것입니다.

고달픈 훈련 생활이 내 생에 가장 아름다웠던 날이었다면 곧이들으려들 않으시겠지요. 하지만 그리움에 가득 찬 나에게 어머니의 편지가 올 때마다 혹은 눈물을 흘리고 혹은 옛날을 그려 보는 순정의 소년을 상상해 보세요. 아마 이러한 것이 정말 의미 있는 참된 아름다움일 겝니다.

하여간 나는 어머니의 철부지 응석쟁이였습니다. 편지마다 'mother, I love you' 따위의 말을 빼논 적이 없습니다. 그리고 한번도 부끄러워해 본 적이 없습니다. 내가 훈련소에서 배운 것은 아주 간단한 단어의 뜻들이었습니다. 공연히 '의지'니 '철학'이니 'ego'니 하는 어려운 말들을 늘어놓아 내가 어디 있는가도 아주 잊어버리고 어지러워하던 때와 달리 밥을 많이 먹으면 기분 좋고 잠을 많이 자면 기분이 좋을 수가 있었습니다. 그리고 '그리움'이니 '경험'이니 '사랑'이니 하는 쉬울 듯한 말들이 얼마나 어려운 말들이라는 걸 체험했습니다. 심신이 피로하였을 때 살려는 의욕을 주게 하는 것이 이러한 말들이었으니까요.

기적 소리, 한 가닥의 불협화음을 우리들이, 제각기 다른 세계를 가지고 있는 여러 계급의 우리들이, 다 같이 들을 수 있었던 것은 기이한 인연이었습니다. 거기에 또다시 추억이란 게 있었지요. 슬픔이라든지 고통이라든지 또는 즐거움에 벅차 어쩔줄 몰랐던 때를 한가닥의 음이 그렇게도 후련히 나타내 주더군요. 침침한 방에서 '스트라빈스키'를 틀고 불협화음에서 조용함(tranquility)을 구하던 때와도 같았습니다.

몹시도 부러웠던 이등병 마크를 달고 의기 양양하게 대문을 두드린 나에게 나의 자랑을 어느 식구도 아랑곳하지 않았습니다. 아직도 말똥말똥했던 나의 눈과 그리웠던 얼굴만 어머니 아버지가 다정스러이 쓰다듬어 주시더군요. 나는 눈물이 나는 걸 부끄럽게 숨겼습니다. 그때 고되었던 훈련 생활이 슬며시 그리움처럼 내 마음을 엄습해 오는 것이었습니다.

그리고는 곧 이 책을 엮어 볼 생각이 났습니다. 어쩐지 나의 마음을 널리 펼쳐 보고 싶었던 것입니다. 나는 이 책이 팔리는 것을 원하지 않습니다. 나와 함께 씩씩하게 놀았던 전우들과 이야기를 다시 한 번 나누어 보고 싶은 겝니다. 그리고 다같이 우리의 추억을 아쉽게 간직하고 싶은 겝니다.

먼 훗날 어머니는 할머니가 되고 나의 머리에 백발이 오더라도 우리는 영원히 이 책을 간직하여 우리 서로가 얼마나 귀중한 존재라는 걸 사랑하는 마음으로 추억할 겝니다.

그 때에도 나는 언제나 마음속으로 얘기합니다.

'Mother, I love you.'

호기

□ ～～～～～～～～～～～～～～～～～～～～～～～～～

사랑하는 호기야……

오늘은 우선 기쁜 소식을 알려 주마. 용기가 의예과에 합격이 되었다. 커트라인이 굉장히 높아 조바심했었는데 한숨 놓았다. 그러나 어느 학교에 진학하게 될지는 아직 모르겠다. 하여튼 어느 학교라도 다 장래성은 있어 그리 초조는 않겠다. 어제는 비가 내려 비내리는 날에도 훈련이 있다고 들었기에 마음이 쓰리구나. 하지만 6주일 동안 하루도 비가 아니 오기는 바랄 수도 없는 일이니깐 네가 비에 젖더라도 아무렇지도 않은 몸이 되어 주기를 바랄 뿐이다. 모든 현상이, 기상까지도 모두 네게로만 향하는 마음에 얽혀 드는구나. 참 어리석은 어머니다. 프루스트는 곧잘 '풍부한 부재(不在)'란 말을 썼었는데, 요즘같이 그의 말에 절실히 공감이 간 일은 없다. 네 편지 보면 눈물이 나니 이상하지? 너무 네가 훌륭해서 좋아서 울고, 네 사랑이 황송해서 울고, 그리고 네가 그리워 운단다. 그러나 편지쓰기 때문에 휴식에 부족한 일이 생기면 큰일이다. 무엇보다도 몸조심하여라. 사연마다 '누가 뭐래도 좋은 병사가 되겠다' 하니 기특하다. 누구나 주어진 환경에서 최고로 사는 것이 참사람이다.

좋은 병사는 좋은 국민이 될 수 있고, 어진 자식과 훌륭한 어버이도 될 수 있을 것이다. 윤동주 시집은 받았는지? 훈련소에서 또 하나의 윤동주가 별을 노래하는 심정이 하늘에 뿌려진 별들의 빛에 어려 이곳 하늘 아래도 별들의 뜻이 이렇게 쏟아져 마음속으로 흘러드나 보다. 김석 선생도 안녕하시냐? 국 선생님도 찾아오시고 연락도 자주 하신다. 우 선생님도 뵈었다. 봉기도 요즘은 정신차려 공부하니 신통하다. 그 놈이 네 생각을 묵중한 중에 지독히 하나 보더라. 어머니는 그 동안 상당히 바빴다. 너를 보내고 네가 내 마음속에 차지하고 있었던 만큼에 공동이 생겼었다. 그리고 너는 내 마음의 전부를 차지하고 있었기 때문에 공동이 너무 커서 내 마음은 아주 비어 버렸던 것이야. 그러나 '풍부한 부재'를 실감하는 지금, 너는 나와 같이 있고 부재로 하여 더욱 포근히 사랑이 쌓여 가는구나. 그래서 몸은 바쁘며 마음이 비어 있는 절름거리는 생활에서도 차차 벗어날 수 있을 것 같다. 이제부터는 날도 풀릴 것이고, 젊음의 한 때를 전체 속에 완전히 자아를 용해시켜 보는 것도 뜻있는 일일 것이다. 너의 너그러움과 슬기, 그리고 어진 심성과 연한 감수성이 그 모든 것을 보배로운 경험으로 새겨 '너'를 풍부히 하여 주리라고 믿는다. 흔히 말하는 '사람의 깊이'를 얻을 것이다. 이인영 선생에게는 아직 네 편지 못 전하고 있지만 수일 내로 편지를 받으러 오시겠다고 연락 받았다. 박 중령은 왜 해병대에 넣지 않았느냐고 웃으시더라. 참 명기도 승옥이도 다 합격되었다. 중기도. 내리는 비는 아직 차지만 봄을 재촉하고 있는 것이라고 믿고 싶다. 훈련소 뜰에도 하루바삐 봄빛이 깔리고 너의 고달픔이 조금이라도 덜어졌으면 좋겠다. 먹을 것 보내 주려고 준비했다가 네가 너무 먹을 것 걱정 말라 하기에 믿고 중지하였다. 남들이 하는 것도 뜻이 있으니깐. 그러면 내일 또 쓰겠다. 잘 있거라.

1962. 3. 8.
어머니

□ ～～～～～～～～～～～～～～～～～～～～～～～～～～

사랑하는 내 아들 호기야 !

　논산길이 오가는 데 천리라더라. 천리라 해도 시간으로 따져 수
시간이면 닿건만 너는 더욱 멀리, 손닿지 못할 곳에 있더구나. 너를
두고 올 마음 차마 아파서 뒷머리를 끌리듯 발길이 떼어지지 않더
라. 마음은 거기 두고 온 것 같은데 와 보니 네 글월이 기다리고 있
어 어미를 보지 못했던 네 마음이 먼저 집으로 돌아와 기다리고 있
었던 것처럼 반갑더라. 네 생활을 눈결에나마 보고 온 뒤라 읽는 글
월이 전과는 달리 읽히며, 바쁜 생활에 꼼꼼히 적어 보내는 네 마음
이 더욱 자상하여 기특하고 고맙구나. 부소장 말씀에 훈련소를 고
루 보려면 2주일이 걸린다는데 불과 수 시간에 무엇을 보았으련만
그래도 듣던 바와는 달라 적이 마음이 놓인다. 하여튼 제 사랑 제가
지니고 있다는 옛말은 지금도 살아 있는 말이니 명심하여 사랑받는
사람이 되어라. 병사는 민첩해야 고생을 덜한다더라. 너는 언제나
집에서는 응석만 부리고 있었으니깐, 그것도 응석이었을는지 모르
나 집에서는 늑장만 부리고 있었기에 걱정이 되어 못 견디겠다. 눈
치 빠른 날쌘 장정이란 말을 듣게 해다오. 이곳에서는 할아버님 모
시고 모두 잘들 있다. 아버지는 바쁘셔서 고되시지만 건강은 오히

24

려 좋아지셨다. 용기는 성신(聖神) 대학을 지원했는데, 올해는 성신이 장래성이 있다는 말에 모두 그리 모여들어 큰 걱정이다. 시험 제도가 종전과 달라 얼떨하구나. 그리고 거의 하루 걸러 편지를 부쳤는데 보지 못했다니 좀 이상하구나. 아마 시간은 걸려도 다 손에 들어갈 것이다. 하여튼 네가 걷는 땅을 밟아 보고 왔단다. 네가 거처하는 곳을, 네가 우러러보는 하늘을, 그리고 네 눈길이 펼쳐질 황토 들판을 보고 왔다. 네가 호흡하는 공기를 마시고 너는 아니라도 너와 같은 젊은이들과 대화를 하고 왔다. 그리고 못나게 울지 않겠다고 마음을 다졌다. 어리석고 멍텅구리인 어머니! 박화성 선생은 아드님을 보셔서 그런지 내가 운다고 "젊디 젊은 어머니가 저게 뭐여……" 하고 웃으시더라. 못나서 울었지만 네 얼굴 보았으면 더욱 못난 눈물이 마구 흘러 네 마음을 어지럽혔을 것 같아 구태여 만나게 해달라고 조르지 못했다. 김석 선생에게 안부 전해다오. 요즘은 용기 때문에 경황이 없어 그분에게 편지 쓸 겨를이 없다. 네개로 마음만 앞서 말이 왔다갔다 하는구나. 수원 삼촌도 수일 전 귀국하셨다. 모이면 네 말만 하는 그리운 마음들이 여기 모여서 산다. 부디 몸조심하여라.

1962. 2. 18.

어머니

사랑하는 호기야

작년엔 네가 판을 치던 누이 생일을 너없이 지냈다. 작년에 모였던 소녀들이 좀더 성숙해지고 더 멋쟁이가 되어서 새침을 부리며 모여 들었다. 인사가 끝나자 이내 새침은 버리고 작년보다 더 늘은 말솜씨와 재치로 재미있게 놀았다. 어머니는 용기 때문에 조바심하면서도 또 너없이 한쪽이 빈 것 같은 서운함을 어쩔 수 없어 하면서 같이 놀았다. 아버지가 무척 자리를 잘 리드하셔서 멋있으시더라. 네 말이 역시 여러 번 화제가 되었다. David, Osgood, Fred, Karl, Stevenson도 네게 'hello'라더라. 우 선생님은 찾아가 뵈었으나 안 계셔서 돌아왔다. 또 가겠다. 저번엔 비서 실장님(이수영 중령)이 전화를 주셔서 만났다. 너에게 가보시겠다고 약속하셨는데 뵈었는지 궁금하다. 병영 생활 중에도 시를 읽고 있으니 어쩌면 네 현재의 생활은 일종의 서정에 차 있을지 모르겠다. 남자의 서정, 젊음의 서정, 규율조차도, 억제조차도 어쩔 수 없는 서정이 느껴진다. "무감각이라는 악마"란 토마스 만의 말이지만 그 악마가 내 아들을 끝내 고이 두어 주기를 바란다. 네 감성이 언제까지나 지금과 같이 보드랍고 예민하기를……

이제 훈련 생활도 얼마 남지 않았다. 먼 훗날 돌이켜 부끄럽지 않고 또 네 생애의 젊은 한 페이지를 채워 보람 있는 날을 보내다오. 윤동주가 구태의연해서 값싸다는 너의 멋진 친구에게 어머니의 인사를 전하고, 김석 씨 괴로우실 땐 형처럼 잘 시중들어 드려라. 너무 바빠 좀 지쳐서 누운 채 쓴다. 글씨가 엉망이라 읽기 어렵겠다. 그러면 이만 줄이겠다.

1962. 2. 26.

어머니

그리운 어머니, 아버지께

오랜만에 안부드립니다. 정말 눈코 뜰 새 없이 바빴습니다. 이젠 시간이 있어 긴 편지 쓰고 싶지만 뭐 별로 쓸 것도 없을 것 같습니다. 길게 써 본댔자 밤낮 앵무새 모양으로 잘 있으니 걱정 마시라느니 저의 사랑이 어떻다느니, 늘 고리타분한 얘기뿐일 겁니다. 그래도 그런 얘기를 써야만 마음이 후련한 어머니, 아버지의 어리석은 응석쟁이입니다.

정말로 틈만 있으면, 눈만 감으면 어머니, 아버지 생각만 합니다. 어리석은 자식을 꾸짖으시기 전에 저를 그토록 아껴 주시는 어머니, 아버지 자신을 책하셔야겠습니다.

얼마 전 이수영 중령께서 손수 찾아와 주셨습니다. 별로 얘기한 것도 없지만 '우리 좋은 군인이 됩시다' 하는 약속을 눈으로써 약속하듯 아주 묵묵히 쳐다만 보았습니다. 문 이병과도 집 얘기를 여러 가지로 합니다. 석이 형도 건강이 아주 괜찮아지고, 우리는 따사한 햇볕 하느님의 선물을 받고 어린 아이같이 좋아하고 있답니다. 서울서 하던 고리타분한 '유식한' 말들은 제쳐놓고 앞으로 올 훈련 얘기, 우리의 생활, 먹는 것……이런 아주 기본적이고도 즐거운 얘기입니다. 우리 소대 전우들 중 많은 사람이 마음이 맞아 아주 즐거울 때가 많습니다.

이제 아주 시(詩)를 쓰고 싶은 때입니다. 저의 시는 어머니, 아버지가 늘 읽고 계실 테니 얼마나 흐뭇하고 기쁜지 모릅니다.

안녕

호기 올림

□ ᜵᜵᜵᜵᜵᜵᜵᜵᜵᜵᜵᜵᜵᜵᜵᜵᜵᜵᜵᜵᜵᜵᜵᜵

그리운 어머니, 아버지께

그토록 기다리던 편지가 좋은 소식이 아니어서 마음이 퍽 움츠러졌습니다. 하지만 용기가 그토록 자기의 실패를 사내답게 인정하고 더욱 큰 각오를 가지고 있으니 한편 안심도 됩니다. 용기같이 자기 일에 대한 책임감이 많은 아이는 어딜 가나 귀염받고 잘 살아갈 수 있다는 것을 이곳에서도 더욱 느끼게 됩니다. 여하간 게으르고 동생들에게 좋은 본보기가 되지 못한 것이 얼마나 후회가 되고 부끄러운지 모르겠습니다. 용기를 위로해 주세요. '게으른 것이 바로 죄악이다'라고 저에게 늘 하시던 말씀을 용기에게도 깨닫게 해 주세요. 아버진 아들의 합격한 친구들을 보더라도 이때까지 하시던 아들의 자랑을 부끄러워 마세요. 그러실 수 없으면 한밤중에 일어나 은은히 울리는 용기의 첼로 소리를 들어 보세요. 눈물로써 '아, 내 아들!' 하실 수 있을 겝니다.

누나의 생일 잔치 얘기는 얼마나 즐겁게 읽었는지 모릅니다. 여자란 의지 없고 이성 없는 덜된 동물이라 했지만 실상은 아가씨들이 참 좋지 뭡니까. 특히 남자의 세계에 있는 저희들에겐 아주 색다르고 재미있는 얘기일 수 있습니다.

하여간 소녀들의 얘기가 나오면 아주 괴상한 놈이 저입니다. 어느 소녀라도 어머니만큼 사랑할 수 없는 제 마음은 예나 지금이나, 혹은 죽을 때까지나 마찬가지일 겝니다. 아주 값싼 공상으로는——예쁘고 착한 한 아가씨를 알아 언제까지나 어머니, 아버지 곁에 같이 있을 수 있는 앞날이 보입니다.

지금 김석 형이 있어 아버지 얘기를 한참 하고 있던 중입니다. 너무나 아버지 자랑만 하는 제가 흥분할 정도가 되어서 자신도 모르게 큰소리로 얘기하고 있었습니다. 여러 전우들이 물끄러미 쳐다보고 있는 것을 한참 후에야 안 저는 그만 얼굴을 붉히고 말았지요. 그래도 저보고 '때로는 네가 미워하는 아버지로부터——' 이런 말씀을 하시겠어요? 자꾸만 저를 보내시던 날 울먹이시던 아버지가 그리워지는 아버지의 사랑하는 아들을 오해하지 마세요.

저의 첫 휴가를 공상도 해 봅니다. 서울역에 내린 저는 이미 촌놈이 되어 두리번대면서 시간을 다투어서 택시를 타고 은행에 뛰어갑니다. 늘 존경받는 어른의 집무실을 자랑스럽게 들어가지요. 비서가 상냥스럽게 환영을 합니다. 아버지는 저의 손을 잡으십니다. 그리고선 한동안 아무 말 없이 빛나는 눈으로 오랫동안 그렸던 사랑을 나타내시려 애쓰십니다. 그러면 저는 아버지를 와락 껴안을 수밖에 없습니다.

교회에 열심히 나가서 억지 눈물을 짜는 친구를 저는 '순진한 소학교 우등생'이라고 불러 봤습니다. 그리곤 새삼스러이 제 자신도 그러한 유의 철없는 아이였던 것이 부끄럽게 기억됩니다. 이젠 좀 굳세져야겠습니다.

우린 서로 믿음으로써 마음이 편안해 집니다. 언제나 서로를 사랑하고 고운 맘을 가질 것을. 그래서 어머니 건강도, 용기의 굳건한 의지도 다 믿고 안심하면서 나머지 훈련을 받겠습니다. 그리고 〈안네의 일기〉의 세상엔 언제든지 아름다움이 있어 모든 일을 해결해 나간다는 순진한 처녀의 말들을 순진하게 받아들이겠습니다.

그리운 어머니, 아버지를 사랑하는 아들로부터 드리는 모자라는 글입니다. 내내 안녕하십시오.

□ 〰〰〰〰〰〰〰〰〰〰〰〰〰〰〰〰〰〰〰〰〰〰

사랑하는 호기!

오랫동안 편지를 쓰지 못했다. 무척 궁금했을 것이야. 독감으로 좀 고생을 했어. 그리고 용기 때문에 경황도 없었어. 하지만 이젠 독감도 완치되고 용기 또한 어엿한 대학생이지. 어머니 방은 여전히 어둡고 네가 있어야만 느껴지는 따뜻한 체온도 없지만 방 밖의 참나무에 까치가 와 울 때면 네 소식이 온다고 미리 전해 주는 것 같아 이내 마음이 밝아지곤 한단다. 호기야, 네가 모든 분으로부터 그처럼 사랑을 받고 있다는 것이 이렇게도 자랑스러운 어머니의 어리석음을 어리석은 대로 영원토록 있게 하여 다오. 그렇게 어리석

30

을 수 있다는 것은, 즉 너의 모든 사랑 받을 수 있는 요소가 지녀진 채 네가 삶을 이어갈 수 있다는 마음에서이다.

용기는 기쁨에 넘쳐 통학을 하고 있는데, 그 놈이 이젠 단단히 공부할 셈을 차리니 기특하다. 그렇게 책망을 들었지만 구김살이 없어 좋다. 잘 살아갈 수 있을 거야.

요컨대 끈기지. 용기란 놈 잘 택했다. 그리 머리가 스마트하지 않아도 좋지. 다만 항상 준비하는 자가 되면 돼. 페니실린이니 마이신이니 하는 것도 플레밍 같은 사람이 항상 준비하고 있었기 때문에 발견된 거지. 우연이란 항상 준비하는 자에게만 이루어져서 행복을 가져오는 것이라고 하지 않니? 공학(工學)은 우선 준비하고, 그리고 스마트해야지. 너도 잘 택했다. 과학자들은 어느 탁월한 두뇌가, 어느 행복하고 은총에 찬 순간 붙든 높은 착안과 그의 실현으로 말미암아 여러 세기를 한꺼번에 주름잡듯 뛰어넘을 수도 있게 하는 사람들이라고 믿는다. 너는 착안은 잘하지만 실현을 하려는 끈기가 없었다. 이제 수주일의 훈련 생활이 너의 그 유일의 결점을 고쳐 줄 것이라고 믿어 마지않는다. 이제 네가 집에 돌아오면——더욱 그야말로 '알이 차서' 돌아올 너——이제 며칠 남지 않았거니 생각하니 더욱 기다려져서 못 견디겠다. 몸조심하여라. 건강한 얼굴로 돌아와 다오. 네가 말한 소령님에게도 책과 편지 보내겠다(너무 바빠 저녁에 쓰겠다. 지금도 할 말은 많건만 바빠 중구난방으로 적는다). 그러면 호기야, 이것이 논산으로 보내는 최후의 편지가 되겠다. 우리 기쁜 마음으로 서로 만날 날을 기다리자.

1962. 3. 14.
어머니

사랑하는 호기야!

네가 사랑하고 떠나기 싫어하던 어둠침침한 어머니 방을 눈에 그려보아라. 사시 해가 들지 않는——그러므로 시간이 그냥 고여만 있는 그 방에, 어머니는 봄을 꽂아 놓았다. 네가 존경하는 태경 씨가 버들개지를 갖다 주셨던 것이야. 파아란 형광등 아래 은빛털이 보들보들 떨고 있는 것 같아, 봄은 엷은 대로 이 방에 가득 차 있다. 볕을 받는 창을 갖지 못하여 봄빛이 찾아 주기를 기다릴 수 없어 그렇게 봄을 불러들였단다.

그리고 버릇처럼 또 네 생각을 한다. 눈길이 미치는 한, 나무 한 그루 없는 황토 벌판에 네가 있더구나. 그러나 그 불모의 지역에도 속절없이 봄은 찾고 있어, 양지에 돋아나는 풀 한 포기를 못 보더라도 네 젊은 민감한 피부가 봄을 감지하리라고 믿는다. 또한 네 자신이 젊은 나무처럼 다사로운 햇살을 받고 충실하게 자라고 있을 거야.

그날 네가 밟은 땅에 서면서, 너를 보지 못하고 돌아오는 아픈 마음에도 모여 있는 장정들의 젊음이 미더워 벌거벗은 벌판이 무성한 숲속같이 느껴지더라. 한결같이 두꺼운 훈련복에 감기어, 누가 누구인지 모르는 대로 강한 생명이 계의(戒衣)를 헤집고 삐져 나오듯 발산하더구나.

기다림이란 어느 불안정한 정신 상태이기도 하여 너를 보내는 날부터 내가 내 앞으로 다시 돌아오기만을 기다리던 어머니의 바둥거리는 마음이 그때 조금씩 가라앉아 가는 것을 느꼈다. 네가 젊은 한 시기를 자아를 떠나 전체에 참가하고 그리고 지성이나 관념으로 정 지된 것이 아닌, 직접 피부나 행동으로 감취하는 선명한 체험을 가 지게 된다는 것은 너의 인간 구성에 결할 수 없는 과정일 것이라고 깨우쳤단다.

호기야! 경험의 총화가 곧, 그 사람이라고 하는 사람이 있다. 그 렇다면 너는 지금 너의 보다 풍부한 '인간'을 위하여 잠시 '너'를 떠나고 있는 것일지 모르겠다. 은혜에 찬 봄볕을 받아 너의 젊음이 봄을 맞은 나무처럼 자라기를 빈다.

서울서 너의 어머니가

제2신
어머니 맞아 미국 횡단 여행길에
1965

사랑하는 어머니께

제 책장에 30년이 넘도록 자리를 지키고 있는 대학 노트 한 권에 어머니의 추억이 가득 차 있습니다. 65년 여름 어머니께서 유고의 블레드 시에서 열린 세계 펜 클럽 대회에 우리 나라 대표로 참석하시고 귀국하시는 길에 미국을 경유하셨습니다. 그때 캘리포니아 대학(버클리)에 유학중이던 제가 마침 방학중이라 그레이하운드의 버스 편으로 미국 횡단을 하며 뉴욕에 도착하시는 어머니를 영접했습니다.

그리고 처음 방문하는 동부에서 어머니와 함께 행복하고 문화적인 일주일을 보내고 서부까지 여행을 즐겼습니다. 돌이켜보면 그때 어머니의 연세는 지금 저보다도 십 년 가까이나 젊으셨었지요. 어머니는 하도 젊고 아름다우셔서 우리 모자를 사람들이 모두 부부로 착각하는 바람에 여러 가지 에피소드가 남았습니다.

지금도 이 노트를 보면서 이제 지천명을 한참 지난 나이에도 그때 그 마음을 그대로 지니며 어머니를 그릴 수 있으니 어머니는 하늘로 돌아가셨지만 저보다 더한 진복자(眞福者)가 이 세상 천지에 또 누가 있겠습니까? 이제 제 마음속에 어머니를 함께 모시는 마음으로 이 노트의 글을 하늘에 계신 어머니께 여기 정리해 드립니다.

호기 드림

□ 1965. 8. 19. (캘리포니아 주 오클랜드 시 출발 네바다 주 리노 시 도착)

오후 5시에 오클랜드를 떠나 캘리포니아 주 수도인 새크라멘토에 잠깐 쉬어 버스 정거장에서 간이 음식으로 저녁을 뚝딱하고 계속 달려 밤늦게 리노 시에 도착했다. 버스 안의 동행들은 잘사는 나라 사람들이라지만 모두 여비를 아끼려는 학생이나, 군인, 할머니들뿐이다. 나그네 마음이 문득 그리움에 차 와 이 유흥 도시 호숫가에서 한 수 읊게 된다.

그리움

그리움이란
할머니도 아줌마도 병정도 아희도
하나씩 둘씩 잠이 들고
나도 생각타 잠이 들어올 때
창 밖에 남 모르게 스며드는
이 밤의 고요와 같아

그 소요스렀던 날을
내 맘의 소용돌이를
잠재워 준다(꿈 많은 잠을)

□ 1965. 8. 20. (와이오밍을 지나서) ༄༅ ༄

 버스는 계속 달려 한잠 자고 나니 유타 주를 건너고 있다. 모르몬 교의 주인 유타의 수도 솔트 레이크 시티에 정차해 아침을 들고 기지개를 켰다. 이곳은 참 내 맘에 든다. 대도시의 소요가 전혀 없고 사람들 친절하고 아늑한 곳. Temple Square에는 온갖 꽃들이 아름답게 만발하여 나는 안내자의 논설을 잊고 마냥 꽃 옆에만 앉아 보았다.

 어머니는 늘 꽃을 가꾸셨지… 그리고 오래간만에 보는 여름은 그야말로 "매우 위대하였습니다(sehr groβ)." 온 들에 지붕 위에 나무 위에 햇볕이 깔려 있다.

 점심 시간 때 와이오밍 주 에반스턴 시에 정차하여 버스 정류장 건너편 식당에서 간이 음식으로 뚝딱 점심을 먹고 잠깐 산책을 즐겼다. 이 동네는 퀘이커 동네라 그런지 사람들이 모두 예의바르고 친절하다. 식당의 고용인들까지 서로 "Sir," "Ma'am"을 붙이는 판. 이곳에서도 "여름은 참으로 위대합니다(Der Sommer ist auch sehr groβ hier)." 낮은 언덕 위에 솜털 같은 구름, 집을 떠난 후론 좀처럼 보지 못하던 것……

 여행을 할 때는 이렇게 때때로 마음이 단순해져서 내 마음대로 아름다움을 느낄 수 있어 좋다. 솔트 레이크 시티에서 바꿔 탄 이 버스 안엔 어젯밤같이 수다쟁이 할머니가 없어 조용하다. 밤에 잠을 제대로 자지 못하였기 때문에 가져온 책 읽기가 힘이 든다. 옆에 앉은 꼬마들은 탐정 소설을 열심히 읽고, 앞에 앉은 아줌마들은 낮잠을 열심히 자고, 나는 열심히 사랑하고, 버스 종점 뉴욕서 빌 어머니 얼굴을 그리고, 창 밖의 풍경은 열심히 지나가고……

유타와 와이오밍의 많은 부분은 사막이다. 사막이라고 해서 허허 벌판 모래가 아니라 작은 나무들이 있고 동네가 있고 해서 심심치 않다. 캘리포니아에서 워낙에 더운 여름을 모르고 지낸 사람의 눈에는 울타리 친 정원 안에 느티나무 그늘 밑에 앉아 낮잠 자는 저이들의 모습이 그지없이 한가롭게 보인다.

경사가 진 지붕의 아담한 집들이 띄엄띄엄 눈에 띈다. 아마 이 동네 기후에 적응한 형태겠지. 중학교 때 지리 선생님 설명이 문득 뇌리에 떠오른다, 사람들은 일찍부터 어느 환경 아래서나 살기 편한 집을 짓고 살아왔다. 이 더위에 느티나무를 심고 그 그늘 밑을 찾아 갈 줄 아는 인간은 더위가 주는 시름보다 더 짙은 한숨을 쉰다.

아름다운 전원의 나라 와이오밍 주, 아디유!

□ 1965. 8. 21(네브라스카 거쳐 아이오와 주까지)

어젯밤과는 달리 단잠을 자다가 깨어 보니 와이오밍 주를 훨씬 지나 네브라스카 주의 한 조그만 도시다. 위뜨리요(Utrillo)의 그림을 연상케 하는 마을——

가로수들이 정이 든다. 거기에 이슬비가 부슬부슬 내려 나그네의 마음은 싱숭생숭……

나는 이 동네의 이름을 물으려 하지 않는다. 이 마을이 이토록 정들게 보여도, 가벼운 마음으로 떠날 수 있어 여행이 좋은 것이다.

오늘도 내일도 처마 밑의 똥강아지는 꼬리 치고 있을 터이고, 또 어떤 날이고 부슬비 내릴 때 나와 같은 청년이 있어 이곳을 스쳐가리라. 다시 한참을 자다 일어나 보니 아직도 부슬비가 내리고 들에는 옥수수가 누렇게 익어 간다. 오솔길 건너편에 집 한 채가 있고 들 가운데 여기저기 나무들이 하나둘 서 있다. 하늘에는 먹구름이 져 있으나 길 언저리의 풀 한 포기에도 이슬이 내려 신선한 기분이 든다.

네브라스카 주 오마하 시에서 정차하는 사이 버스 터미널에서 샤워를 하고 구두도 닦고 나서 카페에 들어가 신선한 과일을 먹는다.

버스 여독이 일시에 풀려지는 듯하다. 아마도 내가 온 곳 중에 캘리포니아처럼 아름답고 살기 좋은 나라가 없을지도 모른다, 하지만 이 알지 못할 왠지 뒤숭숭한 여정(旅情)이 나는 좋다. 지독하게 부유한 캘리포니아보다 이곳이 더 인정이 많을 것 같은 기분이 든다.

나에게 과일을 서비스하는 저 웨이트리스의 표정을 보라. 옆에 앉은 촌티 나는 신사의 표정을 보라. 이곳에 오래 머물고 싶어도 곧 버스가 떠난다. 이 스산한 정경을 담뿍 담아서 나의 사랑하는 어머니께 바치련다. 네브라스카, 이 지방은 진짜 서부이다. 너무 현대화된 캘리포니아는 서부의 단순한 사람 냄새를 잊은 구석이 많다. 이곳의 어느 그림 엽서를 보아도 서부의 용사나 로데오 같은 것들이 많다.

오마하 시를 지나 아이오와 주에 들어서자 버스 기사가 시간을 하오 2:08에서 1:08로 바꾸라는 얘기를 해 준다. 아이오와도 아직 서부의 고장일 것 같다.

아이오와는 온통 녹색의 고장이다. 마을들이 조그맣고 아담하다. 부슬비 내리는 어느 마을에는 녹색의 공동 묘지가 있고 그 옆에는 어린이 놀이터가 있고, 여기저기 가축들이 팔자 좋게 늘어져 있다.

아이오와 주 데스 모인스 시, 이곳엔 부슬비가 내린다. 내 맘에도 부슬비가 내려 잠깐 여독을 잊는다. 버스가 정차하는 사이 버클리에 두고 온 친구들에게 엽서를 썼다. 시카고까지의 마지막 정거장 다벤포트 시 버스 정거장에서 오렌지 주스 한 잔을 거금 30센트나 내고 사 마셨다. 비싸지만 4시간 동안이나 서지 않는다니 할 수 없지. 몇년 만에 만나는 데이브가 어떻게 변했는지 궁금해지기 시작한다.

□ **1965. 8. 22. (시카고 도착)**

새벽 1시에 시카고에 도착해서, 밤잠을 설치고 버스 터미널에 나와 준 데이브한테는 미안했지만 서로 너무 반가웠다. 서울서 데이브가 군복무를 하고 있을 때 우리 명륜동 집을 자기 집처럼 드나들며 식구 같이 지낸 정이 새롭다.

데이브의 엄친은 유명한 노스웨스턴 대학의 저널리즘 대학장인 앨버트 서튼(Albert Sutton) 교수로 데이브도 그 대학 재학중에 군복무를 서울서 하면서 〈성조(Stars and Stripes)〉지의 기자일을 했었다. 그때 마침 5·16이 일어나 미군의 외출이 엄금되었을 때도 데이브는 '민정 조사'를 핑계로 우리집에 와서 매일 신나게 놀다 갔다. 그 후 내가 군대에 갔을 때 그는 제대 후 복학하여 졸업한 다음 지금은 〈시카고 트리뷴〉지의 기자로 일하고 있다. 데이브는 수년 만에 만나는데 그 동안 조금도 변하지 않아 여전히 쾌활하고 수려한 모습이다.

시카고 북쪽 교외의 부촌인 윌메트의 그의 집은 천여 평의 널찍한 잔디가 있는 훌륭한 저택이다. 서튼 교수 내외분은 마침 캘리포니아의 큰아들을 방문중이어서 넓은 집을 데이브와 나 둘이서 지키게 되었다.

오랜만에 만나니 얘기도 많다. 새벽 3시나 돼서야 잠자리에 드는데 털털대는 버스에서 지내다가 사흘 만에 푹신한 침대에 들어가니 왕자라도 된 것 같은 느낌이었다. 실컷 자고 9시가 넘어서 일어나 아침 식사를 하고 데이브와 함께 윌메트 부근을 돌며 드라이브를 즐겼다. 참 부유한 동네이다. 더운 날씨지만 가로수가 아취를 만들어 가는 길마다 그늘이 퍽이나 선선하다.

점심 때는 데이브의 친구들도 함께 초대하여 파출부까지 채용하는 아주 융숭한 정식 오찬이 벌어졌다. 맛있게 먹고 재미있게 지냈지만 사람들이 으레 제일 먼저 묻는 것이 "공부 끝나면 고국에 돌아가 살 것이냐?"이다.

저녁 때 데이브가 한국서 찍은 슬라이드를 보여 주었다. 내 얼굴에 그늘이 진다. 아, 어찌 나만이 이 살기 좋은 곳에서 휴식을 가져야 하는가. 어디까지나 저 불쌍한 동포들의 하나인 내가……

루이 암스트롱의 노래를 듣는다. 부유한 사람들의 포크 송과는 달리 암스트롱의 노래는 인간의 영혼을 적셔 주는 노래여서 그는 청중들이 웃는 사이에 홀로 눈물짓고 또 청중들을 울려 놓고 홀로 웃음지을 수 있다. 이 귀뚜라미 우는 밤에 편한 안락의자에 앉아서 두고 온 사람들을 생각하면 나는 암스트롱과 함께 웃고 눈물지을 수 있을 것만 같다.

□ **1965. 8. 25. (시카고 출발 인디애나 주 인디애나폴리스 시 도착)**

시카고까지는 길고 고단한 버스 여행을 한 유학생이 데이브의 환대로 시카고에서는 온갖 박물관 구경 다하며 문화에 듬뿍 빠지는 왕자와 같은 사흘을 보내고 오늘 버스 여행을 계속하여 인디애나폴리스에 도착했다.

버스 터미널에 톰 카트멜이 나를 맞으러 나와 이곳서도 아주 편하게 지내게 되었다. 톰은 나보다 열 살 위로 내가 중학교 1학년 때 미군 병사로 우리집 식구에게 영어 회화를 가르치던 인연이 있는데, 톰 역시 우리와 정이 푹 들어 본국에 돌아갈 때는 섭섭해서 눈물을 흘릴 정도였다.

톰은 그 후 인디애나 대학 법대를 졸업하여 변호사로 대성해서 아주 부자가 되었다. 예쁜 색시와 결혼도 해서 귀여운 아들 하나 낳고 너무 행복하게 살고 있는 것이 바라보기 흐뭇하다.

동양 아저씨가 신기해서 한없이 놀고 싶어하는 아이를 재워 놓고도 밤이 깊도록 이야기꽃을 피웠다. 주로 우리 집안 식구 얘기를 나누며 옛날 일을 회상했다. 이런 좋은 친구들과 아름답고 슬기로우신 어머니 얘기를 나누는 마음이 행복에 넘친다.

　인디애나폴리스에서도 아주 편하게 이틀밤을 자고 어제 저녁 때 또 버스에 올라 밤새도록 오하이오와 펜실베이니아 주를 거쳐 아침 8시에 뉴욕에 도착했다. 이곳까지 오는 여행은 옆에 앉은 얼간이, 뒤에 앉은 못난이들이 버스 안에서 서로 알아 가지고 낄낄대는 통에 잠도 못 자고 읽던 책도 접어둘 수밖에 없어 가뜩이나 긴 시간이 더욱 가질 않았다. 나는 천리 만리 떠나온 길이 오직 나의 사랑하는 어머니를 만나기 위한 것이었다는 것을 마음속에 새겨야 한다. 나는 이 좁다란 버스 안에서 말로의 〈인간의 조건〉을 읽으면서 홀로 생각에 빠져 있지만 만사에 용기를 잃지 말자. 아, 이것이 나의 삶의 의미라는 것을 느껴야 할 텐데…….

　뉴욕 버스 터미널에 도착한 후 약속대로 아버지의 동창이신 이덕호(李德鎬) 박사님께 전화를 걸었다. 처음 몇 개의 공중 전화가 동전을 모두 꿀꺽해서 화가 잔뜩 났었는데 그 다음에는 전화가 무슨 놀음 상자인지 잭 포트처럼 갖가지 동전이 줄줄 흘러내리는 것이 아닌가? 수십 달러는 되어 보인다. 혼비 백산하여 동전을 손에 모아 들고 이리저리 뛰어다녀 경찰 하나를 만나 보고를 했더니 그는 껄껄 웃으며 "네가 뉴욕에 며칠 있으면 그 돈 다 잃어버릴 기회가 있을 테니 네 호주머니에 넣어 두어라" 하는 것이 아닌가. 이번 나의 뉴욕 방문에 좋은 일이 많을 것만 같은 기분이 든다.

　이 박사님은 자녀 교육을 위해 모든 것을 희생하시고 눈물겨운 극기 생활을 하시고 계시다. 그래도 나를 친아들같이 뉴욕을 잘 안내해 주시고 불편한 잠자리나마 댁에 머물게 해 주신다. 부자 미국 친구들 집에서 호강하다가 갑자기 어려워졌지만 아버지 같은 어른의 정이 너무나 고마워 마음속은 뜨뜻하고 편해진다.

□ **1965. 9. 1. (뉴욕)** ～～～～～～～～～～～～～～～～

뉴욕에서는 사촌 동생 승인, 승희 누나, 김애령 씨 등이 다투어 안내를 해 주어 아주 훌륭한 며칠을 지냈다,

뉴욕은 첫 인상이 더럽고 인정 없는 대도시 —— 지하철에서 한 흑인이 백인 여자를 칼로 찔렀는데 증인되기를 꺼려하는 승객들이 다른 칸으로 옮겨 갔다는 끔찍한 뉴스도 있고 —— 그래서 TV마다 범죄 신고를 하라는 야릇한 광고도 있다.

한번은 지하철에 한쪽 다리가 불구인 할아버지가 탔는데 그 많은 승객 중에 자리를 양보하는 이가 하나도 없었다.

온 세상 별의별 종족이 모여 살기 때문에 진정한 의미의 미국 도시라 말하기가 힘들다. "미국의 뉴욕"이 아니라 하나의 독립된 뉴욕이요, 국제 도시라 할 수 있겠다.

물가는 매우 비싸서 담배 한 갑에 캘리포니아에서는 25센트 하는 것이 이곳에서는 담배세가 비싸다고는 하지만 40센트나 한다. 모든 것이 비싸지만 영화관 입장료 하나는 샌프란시스코보다 싸다. 할 일 없이 시간을 보내야 하는 건달 수도 많은 탓일까.

그러나 위대한 인류의 과학 기술과 문화의 자취는 너무너무 볼 만했다. 즐거운 며칠 동안이었다. 좋은 것을 볼 적마다 어머니와 함께 다시 와야지 하는 생각을 했다.

총영사께서 자동차를 내 주시어 비행장에 어머니를 맞으러 나갔다. 차 안에서 나의 마음이 적지 않게 흔들린다. 착하고 아름다우신 어머니를 만나 한참 동안이나 말없이 서로 손을 잡는다.

호텔방을 정하고 저녁 때는 총영사 초청으로 삼복정에서 한식 요리를 먹으면서 그 동안 지낸 애기, 어머니의 유럽 여행 애기, 그리고 고국에 있는 가족과 친구들의 애기로 우리는 시간 가는 줄을 몰랐다.

□ 1965. 9. 2. (뉴욕)

이 뉴욕 바닥에서 어머니 덕으로 VIP 대접을 받는다.

세계 박람회(World Fair)에 가서 줄도 서지 않고 구경을 잘했다. G. E의 쇼는 그야말로 물질 문명의 혜택을 잘 묘사해 준다. 그렇게 훌륭한 시설을 갖고도 "위대하고 아름다운 내일이 있으리(There will be great, beautiful tomorrow)"라고 노래들 하는 것이 부럽다. 한국관은 규모는 빈약하지만 아담해서 인기가 퍽 괜찮다.

저녁 때는 라디오 시티 극장에서 공연하는 김생려(金生麗) 씨의 초청으로 음악회에 다녀왔다. 이 극장은 록펠러가 서민의 문화 생활을 위하여 싼 값으로 무대를 제공하기 때문에 큰 적자가 난다고 한다. 그 적자를 록펠러 재단이 메워 준다고 한다. 음악회가 끝난 다음 김생려 씨와 함께 김환기(金煥基) 화백 댁에 가서 갈비도 뜯고 재미있게 지냈다. 차차 뉴욕도 재미있는 곳이라고 생각되기 시작한다.

□ **1965. 9. 3. (뉴욕)** ~~~~~~~~~~~~~~~~~~~~~~~~~~~~~

메트로폴리탄 미술관. 이곳은 어머니 오시기 전날 승인이와 함께 오고 오늘 어머니와 함께 두번째다. 어머니는 이곳을 유럽의 미술 박물관들과 이렇게 비교하신다.

"유럽 것은 도적질해 온 것이고, 이곳은 돈으로 사온 것들이니 아무래도 유럽 것이 많고 내용이 풍부하다."

어려서부터 들어 오던 대가들의 그림들로 그 큰 박물관이 가득 차 있다. 어머니와 나는 렘브란트가 좋아 한참 눈짓으로 서로의 감동을 교환하며 감상했다.

어둑한 화면에 한 줄기 빛이 강조된 렘브란트의 그림을 보고 나는 뭐 아는 것같이 떠든다. 어두운 시절에 살면서도 한 줄기 삶의 희망을 가졌던 표적이라고. 어머니는 그림은 그런 간단한 말로 표현할 수 없는 것이라고 하신다.

마네, 모네, 세잔 등의 인상파 그림들도 정말 인상적이다. 우리는 이 아늑한 정경 아래 시간 가는 줄을 모른다.

밤에는 피터 현(玄雄)의 초청으로 그의 아파트에 가서 재미있게 지냈다. 아름다운 미국인 부인이 한 맛있는 함경도 요리가 진짜 함경도 음식보다 맵싸하고 맛있다. 진지한 대담, 양주, 모두가 마음에 들었다.

□ **1965. 9. 5. (뉴욕)** ～～～～～～～～～～～～～～

　어머니 덕택에 뉴욕에서 참 호강이다. 어제는 펜 클럽의 간부 집
에서 후대를 받고 오늘은 일요일이라 한인 교회에서 안내해 아침에
예배 시간에도 들렀다. 오늘은 현대 미술관을 관람한 다음, 이남수
(李南洙) 씨 내외의 안내로 시내 드라이브도 즐기며 참 유익하고 재
미있게 지냈다.
　현대 미술관. 이곳에서도 역시 인상파 그림이 좋다. 추상화를 감
탄하며 좋아하는 사람도 많지만 아직 내 눈에 안 익어서 그런지 알
아보기가 힘들다. 역시 예술은 어느 정도 보편 타당성을 지녀야 할
것 같다. 얽히고 설킨 감정이나 사상을 선과 색으로 자연스럽게 나
타내야 할 것 같다. 정직——이것이 만사의 핵심이다. 저 야릇한
현대화에 무슨 의미가 있을는지 모르나 우선 이상한 그림 장난을
해 놓고 거기다 남들이 억지로 의미를 붙여 놓는다면 그 허위성은
배척돼야 할 것이다. 누가 어떤 그림을 너는 왜 좋아하는가 묻는다
면 나는 그저 좋아하기 때문에 좋아한다고 대답할 수밖에 없다. 내
가 사랑하는 사람이 나의 것이요, 나 자신이라고 생각된다면 또 나
자신을 표현하기가 어려운 일이라면 말 많은 것이 좋은 것이 아니
리라.
　이곳서 지휘 공부를 하고 있는 이남수 씨는 자신도 어려운 환경
에 처했으면서도 서울에 있는 고광수 형에게 전해 주라며 어머니께
일금 50달러를 드렸다. 흐뭇하고 아름다운 빈자일등(貧者一燈)이 아
닐 수 없다.

□ **1965. 9. 6. (뉴욕)** ﹏﹏﹏﹏﹏﹏﹏﹏﹏

어머니, 승희 누나, 승인이와 함께 브로드웨이의 Brooks Atkin-son 극장에 가서 테네시 윌리엄스의 〈유리 동물원(The Glass Menagerie)〉 공연을 감상했다.

금년도 최우수 여배우상을 수상한(Jo van Fleet) 수작인 데다가 한 달 전에 읽은 작품이라 더욱 인상이 깊었다. 전화 교환수와 도망친 남편의 사진이 무대 왼쪽 벽 위에 걸려 있어 좋은 일이거나 나쁜 일이거나 생각날 때마다 거기에 불이 켜진다. 어머니는 점원인 아들과, 다리를 저는 수줍은 딸을 퍽이나 사랑한다. 그 사랑이 자주 극성 바가지 잔소리로 나타난다. 단조롭고 그리 훌륭하지 않은 직업에 지친 아들은 어머니 잔소리를 듣다 듣다 참지 못하고 어머니에게 삿대질을 하며 "마녀"라고 심한 말까지 퍼붓고 만다. 사랑하는 아들의 입에서 나온 뜻밖의 이 말을 듣고 가슴 아파하는 어머니의 마음, 다시 아들이 사과할 때 어머니의 아픈 기쁨……. 감동스런 장면이 어머니 역의 조 반 플릿(Jo van Fleet)의 훌륭한 연기로 표현되었다.

그러다가 성숙한 딸의 혼사를 염려하는 어머니는 아들에게 직장 동료 가운데 좋은 청년 하나를 초청해 달라는 부탁을 한다. 저녁 식사에 초청된 청년은 바로 고교 때 공부도 잘하고 운동, 연예에 전교의 인기를 독차지했던 짐(Jim)이었다. 그때 이 수줍은 아가씨도 짐에게 남몰래 연정을 가지고 있었다. 저녁상에 억지로 끌려나온 딸 로라(Laura)는 짐의 모습을 보고 그만 쓰러지고 만다. 저녁 식사가 끝나고 아들과 어머니가 접시를 닦는 동안 짐은 로라와 단둘이 남아 얘기를 나누게 된다. 털털한 짐은 수줍어하는 로라를 드디어 활발히 얘기하게 만든다. 짐은 고교 때 자신의 음악회 프로그램을 고이 간직한 로라에게 사인까지 해 준다. 짐은 로라에게 누구나 약점이 있는 것이니 세상을 살아가며 자신의 약점을 너무 의식하지 말라는 충고를 하며,

"너는 아름다워, 로라, 너는 푸른 장미야(You are beautiful, Laura, You are blue roses)."

라고 말해 준다. 옛날 로라가 결석을 했을 때 플루로시스(Plurosis) 병을 앓아서 그랬다는 것을 짐은 블루 로시스(Blue roses)로 잘못 듣고 늘 로라를 그렇게 불렀다는 것이다. 로라는 이에,

"푸른 색은 장미에 맞지 않아(Blue doesn't fit to roses)."

라고 대답한다. 짐은 진지하게,

"그 색이 너에게만은 맞아!(It does for you!)"

라 말하며 로라에게 입을 맞춘다. 이어서 둘은 지난 일을 얘기하며 회상에 빠진다.

짐은 자기가 학교 때 기대받았던 것보다 성공하지 못하였지만 용기를 잃지 않고 밤에는 라디오 엔지니어링과 퍼블릭 스피치 과목을 택하고 있다고 얘기한다. 로라는 유리 동물들을 수집한다고 말한다. 그러다가 짐이 로라를 끌어 춤을 추다가 유리 말 하나를 깬다. 수줍은 불구의 처녀가 아끼고 닦아 온 무엇인가 소중한 것을 깨뜨린 것에 수틀판이 짐은 무척 미안해 어쩔줄 모른다. 이 장편의 인생에 대한 상징성과 매우 로맨틱한 조명과 음악이 인상적으로 조화되었다.

드디어 짐은 자기는 얼마 후 결혼할 여자가 있다는 것을 알리고 떠난다. 한 줄기 희망을 가지고 야단법석으로 준비를 했던 어머니의 실망은 이루 말할 수 없이 크다.

미국 서민 생활을 무대로 하고 인생에 대한 상징을 넣은 이 작품
에 어머니와 나는 깊은 감명을 받고 공연이 끝난 후에 한동안 연극
애기로 꽃을 피웠다.

□ **1965. 9. 7. (필라델피아)** ～～～～～～～～～～～～

한국 은행의 김순창(金順昌) 소장께서 친절히 뉴욕서 이곳 필라델
피아까지 드라이브를 해 주어 편하게 실바니아 호텔에 여장을 풀었
다. 펄 벅 재단에 전화를 거니 펄 벅 여사는 마침 휴가중이고 대신
총무인 마키(Miss Marquis) 여사가 반가워하며 당장에 우리 모자를
이 동네서 유명한 해물 식당 Bookbinders Sea Food House에 저녁 초
대를 해 주었다. 덕분에 가난한 나라의 유학생도 이곳서도 고급이
라는 로브스타 바닷가재를 맛있게 먹고 나서 펜트하우스 34층 바에
가서 칵테일을 나누며 예술에 대해 애기를 흐뭇하게 나누었다.
바라보라. 온 도시가 우리 눈 아래에 있네. 저 휘황히 명멸하는
불빛은 우리 나그네들의 심장이다. 눈을 돌리며 우리는 이 도시의
경이를 탐미한다.
저 아래 무엇이 있는가? 하루의 소요가 거기에 보이는가? 사람
하나, 차 한 대, 건물 한 개씩은 보이지 않고 마천루들과 불빛만이
반짝인다. 움직이는 것은 우리 눈이 아니라 이 불빛뿐이다. 이 불빛
은 우리의 희망이요, 우리의 사랑이요, 우리의 인생이라 하자. 이
불빛은 칵테일이 우리에게 주는 로맨틱한 감정과 완벽한 조화를 이
룬다.

어머니는 이번 유럽 여행에 대해 얘기하며 서양사, 미술, 문학 등에 관한 해박한 지식으로 마치 우리에게 강의를 하시는 것 같다. 얘기가 프랑스와 스페인 미술에 이르자 마키 여사도 신나게 맞장구치며 고야와 클레에 대한 긴 얘기를 펼쳐 놓았다. 고야가 인간 심리를 자연스럽게 표현한 현대 미술의 개척자라면, 클레는 고야와 현대 추상 미술의 다리를 놓은 화가였다는 마키 여사의 말에 모두 공감을 표시했다.

마키 여사는 현대 추상 미술에 대해 많이 알고 있어 그 분야에 문외한인 나로서는 많은 것을 배우는 자리가 되었다. 나는 이번에 본 많은 현대 미술에서 느낀 일말의 거부감을 솔직히 털어놓았다. 많은 작품이 유치한 형태의 분별없는 조합으로 책임 없는 관념에 지나지 않아 이를 결코 순수 예술로 말하기 어렵다고 했다. 내 말에 동의하면서도 마키 여사는 나의 어리고 모자란 생각을 친절히 다듬어 주었다. 한 작품이 기술인지 예술인지에 대한 작가 자신의 신념을 남이 왈가왈부하는 것이 아니라고 지적해 주었다.

내가 렘브란트 그림을 보고 어리석은 얘기했을 때 어머니가 그림은 그렇게 단순히 보지 말라시던 말씀과 같이 오늘 두 분에게서 내가 너무 많이 배운다. 나만큼 행복한 대학생이 없을 것이다.

미술 얘기와 칵테일로 흥이 한껏 오른 다음 내려가 택시 한 대를 잡아 드라이브하며 필라델피아의 야경을 즐겼다. 나이 지긋한 택시 기사 할아버지가 어찌나 찬찬하고 친절하게 시내 명소를 안내해 주는지 너무나 즐거운 밤이 되었다.

아름다운 페어마운트(Fairmount) 공원의 불빛과 18세기부터 전해오는 아담한 엘프레츠 골목길(Elfreths alley) 등 모두가 흥미진진하고 좋았다. 늦은 시간에 즐거운 마음으로 호텔에 돌아오니 내일 이 도시 구경을 어떻게 해야 할지 알 것만 같다.

오늘은 어머니와 함께 이곳 미술 박물관과 로댕 박물관 등을 관람하며 둘이 필라델피아 관광을 한껏 즐겼다.

저녁 때 어머니와 호텔 근처를 산책하다가 교통 신호를 기다리고 있는데 웬 중년 신사 한 분이 우리를 스쳐가다가 뒤를 보다가 또 앞으로 가기를 두어 번 하더니 드디어 용기를 내고 우리에게 말을 걸어 왔다.

"한국 분들이십니까?"

우리가 한국말을 하고 지나가는 것을 분명히 들어 알고 있을 텐데 묻는 말이 조심스럽고 떨린다. 이곳서 동포를 만나는 기쁨이 모두 컸다. 이 신사는 십여 년간 워싱턴에 살며 미국 정부 관리로 일하고 있는 송동수 씨로 모레까지 필라델피아에 출장온 길이었다. 이분도 우리와 같은 호텔에 투숙하고 있어 같이 호텔에서 칵테일을 나누었다. 송동수 씨는 우리에게 몇 번이나

"아까는 실례 말씀 같지만 젊은 남녀가 데이트를 하는 줄 알고 훼방이 될까 봐 인사하는 것을 참 망설였습니다"라는 얘기를 되풀이했다. 그 얘기 듣기가 참 좋다. 어머니도 행복하셔 하니 그 모습이 더욱 젊고 아름다우시다.

아침 식사를 송동수 씨와 함께 하고 어머니를 모시고 그레이하운
드 버스 편으로 워싱턴으로 왔다. 워싱턴은 수목이 울창한 공원 사
이에 여기저기 건물이 서 있는 것 같아 매우 아름답다. 그만큼 인심
도 좋아 보인다. Fairfax 호텔에 여장을 풀고 이 도시에 사는 친지들
에게 전화를 하니 줄줄이 반가워하며 우리를 보러 찾아왔다. 김영
수 씨, 이란 친구 피루스 아프루스(Firouz Afrouz), 그리고 대사 부
인도 찾아와 한참 동안 애기를 나누었다. 대사 부인은 친절하고 수
단 좋은 외교를 하는 것 같아 든든한 맛도 있으나, 미국인의 표면적
인 호의에 대한 지나친 찬사는 솔직히 귀에 좀 거슬린다. 대통령 부
인까지도 예쁘다고 칭찬할 지경이다.

김영수 씨와 어느 중국 식당에서 저녁을 먹는 자리에서 몇 명의
동포를 만나서 참 반가웠다. 김영수 씨가 드라이브해 주어 워싱턴
모뉴먼트, 링컨 메모리얼, 제퍼슨 메모리얼, 펜타곤을 비롯한 정부
청사, 스미소니언 박물관을 두루 돌아보았다.

밤 경치가 매우 아름답다. 이 밤의 왠지 모르게 적적하기도 하고
뒤숭숭한 불빛이 좋다. 우리는 이곳을 스쳐가는 나그네이고 불빛은
날이 새면 사라지나, 내일 밤에도 또 그 다음날 밤에도 또 다른 여
행자를 위하여 비치리라.

어머니와 함께 백악관 관광을 했다. 세계를 주름잡는 미국 대통령이 있는 곳이라 기대가 컸는데 이 어마어마하게 화려한 곳이 왜 그렇게 시들하게 보이는가. 얼마 전 읽은 토마스 만의 단편 "환멸"이 뇌리에 떠오른다. 사람은 흔히 너무나 기대에 집착한 나머지 그 기대가 이루어질 때 더 큰 실망을 가진다.

거기에서 더 큰 기대가 생기기 때문이다. 그래서 일찍이 그리스의 스토이시스트들은 금욕을 외쳤겠지만 그것은 너무나 소극적인 삶의 태도라고 생각한다. 중요한 것은 나와 나의 모든 것을, 나의 사랑을, 나의 기원을, 나의 인생을 나 자신이 의미 깊게 하여 성실히 살아가는 것이다.

저녁 때는 대사 부인의 초청으로 북경 요리를 맛있게 먹은 다음 호텔로 돌아왔다.

우리집 의사 선생님이셨다가 버지니아로 이민 오신 박용락 선생님의 자제 기수 씨가 찾아와 반갑게 얘기를 나누고 박 선생님께 장거리 전화로 인사를 나누고 서로 그간 지낸 일들을 얘기했다.

오전에 송동수 씨가 차를 몰고 와 함께 케네디 묘지를 찾았다. 역사를 주름잡으려던 사람의 묘도 별수없이 여느 묘지와 같이 조용하다. 보초들이 서 있고 이쁘게 가꿔 놓았지만. 미치광이 수다스러운 여자들이 낄낄대며 떠들고 사진들을 찍고 있다. 저들도 2년 전 케네디가 암살당했을 때 눈물을 흘리며 슬퍼했겠지 하는 생각에 쓴 웃음이 났다.

호텔에 돌아와서 이봉서 씨 댁에 전화를 했더니 전화 받는 사람이 이봉서 씨 처제가 된 초등 학교 때 한반 친구였던 송길자였다.

"아, 반갑습니다. 나 김호기라는 사람인데…….”

"아… 그러세요… 차아암… 오래간만인데요…….”

소학교 친구도 10여 년 만에 보니 서로 말하는 게 참 어색하다. 길자와 함께 점심 식사를 하는데 처음엔 마주앉아 눈을 서로 쳐다보기가 힘들었다. 아주 어여쁜 아가씨가 되어 기분이 꽤 좋다. 드디어 나는 이렇게 얘기할 수밖에 없었다.

"뭐, 우리 서루 해라 허기루 하지.”

"그래, 그게 좋을 것 같애.”

그래서 우리는 다시 소꿉친구가 되었다.

식사 후에는 저녁 시간 때까지 버클리 출신이란 친구 피루스, 〈동아일보〉의 문명자 기자 등이 줄줄이 찾아와 어머니와 함께 호텔에서 차를 마시며 환담을 나누었다.

저녁 때는 김영수 씨가 우리 모자를 고맙게 자기 집에서 식사 대접도 해 주고 오늘 워싱턴에서의 마지막 밤을 보내도록 초대해 주었다.

저녁 식사 후에 어머니는 김영수 씨 댁에서 쉬게 해 드리고, 나는 길자의 초대로 워싱턴의 한인 젊은이 연회에 따라갔다. 아이고, 버클리의 가난한 룸메이트 조형한테 동부 처녀들이 어떠한가는 들어왔지만 보통들이 아니다. 16~17세 된 여자 아이들이 초현대식 춤을 흔들고 청소년들의 밴드도 프로를 뺨친다. 모두 고관 대작들의 자녀들이다. 모두 아무개 아들, 아무개 딸로 소개들을 한다.

나, 참! 나는 참 즐겁게 이 밤을 보내지만 이 사람들에게 큰 기대를 해서는 안 된다. 그렇다고 이 사람들의 흥겹고 착한 마음들을 미워해서도 안 된다.

길자는 예외다. 그 어린아이였던 우리 둘은 이제 다 어른이 되어서 흐느끼는 듯하는 음악에 맞춰 정답게 손을 잡고 블루스를 춘다.

새벽 2시나 되어서야 김영수 씨 댁으로 돌아와 아직도 나를 기다리시는 어머니를 뵙고 잠자리에 든다.

행복한 하루였다.

□ **1965. 9. 12.(워싱턴 출발 시카고 도착)**

아침 식사 후 김영수 씨가 드라이브해 주어 국회 의사당 등을 관람한 다음 비행기로 시카고 공항(O'Hare Field)에 도착했다. 공항에는 서튼 교수 내외분과 데이브가 마중 나와 있었다. 착하고 부드러운 분들의 친절한 안내로 또 며칠 댁에서 신세를 지게 되었다.

뉴욕에 갈 때 사흘 들른 곳이라 별로 낯설지는 않다.

사랑하는 어머니께

저의 1965년 여름 동부 여행 노트는 여기서 끝납니다. 그 후에도 일주일 정도 어머니를 모시고 시카고와 샌프란시스코, 버클리를 들리면서 꿈같이 행복한 여행을 즐겼지요. 사실은 그 후의 얘기가 더 재미있었어요. 어머니를 모시는 시간이 너무 즐거워 일기 쓰는 시간까지 아까웠던 것이지요. 그때 기억이 지금은 하도 오래된 일이라 가물가물하지만 한순간 한순간이 즐겁고 행복에 차 있었던 것을 지금까지도 기억하고 있습니다.

우리 나라가 그렇게 가난하고 국제적으로 인정을 받지 못할 때도 어머니는 그 해박한 지식과 유창한 영어로 우리의 문화를 멋있게 홍보하시는 기가 막힌 비공식 민간 사절이셨습니다. 그리고 언제나 아름다운 우리 한복을 입으셔서 제 눈에도 세상에 더없는 천사같이 보이셨으니, 미국 사람들 눈에는 어떠셨겠습니까?

생각나세요? 어머니. 시카고의 어느 백화점의 화장품 코너에서 지루해하던 제 모습을 보고 여점원이 하던 말을…….

"뭐, 남편들이란 다 마찬가지인 걸요(Well, Husbands are all alike)."

또 샌프란시스코의 그림 같은 비탈길을 케이블카로 우리 모자가 어린아이같이 좋아하며 오르내리고 있을 때 옆에 있던 미국 친구 하나도 내내 우리 곁을 떠나지 않더니 드디어는 용기를 내어 저에게 컴플리먼트를 던졌지요.

"부인이 너무 아름다우십니다(Your wife is very beautiful)."

어머니가 하늘로 돌아가실 때도 명동 성당 영안실에서 염을 하던 교우 할머니도 그지없이 애통해하는 저를 어머니의 남편으로 알고 위로의 말을 해 주었답니다.

천국의 어머니, 어머니는 그 젊고 아름답고 인자로운 자태를 그대로 지니시며 주 안에서 언제까지나 제 마음속에 살아 계시고 있음을 지금은 기뻐하며 하느님께 감사드리고 있습니다.

어머니와 함께 시간은 그렇게 빨리 지나가고 9월 중순 가을 학기가 시작되어 어머니께서는 그때 초대 총영사로 계시던 당신의 이종 사촌 동생 안광수(安光銖) 아저씨가 계신 LA로 내려가셔서 한 달 동안 머무시며 이민 사회에 대한 소설 구상에 필요한 자료를 수집하셨습니다.

저는 어머니가 너무 그리워 학교 공부가 무지무지하게 바빴지만 뉴욕의 메트로폴리탄 미술관이나 시카고의 미술관에서 어머니와 함께 감상했던 그림 엽서에 제 맘속에서 찾을 수 있는 가장 예쁜 말을 골라 하루도 빠짐없이 한 장씩 LA로 보내 드렸지요. 그래서 졸지에 제가 세상에 없는 효자가 되고 어머니께서는 그 엽서들을 그 후에도 몇 십 년이나 고이 간직하시며 친구들에게 자랑을 하셨지요. 어머니가 떠나신 다음 그 엽서의 행방이 어찌된 일인지 묘연해져서 이 책에 실릴 수 없는 것이 못내 아쉽지만 그것이 무슨 상관이 있겠습니까? 천국의 어머니가 다 알고 계신 것이 저의 이 애틋한 사랑인데…….

저의 여행 노트에 남은 것들은 그때 어머니를 그리며 끄적댄 저의 못난 시작(詩作), 그리고 지천명이 넘은 지금까지도 읽을 때마다 감동을 받는 커밍스(E.E. Cummings)나 릴케(Rainer Maria Rilke) 같은 시인들의 시구절들로 차 있습니다. 그 가운데 부모를 그리는 커

밍스의 다음과 같은 무제(無題)의 시는 언제나 어머니 생각을 더욱
간절하게 해 줍니다.

> if there are any heavens my mother will (all by herself) have
> one. It will not be a pansy heaven or
> a fragile heaven of lilies-of-the-valley but
> it will be a heaven of blackred roses.
>
> my father will be (deep like a rose tall like a rose)
>
> standing near my
>
> (swaying over her
> silent)
> with eyes which are really petals and see
>
> nothing with the face of a poet really which
> is a flower and not a face with
> hands
> which whisper
> This is my beloved my
>
> (suddenly in sunlight
> he will bow,
> and the whole garden will bow)
>
> E.E. Cummings

천국들이 있다면 내 어머니가(당신 혼자서) 하나를
찾이하실 것이라. 그것은 팬지의 천국이나
골짜기 백합의 가냘픈 천국이 아니라
그것은 검붉은 장미의 천국이리라.

아버지는 (장미같이 깊게 장미같이 크게)
내 옆에 서시며

(어머니 위에 흔드시며 말없이)
꽃잎과 같은 눈으로 보시지 않고

아무것도, 시인의 얼굴을 하시고,
진짜 꽃이고 손달린 것이
아닌 시인.
그 시인은 속삭인다.
이것이 내 사랑이로다. 내 사랑

(갑자기 햇볕 안에서
아버지는 머리 숙이리라.
그리고 온 정원이 숙이리라.)

커밍스의 시는 국역된 것을 아직 찾지 못해 제가 서투르나마 위
와 같이 번역했습니다. 어머니도 잘 아시겠지만 커밍스는 아름다운
우리 인간의 심성을 꾸밈없이 표현한 시인으로 전통적인 시의 양식
이나 문법 같은 데에 얽매이지 않았습니다.
  저의 번역도 엉망이겠지만 어머니께 대한 저의 사랑은 시공(時空)

과 생사(生死)를 초월(超越)하는 것이니 그 아름다운 시감은 잘 전달되리라고 감히 믿습니다.

제 노트에는 이 밖에도 제가 유학중에 틈틈이 읽은 책 목록이 적혀 있습니다.

그 가운데도 도스토예프스키, 톨스토이, 고리키, 토마스 만 같은 대문호들의 작품 리스트를 보면 어머니와 그렇게 자주 문학 얘기 나누던 추억이 아프고 아름답습니다. 늘 어머니께 문학 개인 교습을 받을 수 있었던 것은 저의 더없는 기쁨이요, 행운이었습니다.

사랑하는 어머니, 이 밖에 남은 제 노트의 여러 장의 공백을 저의 못다쓴 편지로 가득 채우고 싶습니다. 아니, 제 마음속의 못다쓴 편지가 천국에 계신 어머니의 눈에는 이미 다 전달된 것을 애써 믿으며 저는 스스로 마음의 평화를 찾습니다. 이렇게 우리 모자는 영원토록 대화를 나누게 되었으니 모두 하느님의 영광을 찬미하며 감사드려야 하겠습니다.

호기 드림

제3신
노스웨스턴 대학에서
1976

□ 1996. 8.

사랑하는 어머니께

제가 과학원 재직 당시 1976년 정초부터 반 년간 미국 노스웨스턴 대학에 연구 연가를 갔던 일을 기억하시지요? 그때 체재비를 월 천 달러씩 받았으니 과학원의 넉넉했던 봉급과 합치면 충분히 가족과 함께 떠날 수도 있었지만 워낙 제가 타고난 구두쇠인데다가 조금은 효자가 되려고 노력하던 사람으로 부모님만 남겨 놓고 선뜻 떠나지지가 않았지요.

초창기에 과학원에 와서 과학원 설립에 관한 수많은 준비에 묻혀 전문적 연구에는 두 해 이상 손해를 본 다음이라 저에게는 전문성 만회를 위한 절호의 기회였습니다. 저는 대학원 때 기분으로 돌아가 열심히 공부하고 연구하였습니다. 그리고 여가가 생길 때마다 버릇처럼 시카고, 워싱턴 등의 문화에 흠뻑 빠져 보는 즐거움도 만끽하였습니다. 그때도 저는 어머니, 아버지께 한 주도 거르지 않고 그리운 마음을 편지에 실어 전해 드렸습니다. 그 가운데 남은 것을 모두 어머니 영전에 바치는 이 책에 실었습니다.

노스웨스턴 대학에서의 저의 공식 직함은 "Visiting Scholar"였는데 대체로 박사 후 연수생(Post-Doc) 정도의 일을 하였습니다. 학교에서는 교수 대접을 해 주어 월 200여 달러의 저렴한 값으로 독신 교수 아파트를 제공했으나 한푼이라도 아끼려던 저는 이를 거절하고 90달러짜리 학생 기숙사에 들었습니다. 저는 모든 것을 잘 참는 성질이라 이곳서 혼자서도 잘 지냈는데 자주 양 옆방의 젊은 학생들이 밤새도록 문란하게 지내는 것은 시끄럽고 복잡해서 견디기 어려웠어요.

서울을 떠나 시카고로 가는 길에 샌프란시스코에서 만났던 신혼의 봉기는 미시간 대학에서 석사 학위를 마치고 그곳에서 직장을 얻어 일하고 있었습니다. 그때 잠시 산업 공학을 해 볼까 했던 봉기는 그 후 전공인 전기 공학을 계속해서 펜실베이니아 주립 대학에서 박사 학위를 받고 오랫동안 뉴욕의 반도체 제조 회사에서 일하다가 어머니가 돌아가신 다음 귀국해서 삼성 전자에서 3년 동안 근무한 후 지금은 자신의 사업을 구상하고 있습니다. 대기업의 중역까지 지냈으니 무슨 불만이 있겠느냐고 할 수 있겠지만 봉기가 실력보다 인정을 받지 못하는 것이 저는 너무나 안타깝습니다. 착하고 성실한 만큼 고지식해서 자신도 모르게 손해를 보고 있지만 그럴수록 앞으로 하느님의 가호가 계실 것을 확신하며 형으로서 늘 봉기를 위해 기구드리고 있습니다.

하나밖에 남지 않은 아우와 고향 한동네에 살면서 어머니의 유언대로 형제간의 우의를 나누며 살 수 있는 것은 느지막하게 저희들에게 찾아든 복입니다. 지금도 주말과 공휴일이 되면 예외없이 명륜동을 찾아 아버지를 모시고 미사 참례 후 점심 식사를 나누고 오랫동안 떠들며 재미있는 시간을 보냅니다. 그럴 때마다 어머니를 함께 모시는 기분을 애써 가집니다. 아버지께서는 늘 고집스럽게도 어머니가 앉아 계시던 자리를 지키시며 무슨 얘기가 나오든지 어머니의 추억과 연결시키십시다. 이제는 우리 모두는 "豊饒한 不在"의 뜻을 말하지 않아도 이심전심(以心傳心)으로 가슴에 품게 되었습니다. 애써 어머니도 우리 마음속에는 자리를 함께 하신다고 믿으려 하면서도 아직도 빈자리가 허전하고 때때로 그리움에 가슴이 아프도록 저미어 오는 것을 견디기 어렵습니다. 그리고 그 아픔이 더없이 아름다워지는 신비를 느낍니다.

저는 과학원에서 반응 공학 강의를 담당했는데 노스웨스턴 대학에서 고분자 분야를 새로 익혀서 나중에 돌아와서 강의 내용의 폭을 넓게 하고 그 분야의 제자도 생기게 되었습니다. 그 후 1년 뒤에 대학을 떠나고 관계와 외교계로 방향 전환을 하게 되었지만 노스웨스턴 대학에서의 여섯 달이 제 인생에서 헛된 경험이었다고는 결코 생각하지 않습니다. 모든 경험은, 모든 과거는 현재의 저 자신을 만든 요소이며 경험의 다양성이 모나지 않고 창조적인 미래를 개척하는 데 도움이 된다는 것을 확신하기 때문입니다. 그래서 저는 전공이나 출신 지방, 학교 같은 것으로 사람을 구별하거나 차별하는 것은 아주 촌스럽다고 생각합니다.

그런 생각에 제 나이 되도록 지금도 하루도 빼놓지 않고 이미 나름대로 마스터했다고 생각하는 영어, 불어를 제외한 일어, 중국어, 러시아어, 독일어, 스페인어 등 외국어 공부를 다만 10~20분이라도 하고 있습니다. 주일 미사가 끝나면 그날의 복음 말씀들을 꼭 위의 다섯 나라말로 한 번씩 적어 보는 것이 버릇이 된 지 오래되었습니다. 똑같은 사상이나 사물을 여러 가지로 표현할 수 있다는 것이 제게는 참 신통하고 재미있습니다. 그것이 바로 문화라는 것이 아닐까요? 그것은 화학 반응기 안에서 우주의 삼라만상만큼이나 복잡다단한 변화가 일어난다는 것과도 같습니다. 문화 없이 고정 관념만 가지고 창의성 있는 과학을 기대하기는 어려울 것입니다. 그래서 저는 가끔 "과학은 문화다"라는 말을 즐겨 하지요.

노스웨스턴 체재 기간 부활절 휴가를 워싱턴의 누이집에서 지낸 일은 저에게는 평생 잊지 못할 추억이 되었습니다. 벚꽃 만발한 워싱턴의 봄은 참으로 위대했습니다. 스미소니언, 내셔널 갤러리와 미국의 역사를 배울 수 있는 여러 가지 유적을 최고의 안내자인 누이 식구들에게 받을 수 있었던 것은 행운 중의 행운이었지요. 늘 성실하고 자신보다 가족과 이웃을 먼저 생각하는 누이 내외와 남매간에 꽃피는 워싱턴서 나눈 정은 우리 안을 더없이 풍부하게 해 주었습니다. 누나는 끊임없는 노력으로 지금은 조지 워싱턴 대학의 정교수로 있으며 세계 한국어문학회를 몇 년 전에 창설하여 그 회장으로 활약하면서 그 분야에는 국제적인 거물 학자가 되었습니다. 매부도 세계 은행의 중견 경제학자로 큰 활약을 계속하고 있습니다. 누이 내외는 지금도 홀로되신 아버지께 하루가 멀다하고 국제전화로 문안드리는 세상에 다시 없는 효자들입니다.

노스웨스턴 시절에 혼자 지내던 저에게 많은 위안과 도움을 주었던 최승정, 김대균, 조재현 군들을 비롯한 동창들, 그리고 데이브 서튼, 톰 카트멜 등 미국 친구들의 우정은 세월이 갈수록 잊혀지지 않습니다. 고약한 사람들이 설치며 세상을 어지럽힐지라도 이런 친구들을 생각하면 마음이 편하고 푸근해집니다.

반 년간의 프로그램을 끝낸 다음 절약한 돈이 무려 4,000달러나 되었습니다. 그때 아버지께서 당신이 창설의 주역이 되셨던 신탁은행장직에서 물러나시고 외유를 계획하실 때라 저는 "개같이 벌어 정승같이 쓰기로" 마음먹고 미국을 거쳐 유럽 여행을 가시는 아버지를 수행하기로 했습니다. 마침 여름 방학 때니 모든 것이 잘 맞아떨어졌습니다. 비행기값은 서울—시카고 왕복표에 200달러 정도만 더 들었구요. 제가 가족과도 떨어져 살며 피눈물나게 절약해서 가는 여행이었는데 여행사 직원들은 우리들을 "부자(富者) 부자(父子)"라고 놀려대서 좀 듣기 억울했습니다. 그때는 여비가 크게 들지 않아 여러 도시를 돌아 도쿄에 도착해도 1,500달러 가량이나 남아 봉기에게 송금해 주었지요.

처음 보는 유럽의 문화 유산에 흠뻑 빠져 보고 또 여행중 아버지의 회갑을 맞이하고 저의 막내 남연이의 출생 소식에 접하는 등 정말 여러 가지로 기억에 남는 여행이었습니다. 저는 지금도 그때의 일기장을 가끔 뒤적거리며 회상에 잠기곤 합니다. 이제 불과 5,6년 후엔 제 자신이 회갑을 맞이하게 된다니 세월이 꿈만 같습니다. 회갑 같은 것은 아득한 훗날 달나라에서나 있을 수 있는 일이라고 느꼈었는데…….

그때 어머니의 편지를 간수하지 못했으니 정말 송구스럽기 그지없습니다. 어머니께서는 제 편지를 많이 모아 놓으셨는데……. 저의 노스웨스턴 체재 일기는 두 권이나 되어 여기 옮겨 놓지 못합니다. 그 일기에는 날마다 어머니와 가족을 애틋하게 그리워하는 마음이 나타나 있습니다. 우체통이 비어 있을 적마다 허전했던 심정도 묘사되어 있습니다. 유럽 각국에서 느낀 첫인상과 여러 문화 유적에 대해 보고 듣고, 또 읽은 것들이 꽤 소상히 적혀 있습니다. 하늘 나라의 어머니께서 제 일기장의 구석구석까지 읽어 주실 것을 알고 기쁜 마음으로 못다쓴 편지를 언제까지나 써 드리겠습니다. 내내 천상의 영원한 행복을 누리시기를 비오며

愛子 虎起 올림

□ 1975. 12. 27. ~~~~~~~~~~~~~~~~

어머니, 아버지께

참 편한 여행을 하고 하고 있어요. 비행장에서 본 사랑하는 사람
들의 얼굴이 만사가 잠든 어두운 하늘 위에 삼삼거립니다. 그리고
는 이 하찮것없는 놈이 차지하고 있는 공간이 어찌나 귀하게 느껴
지는지 모릅니다. 뉘우침과 아쉬움과 느지막한 희망과 그리고 벌써
부터 그리운 마음이 범벅이 되어 여행에 피로한 몸이 어디 있는지
오락가락한 순간입니다. 해가 가고 애아범이 되어 있어도 어머니,
아버지께는 아직도 응석 부리고 싶고 벌써부터 "豊富한 不在"를 노
래합니다. 돌이켜보면 제가 귀국한 지 5년여. 직업적으로는 많은
손해를 본 우울한 기간이었지만 이 기간이야말로 평생 제게 소중히
기억될 행복한 날들로 차 있었지요. 부모님의 애틋한 사랑을 혼자
가득히 받고 고맙게도 아이들은 어디에 내놓더라도 출중할 만큼 장
하게 자라 주었습니다.

세상이 험해졌다 해도 나의 조국은 저에게 모든 은혜를 베풀었습
니다.

"한 송이 꽃을 보더라도 감사하는 마음으로 주를 찬미하자"고 얼
마나 제가 마음을 굳게 먹었는지요. 그래서 지금 제 마음은 불평보

다 오히려 희망을 갖고 살고 싶습니다.

이제 몇 시간 후면 봉기 내외를 보게 됩니다. 하네다〔羽田〕 공항에서 계수에게 줄 향수를 하나 샀지요. 어머니, 아버지께서 여러 번 이르신 대로 얘기하고 되도록 즐겁게 지내고 떠나렵니다.

있는 동안 아이어슨 교수도 만나고 골든(Golden)도 들러가겠습니다.

봉기와는 장래 문제를 신중하게 의논할 테니까 너무 심려말아 주시기 바랍니다.

아이들이 애비가 안 보여서 찡찡거리지나 않을지 모르겠습니다.

이 기회에 할머니, 할아버지께서 단단히 점수를 따 놓으시지요. 하하. 하네다에서 미국 체재중 들으려고 라디오 카세트 세트를 하나 샀습니다. 아이들하고 카세트 녹음이나 가끔 보내 주시면 제게 큰 위안이 되겠습니다.

거리란 어떤 면에서 참 좋은 것입니다. 함께 있으면 쑥스러워 못 드리는 말. 얼마나 이 호기의 어머니, 아버지께 대한 사랑이 애틋하고 깊은가를, 거침없이 이렇게 기쁜 마음으로 드릴 수 있지 않아요.

그 동안 기대에 보답해 드리지 못하고 여러 가지 실망만 안겨드린 데 대해 송구스러워 머리를 들기 힘들었습니다.

잘 안 찍어지는 나무가 좋은 재목이 된다는 말을 제가 증명할 수 있을지요. 멀리 있지만 늘 어머니, 아버지를 그리며 자주자주 소식 올리겠습니다. 이 맘이 변하지 않도록 못난 저의 편지를 모아 주시기 바랍니다.

愛子 虎起 올림

사랑하는 어머니, 아버지께……

봉기(鳳起) 내외랑 아주 즐거운 이국(異國)의 첫날을 지냈습니다.
아직도 시차를 극복하지 못해서 그런지 여러 잡념들이 뇌리에 가득
차 있어서 그런지 잠을 설치고 일어나니 새벽 한 시가 되었습니다.

조용한 시간이라 그런지 편지 쓰기는 좋지만 심신이 안정되기에
는 며칠 더 있어야겠습니다.

제게 축복하러 공항에 나온 착한 사람들의 얼굴이 눈앞에 삼삼거
리고 궂은 기억보다는 제게 항상 은혜만 내린 조국의 거리가 벌써
부터 그리워집니다.

도쿄서 논스톱으로 샌프란시스코까지 8시간도 못돼서 도착하니
김포 공항에서 이별의 설움에 복받쳐 마구 울어대던 유학생들의 모
습이 오히려 쑥스러 보일 지경이었지요. 아주 아담한 봉기의 아파
트에 여장을 풀고 셋이서 샌프란시스코의 봉기 사무실도 들러 보고
버클리 대학 캠퍼스도 들렀지요. 지중해식 기후에 햇볕이 따사로운
아름다운 곳입니다. 이곳에서 학창 시절을 보냈을 때 제가 너무 흐
리고 어렸던 것이 기억에 되살아납니다. 그 동안 잊어버렸던 거리
이름, 학교 건물 이름들이 유칼립터스(Eucalyptus)의 향기와 함께
되살아납니다. 그때 제가 어린 시 한 구절을 쓴 기억도요.

"옛터는 남의 터, 잊었던 나도 남."

다시 20대 초반으로 돌아갈 수 있다면 흐뭇하게 열심히 훌륭한 공
부를 할 수 있겠다는 생각이 듭니다. 그렇게 생각이 날 때는 이미

늦었다는 자탄을 누구나가 하게 되는 모양이지요. "C'est la vie!" 말로의 〈인간의 조건(La condition humaine)〉과 어머니의 〈축제와 운명의 장소〉의 마지막 장면이 이렇게 절실하게 실감되는 순간입니다.

새벽 4시가 됐군요. 앞으로 여섯 달 힘껏 공부하고 연구하겠습니다.

어머니, 아버지께 편지드리는 시간이 그 동안은 가장 행복한 시간이 되겠습니다. 아무쪼록 건강하시기만 기구(祈求)하겠습니다.

새해에 복 많이 받으세요.

愛子 虎起 올림

□ **1976. 1. 8.** 〰〰〰〰〰〰〰〰〰〰〰〰〰〰〰

사랑하는 어머니, 아버지께……

이제는 이곳에 많이 익숙해지고 그래슬리(Graessley) 교수 및 여러 사람들이 친절히 대해 주어서 편안히 지내고 있습니다. 화공과에 고교 후배가 3명이나 있어 다 모이면 한국에 다시 온 느낌이 듭니다. 두 명은 박사 학위가 벌써 끝났지만 구직난으로 해서 그냥 남아 있는 상태이고 또 한 명은 이제 박사 학위 과정을 시작하는 단계입니다. 모두 제게 따뜻한 동포애를 느끼게 하는 실력 있고 좋은 후배들입니다.

어제는 이곳서 서남쪽으로 약 45마일 떨어져 있는 네이퍼빌에 아모코(아메리칸 석유 회사)에서 일하고 있는 동기 동창 최승정(崔承政) 군(別名이 촌놈)에게 전화를 했더니 눈길을 마다하지 않고 온 식구를 데리고 달려와서 시카고의 한식점에 데려가 대접을 하더군요. 어렸을 적부터의 우정이 조금도 변하지 않는 좋은 친구입니다. 시카고에도 한식점, 잡화상, 여행사 등이 심심치 않게 보일 정도로 우리 나라로부터 이민이 많은 것같이 보입니다. 허름한 가게들을 볼 때 반가우면서도 서글픈 감도 듭니다.

이곳의 날씨는 제가 들렀던 도시 중 최악입니다. 오늘 저녁은 화씨로 영하 17도(섭씨 -26도)까지 기온이 내려간다는 예보입니다. 어제는 화씨 영하 10도였는데도 엉망으로 춥더니 침침한 감만 드는 곳입니다. 에미가 어떻게 알고 했는지 짐 속에 뜨뜻한 옷을 너무 많이 넣어서 아주 편하게 지냅니다. 귀마개와 눈장화를 이곳에서 사고 나니 더 필요한 것이 없습니다. 차차 익숙해지면 추위도 덜 타고 또 곧 겨울도 다 지나갈 테니까 조금만 있으면 되겠지요. 그리고 학교와 숙소는 아주 난방이 잘 돼 있어 편합니다. 담배는 계속해서 끊은 상태이고 술 한 방울도 안 마시지요, 잘 먹지요, 게다가 아침 저녁으로 20여 분을 걷지요, 참 몸에는 좋은 생활입니다. 동네도 날씨만 나빴지 교회가 미국 도시 중 가장 밀집해 있다는 좋은 곳입니다. 어디 가나 술집 하나 찾아보기 힘듭니다. 천상 몇 달 동안 '중'같이 지내야겠지만 그 동안 녹슬었던 머리를 닦고 연구 생활을 위해선 안성맞춤인 조건입니다. 너무 나이가 많다고 생각할 필요가 없다고 할 수 있지요. 있는 데까지, 할 수 있는 데까지 많이 보고 배우고 연구도 해 가야겠습니다.

여섯 달이 너무 짧지만 아버지 회갑을 지내고 또다시 올 수도 있는 길을 여러 가지 터놓고 떠날 예정입니다. 요사이는 에너지 문제가 크게 부각되는 때라 콜로라도 광산 공대(Colorado School of

Mines)에 연구비도 많고 석탄 가스와, 셰일 암석과 타르 모래 석유 (Shale and tar sand oil) 연구가 그곳서 활발히 진행되어 꽤 각광을 받고 있습니다. 석유 탐사에 대해서도 배우고 싶으니 가능하면 연구 휴가(Sabbatical)는 골든(Golden)서 지내고 싶습니다. 이제 깊은 잠에서 깨어나 산 위에까지 급히 따라가야 되는 토끼가 된 심정이나 과학원 교수의 체면을 손상할 만큼은 형편없지 않습니다. 이제 연구만 궤도에 올려놓는다면 저희도 부끄러울 것 없습니다. 이곳서는 왕탁(王卓) 군이라는 대만서 온 젊은 대학원생, 그래슬리 (Graessley)와 한팀이 되어 고분자 반응기에 관한 연구를 하게 될 것 같습니다.

봉기(鳳起)도 오늘 스탠포드 대학에 가서 아이어슨 교수를 만납니다. 새해에는 우리 집안에도 좋은 일들이 틀림없이 찾아듭니다. 봉기도 아름다운 스탠포드로 가서 좋은 일 많이 하고 화목한 가정을 이룰 것입니다.

떠나고 생각하니 저도 행복한 가정을 가졌다고 느낍니다. 더할수 없이 자랑스런 부모님, 미국서도 찾아보기 힘들게 재주 있고 귀여운 ("고슴도치도 제 새끼는 함함"한다지만요) 아이들, 충실한 아내, 뭐 더 바랄 것이 없는 게죠. 다만 제 자신이 부족한 것만이 스스로 불만스러웠던 거지요.

아버지, 어머니 건강을 빌며 오늘은 이만 줄이겠습니다.

편지는 학교 주소로 보내 주시는 것이 제게 더 편하겠습니다.

愛子 虎起 올림
노스웨스턴 대학에서

□ **1976. 1. 23. 금** ～～～～～～～～～～～～～

사랑하는 어머니, 아버지께

　이번 편지에는 사진 두 장을 동봉합니다. 하나는 제가 살고 있는 방이고 하나는 서튼 교수 댁에 놀러갔을 때 찍은 겁니다. 제 방은 4평 남짓해서 보시는 바와 같이 침대, 책상, 경대 하나씩 들어가 있는 정도인데 빈틈이 없을 정도로 비좁지만 청소도 해 주고 편하고 뜨뜻해서 저와 같은 단기 체재자에겐 안성맞춤인 곳이지요. 하여튼 방에 있는 것들이 하나씩 둘씩 눈에 들기 시작합니다. 전형적인 보수적 중서부 도시라 얼마 전까지도 술 안 파는 도시(dry city)였다고 합니다.

　신교 신도들이 많은 것은 교회街(Church Street)라는 거리에 즐비하게 서 있는 교회의 행렬을 보고서도 직감할 수 있습니다. 이 동네는 매서운 날씨 때문인지 돌집이 많습니다. 교회들도 돌집이 대부분인데 현대 감각을 지니면서도 주위 환경과 잘 조화되며 성역이라는 느낌을 동시에 주는 것이 맘에 듭니다. 제가 다니는 성모 마리아 카톨릭 교회(St. Mary's Catholic Church)는 살고 있는 마가레트 인 (Margarita Inn)에서 백 발자국도 안 되는 같은 거리에 있는데 역시 돌집이에요. 이곳도 미사 때 10대들이 기타를 들고 나와 다 갈라지는 목소리로 성가(聖歌)를 부르는데 제 맘에 영 들지 않는군요. 우리 혜화동 본당의 박 신부님의 엄숙한 집전과 아름다운 성가대의 목소리가 그립습니다. 그리고는 미국보다도 우리가 문화국이라는 자부심을 느낍니다.

한국 신문을 보니 영일만의 유전(油田) 소식으로 전국이 들끓고 있더군요. 아직 그렇게 흥분할 단계는 아닌데 역시 우리 나라 사람들은 단순한 면이 많은가 봅니다.

제 우체통이 텅텅 비어 있는 것이 아직 제 주소를 모르시는가 보지요? 학교로 보내시는 것이 가장 빠를 겁니다. 그리고 올 때 사진을 별로 가져오질 못했는데 남우 생일쯤 몇 장 찍어 보내 주시면 참 좋겠습니다. 다른 것은 보내시면 짐만 되니 아무것도 보내시지 마세요. 옷이 너무 많아서 빨래도 그리 할 필요가 없습니다. 누나와 봉기와는 일주에 한 번 정도는 전화 연락을 합니다. 계수에게 태기가 있는 것은 소식 들으셨겠지요. 봉기란 녀석이 하두 편지를 안해서 혹시 모르실까 봐 제가 대신 전해드립니다. 인제는 모든 일이 잘 돼 갈 거예요. 제가 그전부터 말씀드린 대로요.

□ **1976. 1. 26. 월**

주말을 지내느라고 편지가 두 동강이 났습니다. 이곳서 30마일쯤 떨어진 네이퍼빌에 있는 동창생 김대균(金大均) 군 집에서 아주 즐거운 주말을 지내고 왔어요. 아모코 회사에서 일하고 있는 김군 내외의 극진한 대접을 받고 역시 한곳에서 일하고 있는 최승정(崔承政) 군과 바둑도 두고 왔지요. 모두 훌륭한 화공 엔지니어들이고 좋은 친구들입니다.

오는 길에 데이브 서튼 집이 있어(La Grange) 하루종일 잘 먹고 수입 포도주와 맥주를 들면서 우리집 애기로 꽃을 피웠답니다. 한국 있을 적 찍은 우리 식구 사진을 커다랗게 확대해서 서재에 걸어 놓고 있더군요. 제가 온다고 그런 게 아니라 돌아와서부터 10여 년을 줄곧 걸어 놓았답니다. 정말로 친형제처럼 제게 대해 주어 날이 갈수록 감격하고 있습니다. 사람의 정에는 국경이 없다는 것을 느끼고 미국이 싫어지다가도 이런 친구가 있어서 다시 좋아지곤 합니다. 우리집 변한 사진을 보고 싶어하니까 이재만(李在萬) 씨나 심재학(沈載學) 씨에게 부탁해서 대문, 정원 등 사진 몇 개 컬러로 찍어 보내 주시면 정말 좋아할 거예요.

새 주일이 시작되었으니 이것으로 오늘은 편지를 줄이고 공부를 하겠습니다. 멀리서 저의 깊고 애틋한 사랑을 보냅니다. 집안의 평화와 조국의 발전에 벅찬 희망을 느끼게 되는 요즈음에 저희들 사기는 바야흐로 충천하고 있습니다. 일시적인 좌절에 눌려서는 안되겠지요.

부디 건강하시기를 빌며.

愛子 虎起 올림

□ **1976. 1. 28.** ～～～～～～～～～～～～～～～

사랑하는 어머니, 아버지께……

그토록 학수고대했던 어머니, 아버지의 편지를 받아 뵈옵고 이 즐거운 마음을 형용키 어렵습니다. 이 편지들이 오느라고 그 동안 '하늘에 먹구름'이 끼었던 모양이지요? 때마침 푸근하고 청명한

80

날씨가 퍽이나 상쾌합니다. 이제는 이곳도 익숙해지고 이 편지가 집에 들어갈 때쯤이면 겨울도 거의 다 지나가 있겠지요.

아버지 편지에 중동에 들르신다니 제가 수행해 드리면 좋겠다는 생각이 듭니다. 이왕 나왔으니 석유에 관한 과제를 가지고 들러서 보고 관계 요로의 인사들과 만날 기회를 만들면 제 자신에게도 경험이 되고 석유가 발견된 조국에도 헌신할 수 있을 것 같습니다. 과기처 장관님, 주 이란 현 대사님, 상공부 김선길(金善吉) 차관님 등과 접촉을 해 주시면 가능할 것 같습니다.

경유지 추가 허락은 시카고 총영사관에 저의 동창 박유광(朴有光) 군이 영사로 있으니까 문의해 보겠지만 본국에서 어떤 훈령이 있으면 좋겠지요. 이번엔 정말 이란 등 산유국엘 들러 우리 나라가 산유국이 되는 데 대비하는 게 좋을 것 같습니다.

제가 5월 말에 콜로라도 광산 공대(Colorado School of Mines)에 가서 한 열흘 동안 "기름 공부"를 할 예정이었는데 아버지께서 오시면 그 예정을 약간 변동해야 될지 모르니까 빨리 알려주시기 바랍니다.

봉기하고는 매주 한 번쯤 전화 연락이 있는데 잘 있으니까 안심하세요. 산업 공학을 공부하겠다니 마침 스탠포드가 근처에 있어 다행입니다. 아이어슨 교수가 도움이 되어 줄 것입니다.

전화는 이때까지 돈 아끼느라고 안 놓았더니 누나가 봉기에게 콜렉트 콜로 전화 걸기도 미안하고 근처의 동창들이 너무 인색하다고 공격이 심해 제일 싼 거(한 달에 3달러 50센트)로 하나 놓기로 했습니다. 이번 금요일에 설치되면 전화 번호를 알려드리겠습니다.

어머니, 아버지의 작품은 누구 것보다 훌륭할 겁니다. 전시회 사진을 보내 주시면 데이비드에게도 보여 주고 좋을 텐데요. 어머니께서 작품을 쓰신다는 소식은 무엇보다도 반갑습니다. 저도 노력해서 보답을 해 드려야겠지요. 그리고 이곳 같은 과에 있는 후배들이 한국 신문을 여러 가지 보니까 신문은 보내실 필요가 없습니다.

어머니나 아버지 기사가 있으면 스크랩해서 보내 주시지요.

외국엘 나와 보니 역시 사람은 제 고장에서 살아야겠다는 것을 더욱 절실히 느낍니다. 미국이 돈 많고 편리한 나라이긴 하지만 푸근한 정은 정말 못 느낍니다. 사람 나름이고 데이비드나 톰 같은 친구도 있긴 하지만요. 우리 후손은 남 부끄럽지 않게 살 수 있는 나라에서 살게끔 우리가 노력한다면 거기서 더 보람된 일이 없겠지요.

아무튼 아버지와 함께 여행할 수 있기를 빌겠습니다.

곧 또 소식 전해 드리지요.

愛子 虎起 올림

□ 1976. 2. 9. 〰〰〰〰〰〰〰〰〰〰〰

사랑하는 어머니, 아버지께……

지난 주말에는 인디애나폴리스에 가서 톰 카트멜과 함께 하루를 지내고 그의 집에서 묵고 돌아왔습니다. 여러 가지로 많이 변했지만 그 구수한 인간성은 예전 그대로이더군요. 동봉해 드리는 사진에 보시다시피 재혼을 해서 애기가 둘이 있고 전부 모이면 대가족입니다. 현재의 부인인 바바라의 아이 넷이 톰 집에서 살고 있더군요. 톰은 변호사로 꽤 성공을 해서 사무실에 변호사를 셋이나 거느리고 있고 보험 회사, 바, 아파트 건물 등을 소유하고 있을 정도로 풍요한 생활을 하더군요. 그러나 자녀들의 앞날 교육비 장만을 위해 자신들이 신문 배달, 베이비 씨팅 등으로 지금부터 저축을 하게 합니다. 이런 것을 보면 이제 세 아이의 애비가 될 저는 걱정이 앞섭니다.

한국이 교육비는 이곳보다는 엄청나게 싸지만 그 대신 시키는 것은 많으니까 여러 가지로 정신차리지 않으면 큰일나겠습니다. 에미 편지를 보면 남지의 재주는 비상한 것으로 들리는데 어떻게 해서든지 모든 것을 희생하고라도 그 재주를 살리게 하는 교육에 아낌이 없도록 할 생각입니다. 돌아가는 대로 체면 차리지 말고 작은 아버지 회사부터라도 비비고 들어갈 의향도 있습니다. 이곳서 유명해지는 사람들도 그렇게 시작하고 자신을 자꾸 발표하고 밖으로 나타내더군요. 그게 정말로 제 성격에 맞지 않고 싫고 잘 안 되지만 아이들 기를 생각하면 노력은 해야겠지요.

남우란 녀석 자꾸 할아버지한테서 도망가려구 하는 모양인데 아마 며칠 찡찡대더라도 데리구 계시면 친해지실 거예요. 너무 아무거나 사 주시면 오히려 역효과가 날지도 모릅니다.

힘드시더라도 몇 번 화실에 데리고 가서서 그림을 같이 그리면 금방 친해지실 수 있을 것 같은 기분이 듭니다. 제깐놈이 무언데 그렇게 으스대는지 모르겠습니다. 하 하…….

이곳은 2월이 들어서 날씨가 참 따뜻해졌습니다. 이젠 처음 왔을 때처럼 지긋지긋한 추위는 없고 오늘 같은 날은 화씨 40도가 훨씬 넘는 온화한 날씨에 햇볕도 제법 화사해 명랑한 기분이 납니다.

동창들이 전화 없다구 구두쇠라고 하두 공격을 해서 거금 20여 달러를 들여 제일 싼 전화를 놓았습니다.

봄 방학 동안(3월 13일부터 2주일간) 워싱턴에 가서 누이 집에 있기로 했습니다. 마침 클로드가 그곳에 온다고 해서 함께 참 재미있을 것 같습니다.

아버지의 방미 계획은 어떻게 돼가시는지 궁금합니다. 데이비드나 톰에게 오실지도 모른다고 그러니까 펄펄 뛰며 좋아하면서 자기집에 모시겠다고 여러 번 그러더군요. 지금 편지 쓰다 반가운 어머니, 아버지 편지를 받았습니다. 아버지께서 4월 초에 오신다니 정말로 기쁩니다. 그때쯤 되면 얼마든지 시간은 낼 수가 있습니다. 5월 말에 이곳서의 제 프로그램이 끝나니까 그때까지 누이 집에 계시면 저와 함께 여행을 하실 수가 있겠지요. 제가 여권 유효 기간이 6월 22일이지만 확실히 아버지를 모실 수 있게 된다면 연장 수속을 해 보겠습니다. 경유지 추가 허락도요. 봉기란 녀석은 엄살이 심하군요. 오늘 밤에 전화를 걸어서 톡톡이 설교를 할 작정입니다. 학업하는 데 아무런 장애가 없으니 안심하시기만 바랍니다. 부디 건강하시고 되도록 고속 도로에는 나가시는 일 없으시도록 하세요.

그럼 곧 또 쓰지요.

愛子 虎起 올림

□ **1976. 2. 25.**

사랑하는 어머니, 아버지께……

그 동안 소식이 없어 궁금하던 중 사진이 가득 든 편지 봉투를 받으니 한없이 기쁩니다. 사진은 하두 많이 쳐다봐서 구멍이 날 지경입니다. 어머니, 아버지 젊고 우아하시며 아이들도 돌봐 주시는 덕택으로 어여쁘게 자란 것 같아 보구 싶고 또 기쁘고 자랑스럽습니다.

때마침 화씨 60도를 상회하는 화창한 봄 날씨라 즐거운 마음이 겹쳐 그야말로 금상첨화입니다.

이제는 겨울 옷을 정리할 때가 벌써 온 것 같아요. 그 지긋지긋하던 추위가 언제 있었더냐 싶게 미시간 호수도 이제는 파란빛을 내며 이곳 캠퍼스도 자못 아름다워지는 것 같습니다.

어제는 누나 생일이라 저녁 때 축하 전화를 걸었더니 생일 잔치도 마다하고 독일어와 경영 등을 배우러 야간 교실에 나갔다 하여 베르트랑과 통화를 했습니다. 그 열성엔 감탄을 아니할 수 없군요. 베르트랑은 하와이 대학 교수를 그만두고 '세계 은행(IBRD)'에서 일하기로 결정을 했답니다. 경란이 교육에도 워싱턴이 좋고 명예, 장래성 등 여러 가지 면을 생각해서 결정지은 것이지요. 저도 그 결정에 전적으로 동의를 했습니다. 세계 은행에서 앞으로 우리 나라에 여러 가지 도움이 될 만한 일을 기대해 봄 직도 합니다. 유럽 경유 건에 관해서는 클로드와 위베르 박사의 초청장을 받도록 부탁하였으니 너무 무리는 말아 주십시오. 위베르(Huber) 교수에겐 프랑스의 유명한 석유 연구소인 IFP의 초청 알선을 부탁했습니다.

점심 때면 싸 가지고 온 도시락을 들고 학생 회관 식당에 가서 국 한 그릇에 25센트 주고 사 먹습니다. 요새는 날이 좋아 식사 후 호숫가를 산책하곤 합니다. 멀리 시카고의 스카이 라인이 보이고 한없이 펼쳐진 호수가 여간 평화롭지가 않습니다.

시카고에는 Sears Building, John Hancock Building 등 10년 전 방문했을 적엔 없던 100층이 넘는다는 새 건물들이 세련된 설계와 외관으로 기존 건물과 조화가 잘되고 있습니다. 이런 시간은 우리들 마음을 깨끗히 씻어내는 것 같은 것을 느끼지요. 이곳 시카고 지방에 경기 동기 동창들이 자그마치 15명이나 되어 모두 제게 친절을 아끼지 않습니다. 모두 공학 박사가 아니면 의사라 풍족하게 살고 있습니다. 특히 의사들은 이곳에선 지나친 대우를 받는 것 같습니다. 동기인 시카고 영사 박유광(朴有光) 군의 말에 의하면 제 여권 기간 연장과 경유지 추가를 위해선 아마 본국의 허가가 필요한 모양이나 수일 내로 영사관에 가서 더 자세한 내용을 알아보겠습니다. 그 전에는 과학원에 얘기를 하시지 마십시오. 괜히 말만 나고 이행이 안 되면 쓸데없는 얘기가 퍼지는 것은 바람직한 일이 아니겠지요.

데이비드는 여전히 친형제처럼 저를 대해 줍니다. 얼마나 좋은 친구인지 날이 갈수록 느낍니다. 천하태평의 상냥하고 자상한 할머니나 차분하고 친절한 할아버지, 모두 전형적으로 보수적이면서도 좋기가 한이 없는 미국인들입니다. 요새는 이런 미국인들이 참 보기가 힘이 들지요.

이제는 고분자 공부도 꽤 해서 냄새를 느낄 수가 있습니다.

그래슬리는 여러 가지 분야에 걸쳐 폭넓은 지식을 가지고 있으나 저희들이 이르지 못할 경지에 이르렀다고 느끼고 싶지는 않습니다. 차근차근히 하나둘씩 서두르지 않고 해 나가려면 시간이 많이 걸릴 것 같습니다.

봉기에게는 제가 자주 격려 전화를 걸어 줍니다.

엊그제도 전화하니 무척 명랑한 목소리라 안심이 되었습니다. 스탠포드 대학에 원서를 내도록 했으니까 봉기 일에 대해 너무 심려 마세요. 그 녀석은 겉으로는 우는 소리 하는 것 같아도 할 일은 하고 말 것입니다.

이재규(李在珪) 선생 자제인 웅구(雄求) 형은 만날 시간이 없어 전화만 한 번 했으나 별로 연락을 안 하는군요. 하여간 동기 동창 다

만날 시간도 없을 것 같아 웅구 형을 만나게 될지 모르겠습니다.

민 대법원장의 자제 경삼 씨에게도 하루 초대받았습니다. 부인이 서에스터입니다. 서튼 박사 동네인 이곳에서 부촌(富村)이라는 윌메트의 좋은 집에서 살더군요. 참 인상 좋은 사람으로 느꼈습니다. 이곳 대학서 석사만 하고 시카고에서 일하고 있답니다.

저는 잘 먹고 잘 놀고 공부도 많이 하고 오랜만에 씩씩하게 지내고 있습니다. 밤에는 절대로 외출을 하지 않으니까 생활비가 많이 남습니다. 방 안에서 싱싱한 과일 곁들여 깡통 따서 먹으면 영양도 좋고 절약도 되어 유럽 방문 여비는 저축이 충분히 될 것 같습니다.

그러면 오늘은 이만 줄입니다.

아무쪼록 건강하시기만 빕니다.

愛子 虎起 올림

□ **1976. 3. 5.** 〰〰〰〰〰〰〰〰〰〰〰〰〰

사랑하는 어머니, 아버지께……

오래 소식이 없어 궁금한 마음이 한량없습니다. 에미에게서도 엽서 한 장 없으니 걱정이 됩니다. 두루 안녕하시기만 바랍니다. 제 유럽 경유 허가는 시카고 영사관에서 프랑스의 초청장만 있으면 해 주기로 했습니다. 위베르 박사와 클로드에게서 곧 초청장이 올 테니까 아무 문제가 없을 것으로 생각됩니다. 아버지께서는 언제 오시는지 궁금합니다. 제가 떠날 수 있는 것은 6월 1일이니까 너무 일찍 오시면 기다리시기가 답답하실는지 모르겠습니다.

이번 주일은 하루 종일 침침하고 비가 내려 참 울적합니다.

거기다가 엽서 한 장이 없으니 좀 외로워지는군요. 그러나 다음 주에는 누이한테 갈 테니 조금만 참으면 되겠군요. 편지 한 번 오고 가는 게 거의 4주가 걸리니 참 답답합니다. 하두 편지가 없어 무슨 일이나 나지 않았나 걱정이 되고 불안한 마음입니다.

요새도 데이비드가 틈만 나면 놀러와서 데이비드 덕택으로 미술관, 과학관 등 시카고의 명물들을 두루 구경했지요.

친구들이 계속 너무 잘해 주고 있습니다. 아주 건강히 있으니 제 걱정 마시고 부디 건강하시기만 빕니다. 어머니 작품 발표되면 항공으로 보내 주시면 정말 반갑겠습니다.

愛子 虎起 올림

□ 1976. 3. 12. ～～～～～～～～～～～～～

사랑하는 어머니, 아버지께……

오늘로서 벌써 겨울 학기가 끝나고 내일 누이한테로 떠납니다. 27일 다시 돌아옵니다. 짧은 기간이지만 많은 것을 보고 배운 것 같습니다. 아주 건강히 지낸 것은 천주님의 가호와 어머니, 아버지의 따뜻한 사랑의 은덕입니다. 날씨도 풀리고 즐거운 방학을 기대하고 있습니다. 파리에서 클로드, 넬리도 워싱턴으로 와서 함께 지내기로 되어 있지요. 데이비드가 틈만 있으면 와서 미술 박물관, 과학

88

박물관 등 시카고의 명물들을 구경시켜 줍니다. 이 카드도 시카고 미술 박물관(Chicago Art Institute)에서 산 것입니다. 그곳의 인상파 소장품은 파리에 있는 것보다도 훌륭한 것들이 많아요. 모네의 수선화(nymphéa)는 이제는 오랜 벗이 된 것처럼 보면 볼수록 반가워집니다. 이렇게 작품과 익히고 내 마음과 특별한 관계를 맺기 전엔 "감상"이라는 말을 쓰면 우습다고 생각되지요.

어제는 엘 그레코, 티에폴로와 한참 친하게 지내다 돌아왔지요. 어머니께서 특히 좋아하시는 렘브란트의 작품이 두서너 점밖에 보이지 않는 것은 실망이었지요. 드가의 무희들(舞姬), 고갱의 타히티 여인들 그림 등 어머니가 좋아하시는 그림을 보며 어머니를 그립니다. 어머니가 계셔서 이런 그림들이 더욱 제게 가깝고 따뜻함을 느끼게 합니다. 그리고 마음속 깊이 행복감이 솟구쳐오르는 환희를 느낍니다. 보내드리는 엽서의 수선화를 보시며 어머니, 아버지께서도 어리석은 자식의 사랑을 느끼십시오. 멀리 떨어져 있지만 항상 조국과 사랑하는 부모 처자와 함께 있는 저의 마음은 고향에 있습니다. 워싱턴에 도착하는 대로 곧 소식 올리겠습니다.

虎起 올림

□ **1976. 4. 13.**

사랑하는 어머니, 아버지께……

오랫동안 편지가 오지 않아 궁금한 마음이 한이 없습니다. 어머니, 아버지 결혼 기념일에 전화를 해 드리려다 기다리지 못하고 미리 드렸습니다. 두루 안녕하신 것 같아 우선 안심은 했습니다만 아버지께서 무료해하시고 눈도 편치 않으시다니 멀리 있어 위로도 드리지 못해 마냥 송구스럽기만 합니다. 그리운 마음에 지난 주말에는 작년의 일기장을 읽어 보았습니다. 모든 일이 뜻대로 되지 않고 업적도 신통치 않은 세월이었지만 정신적으로는 많은 발전을 보았고 너무나 어머니, 아버지, 아이들, 에미와 함께 행복한 순간이 많았던 해이기도 했지요.

도스토예프스키는 〈백야(白夜)〉에서 한순간의 행복에도 감격하며 외쳤지요.

"One moment of bliss : isn't that worth to live a whole life for?(한순간의 희열 : 그것만으로도 한평생을 살 만한 가치가 있지 않을까?)"

저를 아끼고 사랑하는 가족들이 있어 보잘것없는 이 인생에도 보람을 느끼며 살아가렵니다.

누이와 봉기와는 자주 전화 연락을 해서 늘 함께 있는 듯한 느낌으로 지냅니다. 저희 형제들의 이 깊은 우애를 아이들도 본받아 주기를 바라고 믿고 싶습니다. 제가 방문해 있는 동안 누이 내외의 정성은 그야말로 눈물겨웠습니다. 평생을 두고 잊지 못한 행복한 2주였지요. 내주에는 누이가 시카고 대학에서 논문을 발표하러 이곳에 옵니다. 제가 학기 도중이라 바쁘지만 제 온 정성을 다해서 맞이하겠습니다.

프랑스 석유 연구소(IFP)의 초청은 받아들이기로 결정을 하고 싶은데 아버지께서 오시는지 여부를 기다려 정하고자 하니까 되도록 빨리 연락을 해 주시기 바랍니다. 5월 중순에 오신다면 5월 말이면 제가 이곳을 떠날 수가 있으니까 그보다 좋은 시기가 없습니다. 이곳 UOP(Universal Oil Products Co.)에서 일하는 피터 푸자도(Peter Pujado) 군이 미국 대학원 동창인데 자기의 본가인 유서 깊은 바르셀로나의 방문도 초대했으니 이번 여행은 여러 가지로 뜻 있고 재미있는 것이 될 것으로 기대됩니다. 아버지의 회갑을 제가 모시며 평생 추억이 될 여행을 하고 싶습니다.

어머니 작품을 학수고대하고 있지요. 한 번 쓰신 여세로 계속 걸작을 만드실 것을 믿어 의심치 않습니다.

이곳은 봄철답지 않게 쌀쌀한 기온이나 목련, 개나리 등이 만발하여 자못 봄기운이 나고 동네도 다시 보니 아름다운 곳이군요. 얼마 안 있으면 떠난다고 생각하니 아쉬운 감마저 듭니다. 공부도 열심히 하고 건강이 최고 상태에 있으니 제 걱정 마시고 어머니, 아버지께서 특히 건강에 유의해 주시기 바랍니다. 봉기 내외도 잘 있고 가을에는 꼭 스탠포드에 가도록 하겠으니 그 점도 심려 마시기 바랍니다.

요샌 아침 프랑스어 회화 시간에 재미도 많이 붙여가고 제 짧은 혀로 기본적인 의사 소통은 가능하게 되어가고 있습니다. 그러면 답장 기다리며 이만 그치겠습니다.

愛子 虎起 올림

□ **1976. 4. 30.** (어머니의 新作 〈어둠에 갇힌 불꽃들〉을 읽고…….)

Bravo, Bravo 우리 어머니 !

이 감동을 무슨 말로 표현할지 몰라 안타까워하는 마음을 어머니는 느끼시나요. 기다리고 기다리던 어머니의 작품을 두 번을 읽고 세 번째 읽다가 "주여, 우리를 불쌍히 여기소서"가 나오는 장면에 저도 모르게 합장을 하고 기도를 하고 있었습니다. 글을 읽는 사이 어느덧 맹인들의 슬픔이 마음 깊숙히 들어와서 저도 병호(炳鎬)와 함께 안나의 슬픔을 나누고 싶었던 거지요. "네 주위에 가엾고 헐벗고 굶주리며 천대받는 이들에게 베푸는 것이 곧 나에게 베푸는 것이라"는 복음(福音)의 말씀을 항상 착하고 아름다우신 나의 어머니는 이렇게 깊고 감동적인 글로서 지키신 것입니다. 가엾은 맹인들은 제가 기도하는 동안 피맺힌 눈물로 세상을 넘치고 넘치게 할 것입니다. 그리고 그 눈물로 해서 신비한 위로를 받을 것입니다.

우리도 사랑하는 용기(龍起)를 여의였을 때 넘치고 넘치는 눈물로 스스로를 위로했던 것을 체험하였지요. 온 세상이 슬픔 그 자체였던 것이니까요. 그래서 세상은 우리에게 순수했고 용기와 우리와의 관계는 더욱 순수하고 가까워진 것입니다. 날이면 날마다 그가 두고 간 말을 느끼는 것이지요.

"우리 사이 모든 것이 깊어만 가네……."

제가 어머니 문학에서 항상 느끼는 것은 어머니의 깊은 인생에 대한 긍정적 사상입니다. 그래서 어머니는 하잘것없는 일상사에서도 편견과 천대의 대상인 맹인의 생활에서도 오히려 더 깊은 인생

92

의 의미를 찾으실 수 있었던 것입니다. 〈어둠에 갇힌 불꽃들〉이 읽는 사람 마음 깊숙히 활활 타오르게 하신 것입니다.

대학 시절 감격을 하며 읽던 생텍쥐페리의 〈어린 왕자〉에 나오는 구절이 새삼 기억이 나는군요.

"On ne voit bien qu'avec le coeur.
L'essentiel est invisible pour les yeux."
(가슴으로밖에 잘 볼 수가 없다. 본질적인 것은 눈에 보이지 않는다.)

어머니의 긍정적 사상은 어머니의 문학에서 이 세상의 음양의 조화, 유무의 상통을 잘 느낄 수 있게 해 줍니다. 그래서 통달한 듯한 맹인, 박노인, 기구한 운명을 불평없이 받아들이는 교동 아주머니, 어려운 일에서 보람을 찾는 인도주의 사나이, 왜소한 체격이지만 굵은 목소리의 병호, 죽음의 길에서도 〈어머니〉를 본 맹목의 진수 등의 짙은 성격의 인물이 각기 그 특징을 지니면서 그들의 얽힌 사연이 구김살 없이 전개되어 나갑니다. 정안자(定眼者)라면 이루어지지 못했을 아름다운 안나와 추한 파울과의 관계, 〈눈물이 없는 울음〉 등은 우리들 마음을 찌릿하게 하여 주는 것입니다.

너무나 인상적인 장면이 많습니다. 실명의 과학적인 원인을 나열한 병호의 질문에 박노인의 대답은 자연을 지배하는 것은 과학보다도 우리 마음 자체라는 것을 일깨워 줍니다.

"난 별거 아냐. 병오년 여섯 살 때 경인운(庚寅運)이 들어와 맹목(盲目)이 된 거지. 겹살운인데 명이 기니 해(害)를 눈으로 때운 거겠지."

박노인의 강렬한 특징은 현대적 청년 병호를 압도하고도 남는 것이었지요. 그 누가 두 사람의 믿는 바를 어느쪽이고 부정할 수 있겠습니까.

명암의 대조와 조화는 다른 곳에서도 느낄 수 있습니다. 12장의 각 장에 각각 다른 주제를 다루면서 전체적인 조화가 너무나 잘 돼 있으며 언제나 인도주의에 차 있습니다. 어머니의 해박한 지식과 예리한 필력을 다한 이번 작품은 두고두고 가엾은 사람들에게 희망과 위안을 줄 뿐 아니라 우리 문학사에 길이 빛날 것입니다.

아직 영글지도 못한 공학도가 감히 어머니의 문학을 논하는 것이 외람되기 그지없다는 것을 잘 알면서도 이렇게 횡설수설한 것은 이번 작품을 읽은 감동이 너무나 컸기 때문입니다. 어머니께 대한 이 깊은 존경과 사랑을 받아들이시어 애교로 받아 주시기 바랍니다.

근 석 달 만에 어머니 편지를 받으니 너무나 기쁩니다. 이제 완전히 작품 활동을 계속하시게 된 것 더없이 다행스럽게 생각되며 저도 분발해야겠다는 것을 절감합니다. 그 동안 (4월 21일부터 25일까지) 누이가 이곳에 와서 시카고 언어학회에서 논문 발표한 것도 반응이 꽤 좋았던 모양입니다. 자랑스런 일이지요. 와 있는 동안 저희 남매가 데이비드 집에 초대되어 묵었습니다. 데이비드와 바바라는 이 각박한 미국 세상에는 그야말로 찾아보기 힘든 좋은 내외입니다. 누이는 여러 가지로 너무나 훌륭해서 같이 다니면 즐겁고 자랑스러웠지요.

이제 얼마 안 있으면 그리운 아버지를 뵈올 생각을 하니 가슴이 뜁니다. 함께 여행하면서 평생 잊지 못할 추억을 만들고 싶습니다. 아버지의 눈도 이런 기분 전환 후에는 많이 좋아지시리라 믿습니다. 확실한 여정표가 작성되면 알려주세요. 저는 5월 29일 이곳을 떠날 수 있습니다.

〈애틀랜틱 먼슬리(Atlantic Monthly)〉 지에 우리 나라 경제 발전에 관한 좋은 기사가 나서 자랑스러웠습니다. 어려운 환경에서 이만큼 이룩할 수 있었던 것은 우리 민족의 슬기가 있었던 까닭이지요. 희망을 버리지 않고 다음 세대에 좋은 나라 남겨 놓는 일에 참가하고 싶습니다.

그럼 오늘은 이만 줄입니다.

부디 건강을 빕니다.

愛子 虎起 올림

■ 엽서 모음

□ 1975. 12. 28. (California) ～～～～～～～～～～

Fishermen's wharf에 봉기 내외와 함께 놀러가서 이곳에는 만원이라 근처에 있는 Joe Di Maggio restaurant에 가서 해물 요리를 맛있게 먹고 돌아왔지요. SF 언덕 위를 오르내리는 케이블카를 보니 1965년 어머니와 함께 이곳을 방문했을 적 행복했을 때가 추억에 떠오릅니다.

오늘 스탠포드에 가서 아이어슨 교수를 만나고 봉기 얘기를 했더니 대환영을 해서 기뻤습니다. 이젠 봉기도 희망을 갖고 살라고 한 형의 충언이 잘 받아들여지는 것 같아 기쁩니다. 새댁도 충실한 것 같아 얼마나 큰 안심을 했는지 모릅니다.

이곳서 화요일쯤 덴버에 들렀다가 목적지에 갈 예정입니다. 가급적이면 새해를 누이와 함께 지내겠지만 시간이 허락할는지 모르겠습니다.

곧 또 소식 올리겠습니다.

호기

□ 1975. 12. 30. (U. S. A. San Francisco) 〰〰〰〰〰〰

샌프란시스코에서 아주 즐거운 시간을 지내고 덴버행 비행기 안
에서 몇 줄 적습니다. 무엇보다 봉기가 새 출발할 각오를 하도록 결
심하게 만든 것은 제 공도 많았다고 자부하고 싶습니다. 기쁘고 기
쁜 마음 어찌 표현할 수 있을는지 모릅니다.

오늘 덴버에서 하루 묵고 내일 누이한테 가서 새해를 워싱턴에서
맞습니다.

여행중에는 시간이 어떻게 지나가는지 모르겠습니다. 어찌 생각
하면 일평생이 이렇게 꿈만 같겠지요. 건강하게 잘 지내고 있으니
걱정하시지 마세요. 미국은 인심이 저 있을 적하구 딴판이 됐습니
다.

새해 복 많이 받으세요.

호기 올림

□ 1975. 12. 30. (U. S. A. Colorado) 〰〰〰〰〰〰

덴버 공항에 톰 슬라덱이 나와 있어서 편한 하루를 지내고 있습
니다. 개리(Gary) 교수에게 어머니 선물을 전하니 너무나 기뻐하며
아주 멋있는 Tally Ho라는 음식점에 가서 유명한 콜로라도 비프
(beef)와 아이다호 포테이토로 저녁을 대접해 주었습니다. 저의 연

구 휴가를 미국서 지낼 수 있도록 계속 노력하고 있노라는 고마운
얘기도 해 주고요. 개리 교수, 라이트 박사와 톰이 경쟁하며 자기
집에 있으라고 해서 결국 톰 집에서 묵기로 했지요. 내일 누이에게
가서 새해 전야를 함께 지내기로 돼 있습니다. 노스웨스턴에는 1월
3일 도착합니다.

호기 올림

□ 1976. 1. 15. (U.S.A.)

어제 톰 카트멜과 통화하고 오랫동안 얘기했습니다. 얼마나 반가
웠는지 모릅니다. 이젠 꽤 성장한 변호사가 돼 있는 모양이에요, 재
혼해서 꼬마가 둘이 생긴 모양인데 옛날하구 그 호인의 너털웃음이
랑 그대루더군요. 이런 좋은 친구가 미국에 있어 싫어지지가 않습
니다.

데이브란 녀석도 제게 "I still consider you as my own brother." 하
며 옛날 얘길를 하는데 가슴 찌릿한 감동을 느낍니다.

이제는 데이브 서튼이나 톰 카트멜 또 골든의 톰 슬라텍 같은 친
구가 미국서는 찾기 어렵습니다. 이곳 빌 그래슬리(Bill Graessley)도
참 좋은 사람입니다. 잘 지내고 있으니 걱정마세요. 집안 일이 두루
궁금합니다. 소식 전해 주세요.

호기 올림

빌 그래슬리 등 여러 교수, 학생들의 후의로 무사히 노스웨스턴의 오리엔테이션을 마치고 숙소도 정했습니다. 예전에는 카톨릭 여학생 기숙사였다는데 공부하기는 차분한 기분을 주는 곳입니다. 고색창연한 곳이나 깨끗하고 맘에 듭니다. 밥은 사먹기로 했습니다. 먹는 데와 공부하는 데는 아끼지 않을 테니 걱정 마세요. 밤이 되면 좀 외롭군요. 그러나 이제는 할 일이 많을 테니 참고 열심히 지내겠습니다. 대부분 학교에 있을 테니 학교 주소로 편지해 주세요.

(Chemical Engineering Dept.

Northwestern University Evanston, Illinois 60201)

어머니, 아버지 건강을 빌며 우선 정착한 소식을 전해드립니다.

호기 드림

사랑하는 어머니, 아버지께……

오늘은 말할 수 없이 아름다운 봄날. 3월 26일 금요일입니다. 베르트랑, 누나, 니콜, 넬리, 클로드와 함께 알링턴서 약 100마일 남쪽에 있는 리치먼드를 관광하고 윌리엄즈버그에서 하루를 묵고 내일 알링턴으로 돌아갑니다.

이곳서 얼마 안 되는 곳에 최초의 미국 이주민이 영국서 건너와 정착했다는 제임스 타운이 있어 그곳도 구경하고 돌아보면서 300여 년 전 일들을 생각하면 제임스 강변이 적이 희안하게 보이고 이상한 감회를 느낍니다.

보내드리는 카드에 보이는 식당에서 저녁을 먹고 이곳 윌리엄즈버그 Lodge에서 이 편지를 쓰고 있습니다.

갖가지 색의 벚꽃과 이름모를 꽃들이 만발하고 천지가 봄을 노래하는 듯한 아름다운 곳에서 좋은 사람들과 이렇게 즐거운 시간을 가진 것을 큰 축복으로 알고 감사한 마음을 잊지 않고 있습니다. 누이 내외의 우애는 눈물겹게 뜨겁고 깊어 더욱 행복감을 느끼고 있습니다. 지내고 보니 너무 아쉬움이 많고 짧았던 2주지만 평생 잊지 못할 추억이 될 것 같습니다. 내일 모레 에반스턴으로 돌아갑니다. 거기 가서 또 편지 올리겠습니다.

愛子 虎起 올림

□ **1976. (Virginia)** 〰〰〰〰〰〰〰〰〰〰

사랑하는 어머니, 아버지께……

너무 오래 소식이 없어 궁금한 마음이 한이 없습니다. 아버지는 언제 오시는지요. 오시는 날을 알아야 제가 맞춰서 계획도 하겠는데요. 과학원에는 따로 얘기할 것 없이 7월 한 달을 연례 휴가로만

100

보고했습니다. 이곳의 봄날은 침침하고 우울하기만 하지요. 아마 날씨는 이보다 나쁜 동네를 찾기 어려울 거예요.

그러나 친구들이 잘해 주어서 훈훈함을 느끼며 살고 있지요. 건강은 참 좋으나 가끔 잠이 안 와 고생입니다(특히 요새처럼 몇 주나 계속해서 편지함이 텅빌 때). 누이집서 찍은 사진 몇 장 보내드립니다. 또 이 그림 엽서 카드에 나오는 Carter's grove에서 우리 나라 가구들이 아주 멋있어서 반가웠지요. 우리 것을 지키고 아끼며 살아야겠지요. 곧 또 편지 드리겠습니다.

호기 올림

□ **1976. (Washington)** ～～～～～～～～～～～～～～～～

누나 집에서 꿈같은 2주를 지내고 다시 에반스턴에 돌아와 이 편지를 씁니다. 이제 얼마 안 있으면 아버지와 함께 여행을 할 생각을 하면 일각이 여삼추입니다.

아버지 눈은 많이 나아지셨기만 바랍니다. 어머니 작품은 인쇄가 끝나는 대로 항공으로 보내 주시면 그지없이 반갑겠습니다. 이곳의 봄은 온화한 날씨이기는 하나 마냥 찌뿌리기가 일쑤여서 명랑한 기분이 들지 않는군요. 여전히 데이비드가 잘해 주고 있지요. 위베르가 찾아 준 소식도 감격스럽게 들었습니다. 오실 적 이 두 좋은 친구들에게는 아버지의 그림〔小品〕을 가져오시면 좋아할 거예요. 언제 오시는지 시간이 급하면 전화나 해 주시지요. (312)869-2894 제 시간으로 밤 11시서 12시에는 꼭 제 방에 혼자 있으니까 요새는

Station-to-station call(사람을 대지 않고 번호만 돌리는 것)은 싸졌으니 그때 하시는 게 좋지요. 제가 전화해 드리고 싶어도 놀라실 것 같아 삼가고 있습니다.

호기 올림

□ **1976. 3. 23. (Washington)** ～～～～～～～～～

사랑하는 어머니, 아버지께……

개나리꽃, 벚꽃이 아름답게 만발한 이곳서 누나 내외와 꿈같은 휴가를 지내고 있습니다. 지난 주말 클로드와 넬리까지 와서 금상 첨화입니다. 제 짧은 불어가 많이 늘고 있는 것 같습니다. 어제는 조지 워싱턴이 살던 마운트 버넌에 가서 옛 미국 양반들의 살던 모습을 생생하게 보구 왔지요. 아름다운 정원을 보면 어머니가 가꾸시는 작지만 아담하고 품격 높은 우리집 마당이 그리워지지요. 미술관, 국회, 국립 기록 보관소(National archives) 등 구경할 것이 너무 많고 파리를 연상케 하는 아름다운 문화 도시입니다. 이런 곳에 누이 내외가 정착하게 된 것을 기쁘게 생각하고 있지요. 베르트랑은 세계은행(IBRD)에서 크게 인정받고 누이도 언어학회의 활동이 큽니다. 두루 자랑스럽지요. 누이는 4월 23일 시카고 대학에서 열리는 언어학회에 논문을 발표하러 갑니다. 시카고에서 누나를 또 보게 돼서 반갑지요. 다음주 미국 시민권이 나오니 직업도 곧 생길 것으로 봅니다. 우리 나라 국적을 못내 아쉬워하지만 언제나 조국을 잊지 않는 누이는 누구보다 한국인으로 남고 누구에 못지않은 활동으로 조국을 빛낼 것이 틀림없습니다.

경란이는 여럿이 있으니까 너무너무 즐거워합니다. 그렇게 귀엽고 이쁜 아이는 이곳서 보기가 어렵지요. '호기 아저씨'를 너무 따라서 더욱 귀엽지요. 늘 남지, 남우 데려오라구 조르고 바둑이 얘기도 잊지를 않지요. 발레, 피아노 등 여러 가지 배우느라고 어린것이 가여울 정도예요. 즐거운 날은 너무 빨리 가서 며칠 안 있으면 28일이 되어 에반스턴으로 돌아가야 됩니다. 부디 건강하시기만 빌며.

호기 드림

□ **1976. 5. 17.** (Washington) ～～～～～～～～～～～

다음주 월요일에 아버지께서 시카고로 오십니다. 이 편지 받으실 무렵엔 함께 워싱턴에 있을 것입니다. 데이비드가 정말로 정말로 '거가적(擧家的)'인 환영 준비를 하고 있어서 그의 우정에 감격하고 있습니다. 다른 미국인에게서는 냄새도 맡지 못할 정성입니다.

아버지와 함께 데이비드 집에서 며칠 묵고 6월 1일 톰 카트멜네 집에 가서 하루쯤 묵고 워싱턴으로 떠날 예정입니다.

아버지께서는 눈이 그렇게 나쁘시다고 전화로도 그러시는데 매우 걱정이 됩니다. '신경성'일지는 몰라도 그럴수록 걱정이 되는 것이지요.

어머니도 자신의 병을 걱정하시는 점은 아버지를 본받으셨으면 하는 것이 저의 소망입니다. 어디 있어도 제게는 어머니가 세상에

서 가장 소중한 분이기 때문입니다. 다시 뵐 때까지 부디 건강하시
기를 빌며

호기 올림

□ 1976. 6. 11. (Madrid)

  스페인은 너무너무 재미있고 볼 것이 많습니다. 어머니와 그렇게
많이 얘기 나누던 고야의 그림들을 보고 한없이 어머니 생각을 하
였지요.
  아버지께서도 어린아이처럼 좋아하시며 열심히 보시고 일기 쓰고
그림도 그리십니다.
  투우장에는 마침 카를로스 국왕이 와서 열광하는 군중 사이에 끼
어 야릇한 이국의 정서를 느꼈지요. 현대에 와서 타락한 투우장은
도살장에 지나지 않을 정도지만 군중들은 아직도 소잡는 끔찍한 광
경에 환호를 보냅니다. 오늘 저녁에는 플라멩코 춤을 봅니다. 모두
열심히 보고 적어 보내 드립니다.
  그럼 지금 또 구경 나갑니다. 또 쓰지요.

호기 올림

□ **1976. 6. 12.** (Toledo, Spain) ～～～～～～～～～

　오늘은 아침부터 톨레도를 관광하고 있습니다. 어머니께 그렇게 많이 얘기를 듣던 이 유서 깊은 곳에 오니 감개가 깊습니다. 초여름의 햇살이 옛집과 오늘을 사는 여러 종족들에 공평하게 비치고 있습니다.

　아버지와 기호(嗜好)가 거의 극과 극으로 다르지만 서로 보완하는 점이 많아 더욱 완전한 여행이 되는 것 같습니다. 다행스럽게 아버지께서도 이곳을 너무 좋아하시어 이때까지 한시도 잊지 않으시던 "아프다"라는 말씀이 이 톨레도에서는 한 번도 없었지요. 참 재미있고 유익한 여행입니다.

　아버지와 저 다 건강히 잘 있습니다.

호기 올림

□ **1976. 6. 19.** (파리) ～～～～～～～～～

　발자크가 살던 집에 와서 그 옛날 슬기로운 사람들이 살던 곳과 유물을 보고 감회가 깊습니다. 클로드와 다니면 관광객들이 이르지 못하는 프랑스의 산 역사와 생활이 담긴 곳을 다니게 됩니다. 즐겁습니다. 어제는 비로플레에 있는 클로드의 아파트에서 자고 오늘 브뤼셀로 떠납니다. 광호 아저씨가 공항에 나와 있기로 되어 있지요.

호기 올림

* 별일이나 없는지 궁금하오. 집을 떠난 지 한 달밖에 안 되었는
데 이렇게 고단하니 말이지.

진홍

□ **1976. 6. 26.** ～～～～～～～～～～～～～～～～～

아름다운 곳에서 아버지의 회갑을 맞이하게 된 것을 우연이라고
보지 않습니다. 깨끗하고 열심히 살아오신 아버지를 축복해 드리기
위해 빈의 교회 종소리가 더욱 맑았고 한 시간 내 날아온 이곳 취리
히에는 때마침 리마트(Limmat) 강가에 축제가 열리고 있습니다.
멀리 있음으로 해서 우리 사이 모든 것이 더욱 귀한 것을 느낍니다.
시간은 무섭게 지나가고 무엇인가 남기고 싶은 마음에 우리 정이
담긴 엽서를 쓰게 됩니다. 멀리서 어머니께 깊은 사랑을 보내드립
니다.
    곧 뵙겠습니다.

호기 올림

(오스트리아선 이청(李淸) 씨 내외와 한표욱 대사님의 극진한 호의
로 재미있게 지냈습니다.)

* 아침에 호기가 업드려 절을 하지 않아요!! 눈물겨웠고 자랑스러
우나 어쩐지 슬퍼집니다.
김진홍

106

미쉘이 사는 아름다운 랭스에 와서 하루를 묵고 있습니다. 파리서 130킬로미터 길을 70이 넘으신 르노 할아버지가 이십대도 못당할 속도로 운전해 와서 여러 가지 재미있는 걸 많이 보고 내일 낭시로 떠납니다. 가는 곳마다 불어의 매력과 멋에 매료되고 있습니다.

목요일에는 파리로 돌아가 위베르를 만납니다. 모두 진심으로 환영해 주어 더욱 즐거운 나날입니다.

호기 올림

＊ 지금 샴페인 공장의 내부 터널이 4,5십 리나 되니 말이죠, 술을 6년이나 담아 두었다가 마시니 열 번 담아 마시면 인생이 끝나는 것이에요. 술 열 번 담아 마시면 끝나지요.

진흥

□ 1976. 7. 2. (이집트)

이집트에서 아버지와 정말 즐거운 시간을 갖고 닷새 만에 이곳을 떠나면서 공항서 무려 4시간이나 남아서 몇 자 씁니다. 너무 더워서 아버지랑 땀바가지가 되어 있습니다. 고대의 찬란한 문화의 유적과 현대의 가난이 범벅이 된 곳을 동방의 한 부자(父子)가 거쳐가는 길이 무슨 인연(因緣)인지 몰라도 깊은 인상(印象)이 남는 추억으로 남을 것입니다.

  아마 이 편지는 저희보다 늦게 도착할는지 몰라도 우리 다 함께 읽어 볼 수 있으면 더 좋은 이집트에서의 기념이 되겠지요.

  사우디에서도 카드 보내드리지요.

호기 올림

제4신
외교관 시절에
1978~1984

Amsterdam
museum

사랑하는 어머니께

저는 1978년 3월부터 1984년 5월까지 6년이라는 짧지 않은 세월을 주불 과학관(駐佛科學官)으로 일하면서 파리에서 보냈지요. 지금은 유럽 여러 나라 과학관이 파견되어 있지만 그때는 한 군데뿐이어서 지금과는 달리 꽤 뽑혀 가는 자리였습니다. 30대 중반에서 40대 초반에 이르는 한창 나이에 당시 매우 어려운 공관 생활 환경 아래에서도 저는 과학 기술 협력의 다변화를 위해 나름대로 열과 성을 다했습니다. 주재국의 과학 기술 각 분야의 동향 파악 및 자료 수집에서부터 주재국뿐 아니라 인근 선진국들과의 협력 관계 추진, 국제 회의 참석 등으로 대사관 직원 가운데 가장 여행을 많이 한 사람이었습니다. 그때 저는 부모님께 아무리 바빠도 일주일에 한두 통의 편지 올리는 것을 거른 적이 한 번도 없었습니다. 여행을 할 때도 공항 대합실에 대기하는 시간, 식당에서 음식 기다리는 시간을 이용해서 엽서에 사연을 써보내 드렸지요. 6년 동안 보내드린 편지를 다 모으면 책이 몇 권이나 될지 모르겠습니다. 이렇게 '편지쟁이'인 덕에 저는 주위에서 분에 넘치게 '효자'라고 알려졌습니다. 어머니께서 제 편지 자랑을 늘 하셨기 때문입니다. 저는 두 분과 함께 정다운 대화를 하는 심정으로 그저 밥먹듯이 숨쉬듯이 쉽게 쓴 편지들이었는데, 부모님의 기대에 늘 못 미치고 늘 은혜만 받고 변변하게 섬겨드린 일도 없는 이 불효를 어머니, 아버지는 당신들의 사랑으로 효자로 세상에 알려주신 것입니다. 어머니께서 그토록 잘 모아 놓으셨던 제 편지가 돌아가신 다음 대부분 유실되거나 흐트러져서 남은 것만을 여기에 정리해 어머니 영전에 바칩니다.

편지에 관해서만은 어머니께서 제게 빚이 많았지요. 늘 대소가의 집안일, 작품, 사회 활동으로 시간에 쫓기셨던 어머니의 편지는 으레 "오래 소식 전하지 못해 미안 송구하다"라는 말씀으로 시작되곤 했습니다. 그 황망중에 쓰신 편지인데도 글씨 한 자 흐트러짐이 없었고 한 자 한 자 사이에 어머니의 깊은 가르치심과 사랑이 어려 있어 한 장 받으면 다음 편지 기다릴 때까지 매일 읽고 또 읽고 했던 것이 기억납니다. 사랑하는 어머니. 저는 그 편지를 한 장도 버리지 않고 모아 '한무숙 기념관(韓戊淑記念館)'에 잘 보존하겠습니다. 그리하여 두꺼운 검정색 몽블랑 만년필을 조그만 손으로 잡으시고 그지없이 이쁘면서도 남자보다 더 크고 힘있는 글씨로 섬세한 인간 심리를 굵고 크게 묘사하시던 어머니의 모습을 영원히 기억하겠습니다.

어머니와 제가 그때 교환한 편지는 한 자도 고치지 않고 여기 모아서 어머니 영전에 바치면서 "우리 사이 모든 것이 깊어만 가는 것"을 새롭게 느낍니다.

호기 올림

■ 편지 모음

□ **1979. 1. 24.** ～～～～～～～～～～～～～

사랑하는 어머니, 아버지께……

    윤 부사장님 편에 보내 주신 정성 어린 선물과 아버지의 편지를 전달받고 반가운 마음 형용키 어려웠습니다. 항상 저희들을 위해 모든 것을 희생하시는 데 대하여 어떻게 보답해 드려야 좋을지 모르겠습니다.

    윤 부사장님은 초면이었으나 훤칠하게 잘 생기신 모습이 일본 여행자 가운데 가히 군계일학(群鷄一鶴)이라 쉽게 인사를 드릴 수 있었지요. 20~30분도 함께 얘기를 나누지 못했으나 오래 전부터 모셨던 분같이 친근감을 느낄 수 있는 좋은 분으로 보였습니다. 마침 어머니의 긴 편지도 도착하여 제 마음은 온통 축제를 맞은 듯합니다. 이렇게 사랑받고 있는 몸, 스스로 아껴야 되겠다는 것을 새삼 다짐합니다.

    요사이는 기차로 출퇴근을 해서 시간도 절약되고(교통 지옥으로 그 시간엔 운전하면 한 시간도 더 걸리지요) 무엇보다 독서로서 외교관 생활로 허술해지고 지치고 그렇게 범벅이 된 마음을 쉬게 할 수 있지요. 요사이는 쭉 위고의 〈레미제라블(Les Miserables)〉을 읽어 벌써 5~600면을 끝내 1, 2부를 완독했습니다. 아직 독해력이 완

제 4 신 외교관 시절에 113

벽하지 못하나 이제까지 영역(英譯)을 통해 읽었던 프랑스 문학에서 느끼지 못했던 새로운 맛을 느끼는 기쁨이 있습니다. 마침 보내 주신 〈문학사상〉 대담에서 어머니께서 인용하신 피들러(K. Fiedler)의 말이 크게 공감이 가는군요. 위고의 원문(原文)에서 서사시적인 것을 생생히 느낄 수 있습니다. 러시아 문학에서 느꼈던 대륙적이면서 영혼을 파고드는 깊이는 제가 아직 잘 몰라 그런지 느끼지 못하나 19세기 초의 프랑스의 생활 속에 제 자신이 들어가고 있다고 느낄 정도로 치밀하고 정연하게 그러면서도 주요 이벤트(event)가 뚜렷이 부각되게 하는 창작법에 많은 감명을 받고 있습니다. 그리고 얘기가 벌어지는 파리 거리거리를 이제는 제 자신 아침 저녁 지나가면서 새삼스러운 감회를 느끼곤 합니다.

크라운 여사와 어머니가 하신 대담을 읽고 새삼스럽게 어머니의 해박한 지식과 깊은 문학 사상에 감동을 느낍니다. 대담의 주인공은 단연코 어머니셨습니다. 그 누구가 유럽, 미국 및 동양 문학을 그렇게 완벽하게 비교할 수 있겠습니까. 저는 진심으로 어머니께서 앞으로 〈악령〉이나 〈전쟁과 평화〉 같은 대작을 내실 것을 기대하고 있습니다. 그것이 제가 부모님께 받고 싶은 유일한 유산이라는 것이 결코 제 입에 발린 말이 아니라는 것을 누구보다도 어머니가 잘 알고 계실 것입니다. 그러나 그러한 유산은 한평생 가족을 위하여 헌신하시고 사회에서도 크나큰 일을 하시는 아버지의 깊은 사랑과 이해가 있어 가능한 것을 저는 알고 있습니다.

서정주(徐廷柱) 선생님 만나신 얘기는 정말 반가웠지요. 어렸을 적부터 그 어른의 〈국화 옆에서……〉로 인하여 어떻게 생긴지도 모르는 소쩍새를 사랑해 왔다고 다음에 만나뵈시면 전해 드리시기 바랍니다.

이 딱딱한 외교관 생활에 제게는 문학이 큰 위안이 된다고 말씀

드리시지요.

정초에 닥쳤던 한파가 이젠 완전히 가시고 온화한 날씨가 계속되고 있습니다. 겨울에는 어머니, 아버지 오셨을 적과 달리 난방이 되어 큰 불편없이 지내고 있지요. 부강한 나라인데도 법으로 실내 온도를 18도 이하로 제한하고 있는 것은 우리 나라 사람들이 명심해야 할 일인 것 같습니다. 저희들 물론 다 잘 있지요. 아이들 둘 다 월반을 한 지 아직은 며칠 안 돼서 계속 일등은 못하지만 잘 따라가고 있고, 또 에미가 온 힘을 다해 줄기차게 가르치니 얼마 안 가서 또 두각을 나타낼 것으로 보여집니다.

남지는 감수성이 너무 예민해 앙앙댈 때도 있지만 남우란 녀석의 의젓함은 제가 보기에도 대견합니다. 아이들의 국어 교육은 할머니, 할아버지와의 편지 교환으로 지속시킬 생각입니다. 남지는 그 많은 동화를 읽고 술술 외우고 있지만 글씨를 안 써 버릇 하니까 동봉하는 남지 편지에서 보시다시피 철자가 점점 엉망이 되어가서 걱정입니다.

집안의 두루 걱정거리가 너무 아버지께 짐이 되어 드리는 것 같아 멀리서 송구스런 마음 누를 길 없습니다. 막내 작은아버지가 그렇게 몸이 좋지 않으시다고 하니 멀리서 걱정입니다. 이제는 집안에 대들보급들이니 두루 건강에 유념하도록 하셔야지요. 저는 항상 건강하니 걱정마세요. 요전에 전화받았을 적엔 마침 손님 치르고 늦게 잔 날 새벽 세 시도 안 됐을 때라 반은 잠을 자면서 전화 받아 목소리가 자는 소리였지, 제가 하는 일에 무슨 일이 있었던 것은 결코 아니지요. 아들을 너무 아끼시는 아버지의 걱정은 잘 이해해 드리지만 지나치게 과민하실 필요는 없겠지요. 오히려 제가 어머니, 아버지께서 너무 무리하시지나 않나 하는 걱정이 항상 뇌리에서 사라지지 않습니다. 무엇보다도 건강하시기만 빕니다.

아직 본부에서 연락은 없습니다만 4월 일시 귀국 출장은 가능한 것으로 보입니다. 그때까지 열심히 살고 건강한 모습으로 뵙겠습니다. 그럼 오늘은 이만 줄입니다.

愛子 虎起 올림

□ 1979. 8. 31. ∼∼∼∼∼∼∼∼∼∼∼∼∼∼∼∼∼∼∼∼∼∼∼

사랑하는 어머니, 아버지께……

이번 달 〈동아일보〉 "청론탁설(淸論濁說)"란에 실린 제 수필 3편을 보내 드립니다. 큰 신문이니 이미 읽으셨을 줄로 압니다마는 제 손으로 직접 보내 드리고 싶습니다.

프랑스에 주재하면서 어머니 말씀대로 차게 보고 따뜻하게 이해하려고 제 나름대로 노력은 하고 있습니다만 역시 미숙하지요? 앞으로 잘하도록 최선을 다하겠습니다.

올 여름도 보는 듯 지나가고 있습니다. 매일매일 뜻있고 행복하게 지내시기 비오며.

호기 올림

로댕

주불 대사관에 근무한 지도 벌써 1년이 지났다. 대한 항공이 기착하는 곳이라 오가는 손님 접대로 고달픈 생활이나 '파리'의 문화 유산과 친숙해질 수 있는 값진 기회를 자주 갖게 된다. 특히 대사관 뒤편에 있는 '로댕' 박물관은 수십 번을 출입하는 가운데 이제는 "당구 3년(堂狗三年)에 폐풍월(吠風月)"이라는 말대로 그 많은 작품의 진열된 위치가 머릿속에 환히 들어와 있고 틈틈이 보고 읽은 것들이 적지 않아 건방진 설명을 녹음기 돌리듯 되풀이하고 있다.

널따란 정원에 '로댕'의 대표작이라 할 수 있는 '칼레의 시민들', '생각하는 사람', '발자크상'과 '지옥의 문'이 사람의 눈길을 끈다. 건물 안에는 이러한 작품을 위한 수많은 데생 구상들이 진열되어 있어 로댕의 고심한 흔적이 역력히 나타나 있다. 흔히들 완성된 작품을 바라보며 사람들은 이러쿵저러쿵 편한 얘기를 늘어놓기가 쉽다.

로댕의 작품을 볼 때마다 나는 학창 시절에 즐겨 읽던 릴케의 〈젊은 시인에게 보내는 편지〉에 담긴 한 구절을 다시 음미해 본다. "예술 작품은 무한한 고독에서 창출된 것이라 비평으로는 거기에 이르지 못한다. 오직 사랑만이 이를 이해하고 간직하며 올바로 볼 수 있을 따름이다." 무엇보다도 성실을 주장한 로댕의 창작 이념에 심취했던 시인의 말에 새로운 감동을 느끼게 되는 것이다. '최후의 전통 조각가'이며 '최초의 현대 조각가'라고 불리는 로댕의 작품 세계는 초기의 사실적인 작품에서 후기의 추상에 이르기까지 그 폭이 넓기 이를 데 없다. 로댕은 추상 작품을 만들면서도 "나는 자연을 복사한다"라고 말하였다고 한다.

연대별로 진열된 로댕 박물관을 드나들면서 그의 작품 세계의 과정을 바라보면 미술에 문외한인 나도 로댕의 이 의미 깊은 말을 이해할 수 있을 것만 같다. 로댕 박물관을 드나들 때마다 나는 로댕의 슬기, 배려, 성실, 의지를 음미하며 생활 태도를 반성하게 된다. 마당에서는 언제나 '생각하는 사람' 앞에서 '증명 사진'을 찍는 관광객들의 발길이 그치지 않는다.

□ **1979. 8. 18.**

베르사유 궁

베르사유 궁에 들르면 두 가지 일을 느끼게 된다.

첫째 이 사치와 웅장의 극치가 자기 것이라면 누구의 입에서나 루이 14세가 아니더라도 "짐(朕)이 국가다"라는 말이 저절로 튀어나올 것만 같다. 지금도 그 옛날 절대 군주의 당당했던 모습을 나타내듯 말을 탄 루이 14세의 동상이 궁전 앞 광장 한가운데 으스대며 서 있다.

둘째는 이만한 궁전이 세워질 수 있었던 것은 당시의 사회 체제가 소수 귀족층을 위해 대다수의 국민이 희생되었던 형태였기 때문이며 이러한 체제로 인하여 급기야는 프랑스 혁명이 역사적인 필연의 결과로 나타났다는 사실이다.

재미있는 것은 혁명의 제물이 된 사람은 60여 년간 태양왕(太陽王)으로서 절대 권좌에 앉았던 루이 14세도 아니요, 유명한 한량이었던 루이 15세도 아니었고 그나마 국민 복지를 위해 힘썼던 나약한 성격의 루이 16세였다는 사실이다.

루이 16세 치하의 국민들은 이전보다 많은 자유를 누릴 수 있었지만 그럼으로써 귀족층에 대한 적개심은 오히려 불타올라 혁명의 싹을 트게 한 것이다.

우리 나라의 옛 임금님들은 검약을 미덕으로 알고 스스로 대궐의 크기를 제한하였다고 한다. 덕분에 우리 나라를 찾는 외국인들에게 우리는 베르사유 같은 웅장한 문화 유산을 보여 줄 수가 없다. 구태여 스스로를 위안하자면 산 높고 물 맑고 날씨 좋은 곳에서 힘들여 대궐을 짓고 난리를 칠 필요가 없었다고나 할까.

우리의 조상들도 프랑스인 못지않게 슬기를 지녔었다는 것은 규모는 작지만 우리의 여러 훌륭한 문화 유산에 나타나 있다. 이제 우리가 "나물 먹고 물 마시며……" 하는 식의 한가한 생각에서 벗어나 새로운 나라를 건설함에 있어 이러한 슬기를 모아 누구에게도 자랑할 만한 동네를 여기저기 만들 수 있으면 하는 소망이 크다. 경제 발전에 따라 신시가지가 세워지고 고층 건물들이 들어서지만 누가 보아도 아름답게 보일 만한 동네가 드문 것은 우리 모두가 경제적인 이해 관계에만 너무 집착해서가 아닌지 반성해 볼 만한 일이다.

파리의 자동차

아침 저녁마다 파리의 출퇴근길은 자동차의 홍수로 짜증스럽기 그지없다. 이 나라 에너지 소비의 20%를 교통 분야가 차지한다는 사실을 생각하면 저 많은 자동차마다 승객이 한두 명에 지나지 않는다는 것이 여간 허비가 아니라는 것을 느끼게 된다.

그래도 이 나라는 얼마 전 사우디의 석유상이 찾아왔을 때 프랑스 대통령에게 찬사를 보냈듯이 선진국 중 가장 모범적인 에너지 절약 정책을 수행해 나가는 나라라고 알려져 있다.

우리 나라와 같이 천연 자원이 궁핍한 프랑스는 에너지 정책의 기본 방향을 ▲에너지 절약 ▲원자력 산업의 추진 ▲대체 에너지원의 개발에 두고 있다. 1973년의 석유 파동에 이 나라는 민감한 반응을 보여 곧 공업성 산하에 에너지국을 신설하고 에너지 절약을 위한 규제와 투자에 대한 보조금 지급, 금융 세제상의 지원 등 여러 가지 정책을 수행함으로써 연간 1,000여 만 석유 환산 톤의 에너지 절약 효과를 가져왔다.

특히 신문, 라디오, TV 등 매스컴을 통해 "에너지 절약은 에너지의 창조다" "프랑스에 자원은 없지만 아이디어는 있다" 등의 구호로 국민들에게 에너지 절약의 중요성을 홍보했다. 또 일상 생활에 있어서의 구체적인 에너지 절약 방안에 관한 계몽을 계속하고 있다.

이러한 운동이 모든 국민의 오래 관습화된 소비 성향을 바꾸기는

120

아마 대단히 어려운 것이라고 생각된다. 파리처럼 편리한 지하철 시설이 완비된 곳에서도 이 교통 지옥을 마다하지 않고 서로 짜증을 내며 자동차를 타고 다니고 있지 않은가.

고도 성장에 따라 소비 구조의 급격한 변화를 보고 있는 우리 나라로서는 에너지 절약을 감안한 소비 구조의 형성을 미리 정책적 차원에서 유도함으로써 선진 제국에서 이제는 더 이상 손을 쓸 수 없는 에너지 문제를 사전에 해결할 수 있으리라는 생각이 드는 것이다.

석유 한 방울 나오지 않는 나라에서 출퇴근길이 자동차의 홍수로 짜증이 날 정도라면 무엇인가 잘못되어 있는 것이 아닐까.

□ **1981. 7. 24.** ∿∿∿∿∿∿∿∿∿∿∿∿∿∿∿∿∿∿∿∿

사랑하는 어머니, 아버지, 누나, 강옥, 남지, 남연, 경란에게……

오늘 반가운 목소리 듣고 흐뭇한 마음 그지없었습니다. 제 몸이 그렇게 소중한 것을 알고 자중자애하고 있으니 제 걱정 조금도 하지 마시기를 바랍니다. 얼마 안 있으면 헤어질 베르트랑과 되도록 많은 시간을 같이 지내고 있습니다. 오늘 저녁도 함께하고 해맑은 날씨에 같이 파리의 시테(Cité)와 생 루이(St. Louis) 섬에 산책을 하고 돌아와 이 편지를 쓰고 있습니다. 언제 보아도 실력 있고 성실하고 훌륭한 매부입니다. 이번 주말을 함께 파니(Pagny)에서 지내기로 했습니다. 계획대로 9월 4일로 돌아오는 것이 나의 여름 계획과 맞는 것이니 그대로 지켜 주었으면 좋겠어요.

현기가 누나네 떠나기 전에 꼭 보겠다고 가족과 함께 8월 15일에서 25일 사이에 오겠다니 그때 나는 뇌이(Neuilly)에서 누나네와 함께 있고 우리 아파트를 현기에게 비워 주어야거든요. 그리고 25일부터 월말까지는 광호 아저씨 댁에 가 있으려고 그래요(물론 비행기로 : 왕복 1000F)

그 전에 오면 현기네 왔을 때도 너무 복작대고 그보다 나로서 더욱 중요한 일은 모처럼 귀국길에 아이들 국어를 확실히 만들어 놓는 것입니다. 마음대로 맡기겠지만 나의 뜻에 따르기를 간절히 바랍니다.

오늘 저녁은 베르트랑과 정말 "완벽한 스와레(Une soirée parfaite)"를 가졌지요. 파리에서 살게 된 것이 정말 두고두고 추억에 남을 것 같습니다. 거리마다 어린 역사 얘기를 나누며 기가막힌 산책을 즐겼습니다.

서울은 너무 덥겠지만 좀 참고 어머니, 아버지께 기쁨 드릴 수 있는 며느리와 손자가 돼 드리도록 노력하기 바랍니다.

곧 또 쓰지요. 두루 건강하시기 바라며.

호기 드림

사랑하는 어머니, 아버지께……

더위에 얼마나 고생이 되시나요. 아름다운 파리에서 저만 선선하고 편하게 지내기가 마냥 송구스럽기 그지없습니다.

제가 평소에 존경해 마지않는 청와대 경제 수석 김재익(金在益) 선배의 부인이신 이순자 교수(숙대) 편에 이 편지를 전달해 드리게 한 것이 매우 기쁘게 생각됩니다. 영국에 세미나 참석차 오신 길에 이곳을 들르시어 둘이 꿈같이 즐거운 시간을 지내고 있습니다. 지난 주말엔 루아르 강변의 기막힌 르네상스들을 둘러보았지요. 서로 기분이 맞아 정말 서로 반해 버려 짧은 시간이지만 제 누나를 삼아 버렸습니다. 그러니 딸 하나 더 두신 것으로 알고 가끔 만나시고 친해 두십시오.

내주에는 마침 제 휴가가 겹쳐 함께 광호 아저씨 댁에서 며칠을 지내고 오기로 했습니다. 안내와 일이 겹쳐 긴 사연 드리지 못하지만 저의 깊은 사랑이 새 누나의 입을 통해 전달되리라는 생각에 행복한 마음 그지없습니다. 로마에서 시간 나면 또 문안드리겠습니다.

이 "풍요한 부재"가 마냥 축복입니다.

내내 건강하시기 빌며…….

愛子 虎起 올림

사랑하는 어머니, 아버지께……

피터 현 인편에 문안드립니다. 지난주부터 국회 의원들, 총리 일행, 붕기 내외 등의 내방이 줄을 이어 정말 고단한 나날을 보냈습니다. 지금도 이상수(李相洙) 박사, 박태원(朴泰源) 박사를 비롯해서 과학 기술인 몇 명이 파리에 와 있어 반가우면서도 힘든 날이 연속됩니다. 그래도 과학자들이 가장 점잖고 애를 안 먹여 주는군요.

원기 신랑인 엄랑이 저희 대사관에 있는 친구를 통해 23일 이곳에 온다며 저희 집에 있게 해달라는 부탁을 했는데 어머니, 아버지께서도 아시다시피 신혼 부부가 머무를 만한 곳이 못되어 걱정이 큽니다. 더구나 23일 같은 날에 장모님이 도착하는데 앞으로 파리에 자주 올 수 있는 젊은이들을 위해 평생 한 번 오시는 칠순의 장모님을 호텔에 모시게 된다면 도리에 어긋난다고 생각됩니다.

저희 형편을 이해하시고 진웅(振雄) 아저씨께 말씀하셔서 대사님께 부탁해 주십사고 편지하시게 하셨으면 더없이 감사하겠습니다. 친척들은 정말 만나면 반갑지만 또 한편 몸, 마음, 시간, 모조리 허비가 많은 것은 숨김 없는 사실입니다. 그 긴 세월을 대소가(大小家)에 희생하며 살아오신 어머니, 아버지께 저절로 고개가 수그려집니다. 이제부터는 모두 두 분께 보답을 해야 된다고 생각하는 제 자신이 정작 여러 가지로 불효가 크니 저로서도 할말이 없겠지요.

피터 현께 짐을 부탁해서 미안한 감이 큽니다. 한번 식사라도 함께 하시며 제 얘기도 들으셨으면 합니다. 김재익 선배 내외도 합석하면 재미있는 자리가 될 것이라고 생각합니다. 이순자(李淳子) 씨는 정말 신나는 분으로 함께 여행한 추억이 오래 남을 것 같습니다.

저에게 예쁜 편지 보내 주는 것 예쁜 마음으로 읽고 있다고 전해 주세요.

어머니, 아버지 그림책 등 책들도 한 권씩 선사하셨으면 합니다.

저희 동네에 우리 젊은 원자력 기술자 10여 가구가 들어와 꼬마들이 와글와글해서 마치 한국촌이 된 느낌입니다. 모두 남우를 따라 남우가 통역 겸 골목 대장으로 아침부터 저녁까지 신나게 지내고 있습니다. 에미가 이젠 집안 정리도 잘하고 아이들 교육에도 남다른 신경을 써서 천상 짝이라고 생각하며 살기로 마음먹었습니다. 저 같은 낭만파의 마누라가 함께 장구만 치고 있으면 안 되는 걸 아시는 천주님의 배려로 알겠습니다.

이제는 마로니에 잎에도 가을이 짙게 물들고 예년에 없는 화창한 날씨가 계속되고 있습니다. 서울도 그 기가 막힌 가을철에 접어들고 있겠지요. 환절기에 특히 건강에 유념하시기를 부탁드립니다. 여름 동안 애들 때문에 여러 가지로 고생이 많으셨을 텐데 충분한 휴식을 취하셔야 됩니다.

제 장래 걱정은 별로 하지 않기로 했습니다. 있을수록 기가 막힌 파리를 즐기며 하는 일도 그런대로 재미있으니 불만이 없습니다.

주어진 일에 충실하면 제게도 일할 자리는 나오는 법이라고만 믿고 있습니다.

다음주부터는 아이들이 개학을 하니 이제 완전히 정상 생활로 돌아가게 됩니다. 벌써 남지가 중학에 가게 되니 세월이 빠르다는 것을 새삼스럽게 느낍니다. 서울 갔다 와서 모두 행실이 좋아져서 역시 어른들을 가까이 모시고 사는 게 좋다고 느껴집니다. 이번엔 제가 정보 산업 국장설이 들리는데 원자력 국장같이 제가 그리 원하는 자리도 아니고 그 방면에 아는 것이 크게 없으니 뜨악해하고 있습니다. 일 년 정도 더 있어 제 불어도 확실히 하고 글도 많이 쓰도록 하겠습니다. 오늘부터 불문 작성을 위한 독선생을 일주 2회 정도 대사관으로 초치할 계획입니다.

피터를 따라 서울로 가고 싶은 마음 크지만 이렇게 난필(亂筆)로 대신합니다. 내내 건강하시기 빌며 이만 줄입니다.

愛子 虎起 올림

□ **1981. 10. 3.** ～～～～～～～～～～～～～～～～

사랑하는 어머니, 아버지께……

장모님 들렀다 가시는 편에 문안드립니다. 이곳 체류 일주 동안 제가 여러 가지로 바빠 변변히 모시지 못해 마음에 걸리나, 유쾌한 분이라 만족해하셔서 고마운 마음 큽니다. 오늘 바스티유 동네 유명한 가구 상가에 들러 드디어 응접 세트를 샀습니다. 루이 16세 때 스타일로 모조품이지만 아담하고 아름다운 것으로 이 다음 들르실 적엔 저희 집 분위기가 아주 달라질 것을 약속드립니다. 값이 3000달러에 가까웠지만 장모께서 2000 달러나 주셔서 큰 부담이 없었지요. 3년 거지같이 살며 저축한 보람으로 나머지 파리 체재 기간을 사람답게 살기 위해 돈은 좀 들지만 선반도 만들고 치장을 하기로 했습니다. 그리고 또 계속 절약하고 살지요.

그 동안 원기 내외도 잘 들러갔습니다. 저희 대사관의 젊은 외교관들이 모두 엄랑의 친구들이라 모두 잘 도와주어서 저희 내외는 붕기네 왔을 적보다 비교도 안 되게 편했습니다. 이해심 없고 모든 일이 엄벙덤벙인 사람들 가운데 우리 젊은이들이 모두 이렇게 훌륭하니 나라의 장래가 어둡지만은 않다고 생각됩니다. 진웅 아저씨께 사위 잘 두셨다고 다시 말씀해 주십시오.

지난주에 이어 다음주에는 바젤의 원자력 박람회(NUCLEX)에 하루이틀 들러 올까 합니다. 대사관에서는 물론 한푼 얻기 힘든 세월이 되었지만 제 자신의 견문을 넓히기 위해 2등 기차 타고 여기 와 있는 우리 원자력 기술자들과 함께 들러 올려고 합니다. 다른 데는 아끼지만 이런 데는 돈 좀 써도 보람이 있으니까요. 다음 주말(10.10)에는 아주 반가운 친구가 들릅니다. 제가 노스웨스턴에 갔을 적에 50킬로미터 이상 되는 거리를 한 주일도 빼지 않고 와서 혼자 있던 저를 위로해 주었던 데이비드 서튼 내외가 일주일 동안 관광을 합니다. 국경은 있어도 20년의 우정이 새로워 아무리 바빠도 정성 다해 대접하려 합니다.

이제 한불 원자력 협력이 본궤도에 올라 우리 원전 9, 10호기와 관련해서 우리 기술자가 이미 10여 명이 와 있고 내년까지 그 수가 30명 이상으로 늘 예정입니다. 젊은 엔지니어들과 지내는 시간이 즐겁고 유익해서 그 동안 일해 온 보람이 큽니다. 윤석헌(尹錫憲) 대사와 제 자신의 노력이 컸습니다만…… 스스로 보람만 느끼면 좋은 일이겠지요. 저희 아파트 동네(La Defense)엔 한국 가족이(우리 기술자 가족 포함) 득실대어 한국인촌에나 온 느낌입니다. 남우란 녀석이 골목 대장이 되어 아직 불어를 하지 못하는 아이들이 하늘같이 의지하고 있습니다. 어른이나 아이나 모두 남우를 좋아해서 저희들 기분도 좋습니다. 젊은 기술자들 모두 유능하고 서로 협력하는 분위기라 대사관 안에서보다 밖에서 기쁨을 느끼는 과학관입니다.

파리에는 정말 가을이 짙었습니다. 마로니에 낙엽이 날아다니는 거리거리에 예년에 없이 맑은 날씨가 잦아 더없이 좋습니다.

88년 올림픽이 서울서 열리게 되었다고 아이들이 제 동무들에게도 으쓱해 하는 것을 보니 정말 나라가 잘 되어가야겠다는 생각 큽니다.

두서없이 앞뒤 없는 글이 되었습니다. 요즈음은 정말 너무 바빠 몸이 서넛은 있었으면 합니다. 늘 어머니, 아버지 건강만 빕니다. 올해도 어머니 생신을 먼 곳에서 맞는군요. 장모님 편에 어머니 손 크기에 맞을 만한 몽블랑 만년필을 선물로 보내드리오니 제발 싸두지 마시고 쓰시면서 저의 깊은 사랑을 느끼시기 바랍니다.

아무쪼록 건강하시기만 빌며 난필(亂筆) 놓습니다.

虎起 드림

□ 1981. 10. 25.

할아버지, 할머니께

오늘은 일요일입니다. 아빠하고 대사관에 나와서 한글 타자기를 배우고 있습니다. 남연이도 한글 쓰기를 시작했습니다. 아빠는 우리의 옷장을 만들고 있습니다. 다 끝나면 저희 집은 깨끗해질 것입니다. 할아버지, 할머니는 무엇을 하고 계셔요?

할머니 생신도 잘지내셨어요? 우리는 프랑스에서 잘 지내고 있습니다.

안녕… 남우 올림

   일요일 일직에 걸리는 날은 으레 남우와 함께 대사관에 나와 지냅니다. 오늘은 한글 타자기를 배우겠다고 법석을 떨더니 위와 같은 "작품"을 만들었습니다. 모든 것이 신기해 보일 나이라 재미있어 하며 배워 지켜보기 큰 즐거움입니다.

   오늘이 어머니 생신이군요. 어젯밤 10시경(서울 시간) 전화를 걸었더니 아줌마만 있어 실망이었습니다. 일직이 끝나야 집에 갈 수 있으니 축하 전화가 잘 연결되지 않을까 걱정입니다. 아무쪼록 건강하시고 만복을 받으시기만 빕니다.

   거리마다 마로니에 낙엽이 찬비 아래 서글프게 뒹구는 파리의 가을도 다 지나가는 듯합니다. 그래도 가끔 보이는 햇볕이 예년보다는 이번 가을을 좋은 계절로 만들어 줍니다. 항상 서울 걱정인데 오래 소식이 없어 안절부절입니다. 가을이 가기 전에 엽서 한 장이라도 보내 주셨으면 감사하겠습니다.

   저희 가족 두루 잘 있고 며칠 전 전화로 경란이네와 남진이네도 잘 있음을 확인하였습니다. 저는 그 동안 교통 장관 일행 방불(訪佛)로 좀 고되게 지냈지만 그 덕에 생전 처음 헬리콥터도 타 보고 여러 가지 산업 시설과 기술도 접해 볼 기회가 많았습니다. 환절기에 건강에 유의하실 것을 빌며 오늘은 이만 줄이겠습니다.

愛子 虎起 올림

사랑하는 어머니, 아버지께……

올해도 어머니 생신을 멀리서 맞게 되었습니다. 그리운 마음 어찌할 바 몰라 3년여 동안 받은 어머니 편지를 정리하고 읽고 또 읽기를 몇 번째인지 모릅니다. 구구절절이 어머니의 깊은 사랑이 어려 있어 가없는 행복을 느낍니다. 너무 편지가 없으셔서 걱정걱정하던 차에 드디어 전화 연락이 되어 어머니 음성 듣고 안심을 했습니다.

올 가을은 그런대로 날씨가 괜찮은 듯싶더니 요즘 와서 그 유명하게 찌뿌린 날씨가 찾아들어 우울한 마음 갖기가 쉽게 되었습니다. 이제는 공관 생활에 아주 익어 버렸지만 어느덧 "고참"이 되어 버려 세월 가는 것은 점점 덧없게만 느껴집니다.

그 동안 바젤에 원자력 회의로, 마르세유, 벨포드, 리옹 등지에 교통 장관 수행으로 꽤 잦은 여행을 했지만 동행들이 있어 겨우 바젤에서 엽서 한 장 보내 드렸습니다. 바젤서 찍은 사진 몇 장 보내 드리니 제가 건강히 일 잘하고 있음을 확인해 주시기 바랍니다. 사실 한불 과학 기술 협력이 본궤도에 오르고 있는 것 같아 조금은 보람을 느끼고 있습니다.

이제 베르트랑이 떠날 날도 열흘 남짓하게 남아 벌써부터 섭섭한 마음을 금할 길 없습니다. 어찌나 마지막 날까지 열심히 일하고 공부를 하는지 참 본받을 바가 많다고 새삼 느낍니다.

남연이는 이번 주부터 매주 수요일에 여는 한인 학교에 보내 한

글을 배우도록 했습니다. 한인 학교가 대사관 근처에 있고 수녀님
들이 선생님이라 여러 가지로 유익하고 아이가 좋아해서 다행입니
다.

남지는 너무나 열심히 공부하고 피아노 치며, 남우는 여전히 골
목 대장에 1등이라 집안 재미도 그런대로 좋습니다. 무엇보다 저희
식구 모두 건강한 것을 큰 은총으로 생각하고 있습니다.

아무쪼록 건강하시기만 빌며 오늘은 이만 줄이겠습니다.

虎起 드림

☐ **1981. 11. 8.** ～～～～～～～～～～～～～～～～～～～

화창한 일요일 오후입니다.

승기를 공항 터미널에 바래다 주고 돌아와 레이몽 아롱(Raymond
Aron)을 읽고 있는 중인데 남연이가 그림을 그리고 와서 저 혼자
그렸다고 할머니, 할아버지께 편지 쓰라고 보채는 바람에 펜을 들
었습니다. 승기 얘기에 두 분께서 여러 가지 적적해하시고 고생이
많다는 소식 전해 듣고 안쓰런 생각 한이 없습니다. 흉흉해지는 민
심은 일시적 역사적 현상이라고 생각하면서도 당장 오늘을 사는 괴
로움이 어려운 것이라는 것 알기에 더욱 가까이 모시지 못함을 송
구스럽고 아쉽게 생각합니다.

승기는 아주 의젓하게 자라고 요새 젊은이 가운데는 드물게 건전
한 사고 방식을 가져 함께 있는 시간이 하루뿐이었지만 즐거웠습니
다. 어머니, 아버지께서 고생하신 은덕이라 생각되며 여러 가지 감

개를 느낍니다. 신년 특집 (KBS TV) "2000년대의 세계" 중 프랑스
에너지에 관한 프로 제작을 위해 기자 세 명이 옵니다. 아마 그 프
로에 잠깐이지만 제 얼굴이 나올 겁니다.

요사이는 아이들 방학인데 남지가 거의 하루 종일 8시간이나 피
아노를 쳐서 저희들 자신도 놀라고 있습니다. 아무리 같이 놀러 가
자고 해도 막무가내입니다. 그런 노력형은 처음 본 것 같습니다. 덕
분에 역사니 뭐니 조그만 게 상당히 "박식"합니다.

아이들 셋이 다 노력형이라 다행스럽게 생각됩니다. 제가 에미에
게 아무것도 안 해주고 늦게 돌아오지 않는 날은 으레 손님치레인
데 요샌 불평 없이 아이들 교육에 힘써 주어 결과가 제법 만족스럽
습니다.

승기와 베르사유에 어제 갔는데 마로니에 낙엽이 어찌나 기가 막
힌지 몰랐어요. 앞날 걱정보다 오늘 열심히 잘 살고 오늘 주어진 행
복을 크게 즐기며 감사드리며 살면 그런 날이 쌓여져 보람 있고 행
복한 일생을 보낼 수 있다고 느꼈습니다.

못된 사람에 신경쓰는 것보다 지나치면서라도 미소 짓는 사람의
마음에 크게 위안을 가지며 살도록 해야겠습니다.

남우는 신나게 놀기도 하지만 애비 "숙제"(한글 쓰기)는 매일 잊
지 않고 있습니다. 곧 또 문안드리기로 하고 오늘은 이만 줄입니다.
내내 건강하시기 빌며……

호기 드림

사랑하는 어머니, 아버지께……

KBS의 신년 특집 "2000년대의 세계" 취재팀과 함께 피레네 산맥
안에 있는 오데이요(Odeillo-[Font-Romeu])라는 자그마한 마을의
태양열 발전소에 들렀다가 주말을 이용해 카탈로니아의 수도 바르
셀로나를 관광하게 되었습니다. 이틀 만의 수박 겉핥기식 구경이지
만 모든 것을 마음의 양식이 되도록 열심히 돌아볼 예정입니다. 제
가 대사관에서 에너지 업무를 겸무하고 있는 관계로 이런 여행은
비교적 잦은 편입니다. 제가 프로듀서, 통역, 기술 자문, 반 트럭
운전 기사 등의 일인 다역의 역할을 다해야 하기 때문에 고달프지
만 보람 있고 재미있어서 신나게 다니고 있습니다.

고산 지대의 엷고 상쾌한 공기와 구름 한 점 없는 맑은 하늘——
피레네는 정말 지나치기 아름답고 즐거워 혼자 보기가 아까웠습니
다.

신경질쟁이들이 자주 스치는 파리에 있다가 남쪽 사람들의 따뜻
한 인정에 접하니 이곳의 맑은 햇볕같이 푸근함을 느끼는 동네입니
다.

일찍 일어나는 것이 이젠 버릇이 되어 하루 종일 바쁘게 일했던
취재팀들이 늦잠을 자는 동안 호텔 식당에 내려와 이 편지를 쓰고
있습니다. 창 밖에 깨끗한 바르셀로나의 거리가 보이는 자리를 차
지해서 지나다니는 사람들 구경도 괜찮습니다.

〈한국일보〉의 어머니 글은 감명 깊게 읽었습니다. 어머니 편지와

함께 읽고 여러 가지로 괴롭게 사시는 모습이 눈에 선해 안쓰러운 마음이 형용 불능입니다. 그러나 사람들이 거악해지고 서로 거북하게 사는 것은 비단 우리 나라만의 현상인 것 같지는 않습니다. 이곳서 보는 우리 백성들이 프랑스인이나 또는 어느 외국인보다 특별히 못되었다고는 느껴지지 않습니다. 너무 급격한 경제 성장의 일시적 부산물일 것이라고 확신하지만 거기에 저희 부모님 세대에 특히 희생이 많다는 것을 알기에 멀리서 가슴 아파하고 있습니다.

이젠 무리한 경제 정책보다는 우리 모두 잘산다는 척도를 다른 데서도 찾는 문화 운동을 펼칠 때가 왔다고 봅니다. 도대체 우리가 문맹률이 적다는 통계만 자랑하지만 우리 백성처럼 책을 멀리하는 백성도 드뭅니다. 잘살고 못사는 비교는 모두 잘해도 어떻게 사는 것이 잘사는 것이냐에 대한 생각들을 안 하기 때문에 사회에 질시, 불신이 팽배하게 된다고 생각됩니다.

자그마한 여행에서도, 한 권의 책에서도 기쁨을 찾고 만족하고 살 수 있는 것이 얼마나 행복한 일입니까?

사랑하는 어머니, 어머니는 그 옛날부터 작은 집 하나에 온갖 꽃을 가꾸시며 그런 행복한 날을 지내고 계시지 않습니까? 인정머리 없이 해가 중천에 뜰 때 어슬렁 나타나서 돈만 요구하는 사람의 인정을 세상의 거품으로 아실 도리밖에 없습니다.

드릴 말씀 많지만 취재팀들이 내려왔습니다.

파리 가서 계속하겠습니다.

虎起 드림

사흘간 파리에 들렀다 귀국하는 우기(宇基) 편에 몇 자 적습니다. 공항에 가기 전 카페에 친구를 앉혀놓고 쓰는 편지라 틀림없이 엉망이 되겠지만 아버지, 어머니를 그리는 제 마음이 전달되리라 믿고 마냥 기쁜 마음입니다.

아침에 아버지 음성 듣고 굉장히 반가웠습니다. 찡 소리가 국제 전화 소리는 유달리 큰데 항상 전화올 때마다 무슨 일이나 없나 두근거리는 가슴입니다. 늘 부모님 걱정에 편지라도 뜸하면 안달복달입니다.

저는 이곳의 생활이 그런대로 "Happy"해서 너무 오래 있는 데에 대한 초조감일랑 아예 버리고 나머지 임기 동안 유럽을 즐기며 열심히 일하기로 마음먹고 있습니다.

너무 급하게들 사는 세상이지만 느긋하게 일생 계획을 해서 위태롭게 뛰어가는 사람 부러워하지 않고 현 위치에 만족하고 충실히 살면 오래 멋있게 살 수 있을 것이라고 확신합니다.

우기(宇基)와 며칠 지내며 동창들 얘기도 나누고 세상 얘기해 보니 세월의 무상을 느낍니다. 도무지 열두 살 때 만난 친구들이 어언 불혹(不惑)에 이르렀다는 것이 믿어지지 않습니다. 짧은 인생인데 아웅다웅없이 되도록 착하게 살아야겠다는 것을 새삼스럽게 다짐합니다.

여전히 여행도 많이 하고 유럽의 과학 기술과 문화에 접할 기회가 잦은 것은 누가 보아도 부러운 위치일 것입니다.

친구가 옆에 무료하게 앉아 있어 오늘은 이만 줄이겠습니다. 저희 식구 모두 씩씩하게 잘 있으니 안심하십시오.

늘 어머니 건강이 걱정이니 저희들 생각하셔서라도 무리하시는 일이 없으시기 간절히 바랍니다.

내내 건강하시기 빌며.

호기 드림

□ 1981. 11. 28. (파리)

국제 원자력 기구 회의 참석차 파리에 들르신 이병휘(李炳暉) 위원님 편에 또 안부드립니다. 평소에 저를 아끼시고 서로 친하게 지내는 좋은 선배님입니다. 제 거취에 대해서도 서로 얘기를 나누었습니다만 차분히 이곳서 일하고 있으면 곧 좋은 일이 생길 것 같은 느낌도 듭니다.

이곳은 날씨가 꽤 괜찮더니 엊그제부터 다시 그 유명한 '지불레' 비가 내려 상당히 울적한 기분이 듭니다.

언제나 걱정되는 것이 어머니 건강입니다. 급한 일이 있으시더라도 멀리서 그리는 저희들 생각을 하셔서라도 절대로 무리하시는 일 없으시기를 재삼재삼 부탁드립니다.

뒤크로 대사가 대사관 근처에 살고 있어 이 위원님과 함께 지금 놀러가기로 돼 있습니다. 함께 어머니, 아버지 얘기를 나누고자 합니다.

이 위원 앉혀놓고 쓰는 편지라 엉망입니다. 또 곧 문안드리겠습니다.

愛子 虎起 올림

□ 1981. 12. 30. (파리) ～～～～～～～～～～～～～～

사랑하는 어머니, 아버지께……

오늘 아버지 편지와 잡지를 반갑게 받았습니다. 아버지 기사는 이곳 친구들이 갖다 주어서 이미 수십 번 읽은 바 있습니다만 또 한 번 다시 읽고 아버지의 깊은 인생관에 다시 한 번 고개를 숙이게 됩니다. 제가 아버지 서화집에 쓴 대로 다시 한 번 이 좋으신 어른이 바로 우리 아버지시라는 생각에 제 마음은 행복에 넘쳐 뛰었습니다.

봉기가 잘 되어가는 데 대하여 어머니, 아버지와 함께 크게 기뻐하고 있습니다. 원래 묵직한 실력파인 아이라 대기만성의 큰 이룸을 기대해 봅니다(뭐 별로 늦은 것도 아니지만). 직장도 훌륭한 데가 마련되는 듯하고 좀 오래 학교에 남아 있었지만 그 덕택에 좋은 논문도 많이 발표되는 것 같아 희망이 큽니다. 이제는 과학원 옛 제자들도 하나씩 둘씩 학위를 마친다는 소식을 알려와 제 일같이 기뻐하고 있습니다.

제 일을 너무 걱정하시는 것 같아 황송스런 마음 그지없습니다만 남들은 평생 소원인 국장급을 삼십대 중반에 역임하고 그런대로 국제 외교계에서 활약할 수 있는 기회를 갖게 된 저는 스스로 행운아라고 생각되어 늘 천주께 감사하는 마음을 갖고 있습니다.

원래 천성이 게으르고 그 대신 넓게 보는 면이 있어 적성으로 보면 정부 기업체가 맞다고 생각되지만 아버지의 깊으신 말씀은 명심하여 진로를 결정하겠습니다. 다행히 저를 어여삐 보아 주는 분이 많이 생겨서 제가 농땡이치지 않고 정직, 성실만 한다면 저도 뜻을 펴 볼 기회가 있을 것으로 알고 낙천적으로 살겠습니다. 언젠가 이곳서 이틀을 저와 함께 지내신 광호 아저씨의 말씀은 아직도 제게 큰 위안이 되어 주십니다.

"너하고 아무 부담도, 얽매인 것도 없이 정말 행복한 시간을 지냈다. 좋은 시간을 그때 그때 즐기고 간직하면 그 행복이 쌓여져 좋은 인생을 살게 될 수 있는 거겠지."

이 좋으신 어른이 우리 대사가 되셨으면 했는데 이번 대사 이동에는 먼저 계시던 윤석헌(尹錫憲) 대사가 다시 오시게 되었습니다. 윤 대사도 제가 존경하는 어른으로 저를 각별히 사랑하는 분이라 민 대사를 보내는 마음 섭섭하기 그지없으나 제게는 다행스럽게 되었습니다. 민 대사님은 이곳에 어려울 때 오셔서 여러 가지로 고생이 많았지요. 가까운 분이라서 오히려 제게는 조심스러웠습니다. 귀국하시면(1월 말) 한번 대접해 드리면 감사하겠습니다. 윤 대사가 오시면 우리 나라에 중요한 제3국 자원 외교를 전개해 볼 생각입니다(제가 이곳 자원 담당관을 겸직하고 있습니다).

유럽 지도를 보면 이제는 거의 안 가 본 데가 없다시피합니다.

새해에는 이곳서 산 경험을 토대로 견문기, 에너지 자원, 과학 기술 정책 등에 관한 책을 꼭 출간하도록 애쓰겠습니다. 곧 수필도 정리해서 어머니께 보내 드리겠습니다(아마 100편 이상은 족히 될 겁니다). '일사일언(一事一言)'이나 '천자 만추' '청론탁설(淸論濁說)' 등에 실릴 수 있다면 참 반가울 텐데 너무 졸작(拙作)일 것 같아 걱정입니다. 마음이 메마르기 전에 시작(詩作)도 재개할 생각입니다.

한 구멍을 파지 못하는 것이(불혹에 이르러 갑자기 고칠 수 없는 제 결점인 걸 알면서도) 천성을 어찌할 수 없는 것을 느낍니다.

누나나 베르트랑의 성실한 생활 태도를 정말 배우려 애쓰고는 있습니다만 뜻대로 안 되는 '낭만파' 호기(虎起)를 어찌할 수 있나요. 그러나 새해에는 허송 세월하지 않기를 다짐하고는 있습니다.

어머니께서는 여전히 무리하고 사시는 것 같아 정말 걱정이 이만저만이 아닙니다. 멀리서 안절부절하는 저희들 생각하셔서라도 제발 편하게 지내시도록 해 주시기를 백번 만번 빕니다.

현기네도 가끔 전화 걸어 잘 있는 것을 확인하고 있습니다. 지난번 런던에 출장갔을 적에 함께 보내 드린 카드는 받으셨겠지요.

런던과 파리의 성탄 장식은 올해 유난히 아름다워 저희들만 즐기기 아깝습니다. 특히 아침 저녁으로 지나치는 샹젤리제 거리의 가로수에 꽂핀 불빛은 가슴 설레이기 그지없습니다. 날이 갈수록 파리의 기막힌 문화 유산에 심취되어 이 나라의 역사, 정치, 문화에 대해 닥치는 대로 읽게 됩니다. 자랑같지만 대사관 여비서들끼리 과학관의 프랑스어가 으뜸이라는 얘기를 하는 것을 엿듣고 듣기 쑥스럽지만 한편 기분이 좋았습니다. 새해에는 계속 프랑스어 원서를 많이 읽어야 되겠습니다.

성탄 연휴 때는 중부의 비쉬 지방에 이틀간 다녀왔는데 남지란 녀석이 피아노 치겠다고 남았었습니다. 겨울 방학 2주간 어쩌나 지독한 아이인지 아침 7시에 일어나 아침도 먹지 않고 샌드위치로 점심 먹는 10여 분을 빼놓고는 일 초도 쉬지 않고 피아노 연습을 해서 에미가 오히려 말리느라고 애쓸 지경입니다. 남우란 녀석이 늘 "피아노 소리에 귀가 아파 죽겠다"고 찡얼거리지만 하도 많이 들어 그런지 여러 명곡들을 휘파람으로 흥얼거립니다. 시간만 나면 국어와 한자를 제가 직접 가르치는데 그럴 때마다 저도 종이와 연필을 갖고 출반주하는 남연이는 못난 부모 눈엔 귀엽기 그지없는 집안의 꽃입니다. 하느님 은총으로 아이들 건강히 공부 잘하고 있으니 모든 것을 축복으로 알고 있습니다.

에미도 아이들 교육에 열심이고 절약해 주어 그 동안 예금도 많이 늘어나 이젠 넉넉히 아무 걱정없이 살고 있습니다.

고광수(高光秀) 형님이 옛정 잊지 않고 찾아 주는 일은 언제나 고맙습니다.

세상이 험해 갈수록 이런 인정으로 위안이 됩니다. 어릴 적 어머니, 아버지께 드린 말씀대로 한송이 작은 꽃을 보더라도 주를 찬미하는 마음으로 살아가겠다는 생각에 변함이 있을 수가 없습니다. 나는 새도 배불리시는 높은 데의 어른께서 성실히 사는 사람 저버리시지 않습니다. 항상 기쁜 마음으로 새해를 맞습니다.

횡설수설(橫說堅說)이 길어졌습니다. 새해에도 만복 받으시기를 빌며 멀리 있더라도 함께 모시는 마음으로 저의 깊고 애틋한 사랑을 보내 드립니다.

愛子 虎起 올림

□ 1982. 1. 26.

사랑하는 어머니, 아버지께……

정말 세월이 빨리 지나갑니다. 세상도 하루가 멀다하고 달라지는데 달나라에서나 하는 생활 같아 걱정도 되지만 어떻게 생각하면 그걸 복으로 알고 살아야겠지요. 이곳에는 민 대사가 서울에 가신 후 아직 신임 윤 대사가 서울에 계셔 과도기 같은 느낌이지만 30일 윤 대사 도착 후엔 또 새 살림을 꾸리게 되었습니다.

원자력 발전소 건설 관계로 우리 기술자와 가족이 수십 명 장기 체류하게 되어 이전보다 더 재미있고 바쁜 날들을 보내고 있습니다. 돌이켜보면 4년 전부터 윤 대사를 모시고 한 일의 결실인 것 같아 감개가 무량합니다.

요사이는 집에 일찍 귀가할 때마다 남우를 앉혀놓고 천자문을 가르칩니다. 우리 국어 교과서가 너무 체계가 없어 혼자서 배우기 어려워 우선 5학년 1학기 책을 중단하고 많은 어휘의 근원인 한문을 배우도록 했습니다. 저도 천자의 뜻을 함께 음미하며 하늘과 땅의 이치를 느끼지만 아무래도 동양 사상에는 분석적인 면이 결여돼 있다는 것을 느낍니다. 천지현황 율여조양(天地玄黃律呂調陽…) 모두 멋진 구절이지만, 늘 거기에서 끝나는 두루뭉실한 얘기로밖에 안 들리는 감도 있지요(물론 잘 모르며 하는 말씀이지만…). 어떻든 서양에서 초등 교육을 받고 있는 아이라 일 년 계획으로 꼭 천자를 떼게 할 생각입니다.

제 문제는 앞날을 다 하늘에 맡기고 주어진 일에 충실하기로 했습니다. 너무 제 장래일로 부모님 걱정을 끼쳐드리는 것은 불혹에 접어든 사람으로 그지없는 불효로 생각되어 송구스런 마음 형용 불능입니다.

남지, 남연 모두 잘 자라고 있어요. 남지가 피아노 연습하는 거에 못지않게 남연이는 어찌나 잘 먹는지 얼마나 토실토실하고 크게 자라는지 모릅니다. 애비 눈엔 나날이 더 이뻐지는 것 같습니다.

새해에는 모두 좋은 일이 많을 것 같습니다. 국내 경제도 작년까지의 어려움에서 벗어날 것이라는 전망이 객관적인 이곳 신문이나 전문가가 내다보고 있습니다(물론 세계 경제 전반이 엉망인 상태에서 상대적인 얘기니까 신통한 것은 못 되지만). 우리도 통행 금지도 없어지고 가로등도 켜게 되고 밝은 소식도 많이 들리는군요.

아무쪼록 건강하시고 무리하시지 마세요. 어머니의 〈생인손〉 감명 깊게 읽었습니다. 우리 나라의 역사와 문화 전통의 인식 그리고 깊은 문학 사상과 인생관이 없이는 가능하지 않은 글입니다. 새삼 어머니가 자랑스럽습니다.

곧 또 소식 드리지요.

愛子 虎起 올림

□ **1982. 3. 17. (파리)** 〜〜〜〜〜〜〜〜〜〜〜〜〜〜〜

사랑하는 어머니, 아버지께······

새벽에 아버지 전화 받고 반가운 마음 그지없으면서도 기운을 차리지 못해 죄송합니다. 인공 위성 제작 시설을 보러 멀리 남불 칸느에 들렀다 와서 녹아떨어진 지 한두 시간 후였기 때문이었습니다. 그러지 않아도 너무 외지 생활을 하고 있는 데에 대해 초조해 하며 부모님께 송구스럽기 그지없었는데 또 걱정을 끼쳐 드리게 된 것이 여간 스스로도 용서하기 힘든 일입니다.

연금법은 제가 이곳에 온 후 반포된 것이라 그 내용에 접할 기회가 없었으며 제 상식적인 소견으로는 과학원이 정부 출연 기관이기는 하지만 거기 교수는 국립대 교수의 경우와 같이 공무원 자격이 아니기 때문에 천상 연금 혜택에서는 제외될 것 같습니다. 이곳 행정에 밝은 친구들의 생각도 비슷합니다. 제가 과학원이나 연금에 그리 큰 미련이 없는 것은 자신 있게 말씀드립니다. 여러 가지 망설임과 고민도 있지만 여기 있음으로써 알게 된 넓은 세상, 높은 하늘 그리고 경험은 한평생 살아갈 양식이 되어 주었을 것이고 또 아이들의 교육에 더 이상 좋은 분위기가 없으니 (부모만 국어에 저희들처럼 힘쓴다면) 이 이상 좋은 자리가 또 어디 있겠습니까? 요새는 새로 윤 대사를 모시고 새 기분으로 일하고 있습니다. 과학 기술의 중요성을 잘 인식하고 있는 분이라 일할 기분이 납니다.

봉기는 요새 일류 학회지에 논문이 발표되고 잘돼 나가는 것 같아 기쁩니다. 저는 학문은 후진에게 슬슬 맡기고 길잡이로서의 앞날을 정해야만 할 것 같습니다.

이번 달부터 외교관들과 국내 가족간엔 외교 행낭(파우치) 편으로 서신 교환이 가능하게 되었습니다. 그러니까 이제부터 제게 편지하실 때는 제게 보내시는 편지에 이중 봉투를 싸셔서 "세종로 1번지 중앙청 내 외무부 문서 담당관"에게만 보내시면 안전 신속하게 제게 편지가 전달될 수 있습니다.

오늘이 바로 파우치 마감날이라 정신없이 바쁜 사이에 편지 드리느라 정말 글씨랑 엉망이 되었습니다. 그래도 요즘 한동안 문안드리지 못해 이렇게라도 문안드려야 합니다. 환절기에 감기 들지 마시고 아무쪼록 몸조심 하세요.

곧 또 문안드리겠습니다.

호기 드림

사랑하는 어머니, 아버지께……

마로니에 꽃이 한창인 파리의 봄은 설레이기 그지없습니다. 하지만 어찌 진달래, 개나리, 벚꽃이 만발한 고향의 봄 같기야 하겠습니까. 아직 여독이 풀리지 않아서 그런지 어쩐지 꿈 속에 있다가 온 것 같은 느낌이 자꾸만 듭니다.

돌아온 지 2,3일이 지났지만 아직도 아침에 일어나면 아버지의 "아이 졸린다" 하는 말씀이 들리는 듯하고 아름다운 꽃밭의 어머니의 모습이 눈에 아른거립니다. 바쁘게 지냈지만 생각할수록 행복에 넘친 한 달이었습니다. 시간을 제 나름대로 보람 있게 보냈고 어머니, 아버지의 깊은 사랑으로 한순간 한순간이 영원히 추억에 남을 것이니 여기서 바랄 것이 무엇이겠습니까.

염려해 주시는 덕택으로 이곳 모두 잘 있고 특히 아이들이 부모의 성화 없이도 열심히 공부하는 것이 반갑고 고마운 일입니다.

특히 이젠 남우도 누이 못지않게 독서에 열을 내고 있어 온 집안이 독서 분위기에 차 있게 되었습니다.

여러 가지 어려운 일이 많지만 그래도 우리 나라는 잘 되어 나갈 것이라는 희망도 가지고 돌아왔습니다. 너나 할 것 없이 모두 급하고 주어진 일부터 차분히 해 나가는 습성이 되어 있지 않아 보이는 것도 고도 성장의 일시적 부작용의 하나라고 보면 편한 마음을 되찾을 수가 있습니다.

돌아와서 그 동안 밀린 일이 산적해 있어 다른 생각하기도 어려울 형편입니다. 이렇게 일할 수 있는 것도 축복이겠지요. 종종 안부 드리기로 하고 오늘은 이만 줄이겠습니다.

　　어머니께서 특히 무리하지 마시고 건강에 유의하시기를 빕니다.

愛子 虎起 올림

□ **1982. 6. 26. (파리)** 〜〜〜〜〜〜〜〜〜〜〜〜〜〜〜〜〜

사랑하는 어머니, 아버지께……

　　통신 위성 기술회와 관련 서울에 들르는 프랑스의 우주 연구소 (CNES) 국제 협력 담당관 라 포르트(La Porte) 씨 내외를 소개합니다. 좋은 엔지니어이며 통신 위성 분야의 기술 협력에 있어 프랑스 측의 창구 역할을 하는 좋은 친구이기도 합니다.

　　인편에 아버지 생신 선물과 어머니 약과 화장품을 보내 드립니다. 많은 양은 미안해서 부탁 못하지만 늘 부모님의 건강을 기구(祈求)하는 저의 마음만 전달되었으면 고맙겠습니다.

　　얼마 전 샹바르 전 주한 프랑스 대사께서 작고했는데 유언에 자신의 유해를 화장해서 사랑하는 한국에 보내 달라는 사연이 있었답니다. 외국인도 그토록 사랑할 수 있던 우리 나라를 우리가 아끼고 사랑하지 않을 수 있을까 하는 생각이 뭉클하게 들더군요.

　　국내외로 어려운 사정이 많지만 이젠 되도록 밝은 면을 서로서로 찾아 확대해서 살아갔으면 합니다. 큰 부조리한 사건이 생길 때마다 톨스토이의 〈이반 일리치의 죽음〉 얘기가 생각납니다. 저마다 자신은 책임이 없다고 생각하며 특정인이나 특정 계층에 돌을 던지는 각박한 인심이 안타깝습니다. 그런 부조리가 생길 수 있는 사회의 일원으로서 아픔을 함께 느끼는 자세를 가져야 할 줄로 압니다.

이곳 여름 날씨는 예년보다 햇볕이 많고 화창해서 즐거운 나날을 보내고 있습니다. 하는 일도 그런대로 재미를 느끼고 있으나 여행 자유화 조치 이후로 방문객이 부쩍 늘어 혼자서 조용히 공부할 수 있는 시간이 나지 않는 것이 좀 안타까울 뿐입니다.

아이들 건강히 공부 잘하며 자라고 있는 것은 지켜보기 큰 즐거움입니다. 프랑스의 경제 사정이 사회당 집권 이후 눈에 띄게 악화되어 급기야는 최근에 4개월간 물가와 임금을 동결하는 선진국으로서는 비상적인 정책이 결정되었습니다. 프랑화(Franc 貨)가 평가 절하되는 바람에 달러로 월급을 받는 저희들은 오히려 큰 덕을 보고 있지요. 요새 같아서는 "살 것 같다"는 얘기들이니까요. 검소하게 살고 있으니 월 수백 달러는 저축을 하게 됩니다. 그 동안 재형 저축한 것이 만기가 되어 아버지께 보내 드리라고 외무부에 연락했는데 받으셨는지 궁금합니다.

아버지 생신 때 해마다 모시지 못하는데 송구스런 마음 가누기 힘듭니다. 언제나 젊음을 지니시고 모든 이의 귀감이 될 수 있는 멋쟁이 인생을 지내시는 어머니, 아버지는 세상에서 찾아보기 힘든 어른들이십니다. 오늘 아침에 늘 열심인 남지에게 "아빠는 공부를 안 한다"는 얘기를 듣고 나름대로 크게 뉘우치고 더 열심히 살도록 마음먹었지요. 사실 남지처럼 열심인 아이는 세상에서 처음 보았습니다. 주말에 가족끼리 공원에 간다든가 외출을 할 때도 혼자 남아 하루종일 일시도 쉬지 않고 피아노를 쳐서 오히려 부모들이 건강을 생각해서 쉬며 하라고 말릴 정도입니다.

봉기가 학위를 훌륭하게 마친 데 대해서는 기쁜 마음이 어찌나 큰지 모릅니다. 아버지께 큰 생신 선물을 한 셈이니 심지 깊고 실력 있는 우리 막내가 얼마나 대견한지 모릅니다. 대기만성의 봉기의 앞날이 크게 기대될 뿐입니다. 저도 이젠 현실 참여에의 길을 밟도록 인생 항로를 설정하고 어려움도 보람으로 삼고 살아가도록 하렵니다. 정직, 성실하면 천주께서 보살피시리라는 믿음은 세상이 험해져 갈수록 깊어만 갑니다.

어딜 가나 장미가 만발해 바라보는 마음이 그대로 축복입니다. 모든 것을 감사히 생각하며 아름다우신 어머니의 꽃밭을 그립니다.

내내 건강하시기를 빌며 함께 모시는 마음으로 이만 줄입니다.

愛子 虎起 올림

□ 1982. 9. 3.

사랑하는 어머니, 아버지께……

저희 대사관에 10년 근속한 상으로 이번에 우리 나라 구경을 하게 된 마담 실비팽그리를 소개해 드리고, 인편에 저희들 금년 휴가 때 찍은 사진과 남지 피아노 녹음을 보내 드립니다. 한군데 10년 있기 어려운데 더구나 가난한 나라의 대사관과 그렇게 오래 정붙이며 일한다는 것은 쉬운 일이 아닙니다. 마담에게 제 말씀 들으시고 점심 대접이나 차 한잔으로 노고를 치하해 주셨으면 감사하겠습니다.

아버지께서 걱정하시는 것은 십분 이해가 되지만 열심히 정직하게 사는 이들은 천주님이 보살피신다는 믿음을 버리지 않아야겠지요.

저는 요사이 오히려 담담한 마음으로 장래에 임하려고 애쓰고 있습니다. 별 큰 노력도 없이 편한 생활을 하고 있는 것만도 은총입니다. 관(官)에 있다 하지만 복잡한 정치 바람도 없고 높지도 낮지도 않은 제게 알맞은 자리지요. 사람이란 욕심이 클 때 무리한 일도 하고 항상 마음을 편하게 갖지 못하는 거니까. 아이들 교육 잘 시키고 제 분수 지키며, 열심히 사는 것으로 만족하겠습니다. 고맙게도 아이들이 총명하고 건강하게 자라고 있어, 이를 지켜보는 것이 큰 즐거움입니다. 꼬마들치고는 유식해서 셰익스피어가 어떻구, 베토벤이 저렇구 할 정도이지요. 내주부터는 개학이라 남우가 벌써 중학생이 되고 남연이도 학교에 들어갑니다. 초등 학교 사흘 다니다 온 녀석이 벌써 중학생이 되니 세월 흘러가는 것이 어이가 없습니다 (이곳은 초등 학교가 5년제이지만요). 한 해를 월반했기 때문에 제일 어린 중학생이라 아직도 어린애 티가 그대로입니다.

참 이번 여름 휴가는 말할 수 없이 기가 막혔지요. 남불(南佛) 아르데슈라는 데 남지 피아노 선생 별장에 초대되어 2,3일 지내다가 내친 김에 남불, 북이탈리아, 오스트리아, 남독 등지를 돌았지요. 이탈리아 사람들의 푸근한 인정과 다른 곳과 비교가 안 되는 위대한 문화 유산은 이번 여행중 가장 기억에 남을 만한 일입니다. 저희 결혼 15주년을 아름다운 로렐라이 언덕에서 맞은 일은 평생 아름다운 추억으로 남을 것입니다. 이탈리아 미술에 대하여도 남지가 얼마나 많이 "읊고" 있는지 참 놀라웠습니다. 한시도 빼놓지 않고 독서를 하니 아이더러 좀 놀라고 성화를 하며 싸워야 할 정도입니다. 이 모든 것이 은총입니다.

모든 것에 감사드리고 살아야지요. 세상 돌아가는 것이 험하고 악인들이 날뛰더라도 나보다 훌륭한 사람을 보고 스스로 부끄러워

148

하며 사는 자세를 갖는 것이 제게 주어진 은총에 보답하는 길이라고 진심으로 믿고 있습니다.

별군데 다 들렀다 와도 그래도 파리의 설레임이 새롭습니다. 이제는 유럽 구경 많이 했으니 먼 나들이는 안 하기로 마음먹었습니다. 10월에는 남지가 큰 피아노 시험이 있어 조그만 것이 피나는 노력으로 연습하고 있습니다. 잘할 것으로 기대해 봅니다.

거리의 마로니에 잎이 벌써 벌겋게 물들어 가고 있습니다. 또 한 해가 지나가는가 봅니다. 항상 가까이 모시고 있는 마음으로 어머니, 아버지 모습을 그려 봅니다.

아무쪼록 건강하시기 빌며 난필 놓습니다.

호기 올림

□ **1983. 3. 20.**

사랑하는 어머니, 아버지께……

오늘 〈한국일보〉 구주판(歐洲版)에 실린 제 글을 보내 드립니다. 두 어른의 뜻대로 아이들 국어 교육을 하면서 느낀 바를 나타낸 글입니다.

언제나 어머니 아버지의 건강과 행복을 빌며

호기 올림

추운 물 줘 힘센 김치 씻어 먹게

"엄마, 나 추운 물 줘. 김치가 힘이 세서 씻어 먹을래." 여섯 살 난 막내 말이 우습다. 우리말도 배우기 전에 외국에 나와 자랐으니 불어대로 '추운 것'과 '찬 것', '힘이 센 것'과 '맛이 매운 것'을 구별하지 못한 것이다. 듣고 한참 웃었으나 다시 생각해 보면 아이들 국어 교육이 걱정된다. 국제 교류가 활발한 시대라 파리 도처에 우리와 비슷하게 생긴 동양 사람들이 많이 눈에 띄는데, 안타까운 일은 중국 아이들이나 일본 아이들이 모일 때는 저희들끼리 저희 말을 주고받는데. 우리 나라 아이들은 대부분 불어로 대화를 하고 있는 것이다. 아이들이 자기 말을 쓰면 더없이 귀여워 보이는데 자기 말을 두고 외국어로 대화를 하면 코가 유난히 납작해 보이는 것은 나만 느끼는 일이 아닐 것이다.

일본 아이들과는 달리 국어를 하는 학교에 매일 다니지 못하는 데다가, 해외 거주 자녀들을 위한 국어 통신 교육 제도마저 없는 실정이니, 아이들에게만 "코가 왜 그리 납작하냐"고 탓할 수 없는 노릇이다. 우리집에서는 아이들 국어 교육을 위해 상당히 노력해 왔는데도, 날이 갈수록 제 나이에 비해 아이들의 어휘와 표현 능력이 부족해 감을 느낀다. 역시 아이들은 책에서보다 같은 또래끼리 어울리는 가운데 말을 쉽게 배우게 마련인가 보다. 새로운 말에 접하면 어른들에게는 여러 생각이 번잡하게 얽히지만 아이들의 순백한 영혼에는 우선 절실한 점이 떠오르기 때문일 것이다. 예를 들어 '사과'라는 말을 생각해 보자. 어른들은 그 산지가 어디며 값이 얼마며 색깔이 어쩌며 무엇이 저쩌는 등 관심사가 복잡해서 아이들이 제일 먼저 말하는 '맛있다'라는 가장 중요한 말을 잊어버린다. 그래서 아이들이 외국어를 어른들보다 훨씬 쉽게 배우게 된다고 생각한다. 부모들이 신경을 써서 같은 또래

150

의 아이들끼리 어울려서 놀 수 있는 기회를 자주 갖도록 하면 좋을 것 같다.

　주중에는 우리 국어 교과서가 있으니 매일 조금씩 익히게 하고 주말에는 몇 집이 어울려 소풍을 간다든지 해서 아이들의 국어 회화 기회를 마련한다면 일석이조의 효과를 가질 수 있을 것 같다. 해외 생활에 바쁘고 어려운 점이 많겠지만 장차 우리 나라의 주인이 될 우리의 어린 싹들이 국어 아닌 다른 말을 먼저 배우고 그 말로 생각하며 자라나는 것을 그대로 지켜보기는 너무나 서글프고 안타까운 일이 아닌가.

□ **1983. 5. 15.** ～～～～～～～～～～～～

사랑하는 어머니, 아버지께……

　오늘 〈한국일보〉 구주판에 실린 제 기사 두 개를 보내 드립니다. 외국에서 살면서 가끔 서로 아웅다웅하기는 하지만 역시 동포끼리라야 의지가 되고 서로 위안이 되어 준다는 제 소박한 느낌이 실려 있습니다.

　이글에 부모님께 대한 저의 깊고 애틋한 사랑을 실어 보내 드립니다.

　건강하시기 빌며

호기 올림

변덕 날씨에도 푸근한 고향감 만끽
─재불 한인회 연례 야유회 가져─

　프랑스의 봄날씨는 매우 고르지 못해서 "봄날씨 같은 변덕장
이"라는 표현까지 있을 정도이다. 매년 5월이 되면 한인회 야유
회가 있는데 으레 "빗물에 밥말아 먹기"가 십상이다. 올해 재불
한인회 야유회가 5월 8일 콤피엔느 숲속에서 있었는데 이번에도
예외없이 소나기가 오락가락하는 날이었다. 500여 명이나 모여
예년에 없는 성황을 이루었는데 모두 질서 정연히 처음부터 끝까
지 함께 고국을 그리며 흐뭇한 하루를 지냈다. 이렇게 우리가 단
합할 수 있으니 우리 나라의 장래가 밝을 수밖에 없다. 꼬불꼬불
한 숲속 길에 표지판으로 세심하게 길 안내는 물론, 맛있는 불고
기와 김치를 푸짐하게 마련하는 등 치밀한 준비를 해준 한인회
임원들의 노고는 정말 칭찬을 사고 남을 만했다. 소나기가 한 차
례 지나간 뒤에 때마침 반가운 햇볕이 비쳤다. 점심 시간이 즐겁
기 그지없다. 남녀 노소 할것없이 모두 한없이 먹는다. 이런 자
리에는 돌을 씹어도 넘어갈 판인데 세상에서 제일 맛있는 불고기
가 마련되어 있으니 누군들 입을 놀릴 수 있겠는가. 어린이 그림
그리기, 백일장 등 행사가 많이 준비되어 있는데 이날의 하이라
이트는 뭐니뭐니 해도 배구 시합이다.

　원자력팀, 대사관팀, 상사팀, 일반팀, 유학생팀, 금융단팀, 교
회팀 등 8개 팀이나 구성될 수 있었던 것은 이제 우리 나라의 해
외 진출도 상당하게 되었다는 징표여서 이 또한 흐뭇한 일이 아
닐 수 없다. 우승한 원자력팀에게는 좀 실례의 말씀이 되겠지만
각팀 실력이 동네 배구에 지나지 않았는데 그래도 열심히들 뛰어
각팀 모두 감투상을 받을 만했다. 그다지 유능하지 못한 심판의

빈번한 오판에도 한마디 항의 없이 웃어 넘기는 우리 백성은 마음의 여유가 유유하다. 이런 조그만 자리에 있었던 협동심을 넓게 파급시켜 나간다면 우리가 이루지 못할 일이 어디 있으랴. 파리 주재 각 상사에서 기증한 상품이 푸짐하여 복권을 산 사람들은 본전을 빼지 못한 사람들이 없을 정도이다. 6시가 넘어 야유회가 끝날 무렵 또 한차례 소나기가 내려 숲속 신록의 촉촉한 냄새를 맡으며 모두 아쉬운 마음으로 헤어졌다.

가고파

파리의 거리에는 마로니에 꽃이 한창이다. 잘 정리된 거리에 초롱불 같은 꽃이 바라보기 황홀할 정도다. 모든 것이 편안할 것만 같은 이 동네에도 마로니에 꽃이 필 무렵이면 여기저기 거리의 소요가 물결친다. 올 봄에는 예년보다 여러 가지 데모가 많이 벌어지고 있는 것을 보면 이 나라의 경제 사회 사정도 결코 편안한 상태가 아닌 것 같다. 마로니에 꽃을 보면 진달래꽃, 살구꽃이들과 산을 불 붙이는 듯한 '고향의 봄'을 모두 그리게 된다. 세상이 발달해서 이제는 쉽게 신문 잡지 뉴스나 방문객들을 통해 고국의 소식에 접하게 되는데 고국에는 외국같이 거리의 소요는 없는 것이 다행이지만 여러 가지 어려운 일로 해서 우리의 봄도 그다지 조용한 것이 되지 못하는 것이 안타깝다.

한가로운 생각 같지만 철이 되면 피고지는 꽃들에게 우리 모두 순리라는 것을 배웠으면 좋겠다. 저마다 다른 색깔과 모양의 봄 꽃들이 자연과 조화를 이루며 보는 이들에게 빈부귀천의 차별 없이 아름다움을 보여 주고 있지 않는가.

"군자(君子), 화이부동(和而不同)"이란 공자 말씀도 이와 같이 모두 자연으로 돌아가 순리대로 살아가라는 가르침이었으리라.

우리 착한 동포들이 모두 '화이부동'해서 '서로 돕고 사는 나라, 우리 나라 좋은 나라'를 이루는 봄꿈을 꾸어 본다.

□ 1983. 7. 25. ～～～～～～～～～～～～～～～～～

사랑하는 어머니, 아버지께……

성가(Ste-Croix) 중학교 1학년인 남우가 쓴 시가 학교 잡지에 실려 저의 번역문과 함께 보내 드립니다. 이곳은 초등 학교가 5년제이니 우리 나라로는 아직 초등 학교 6학년생인데 어린 나이에 제법 하느님을 알고 철난 글이지요?

저희 느끼는 모든 것을 사랑하는 어머니, 아버지께 드리는 마음으로 〈생명의 물〉 남우의 시를 보내 드리는 것입니다.

내내 평안 건강하시기 빌며

호기 올림

L'Eau

Eau, source de la vie,

Tu nous envoies la vie par

La pluie qui descend du ciel.

Toi dont nous ne pouvons nous passer,

154

Reste avec nous malgré nos offenses.
Aide-nous a combattre
Le feu qui te craint.
Toi, servante de Dieu,
Purifie-nous par le baptême,
Eau royale, tu es le symbole de la vie.

Namou KIM (5e)

물

김남우 원작
김호기 옮김

물, 생명의 샘이여
하늘에서 내리는 비와 함께
우리에게 생명을 보내오니
우리 죄 많아도
너없이 살 수 없는 우리를 지켜 주리라.
물, 하느님의 종이여
너를 두려워하는 불을 쫓도록
우리를 도와주고
영세로서 우리를 순결케 해주오
장려한 물, 너는 생명의 상징이로다.

사랑하는 어머니, 아버지께……

지난번 국제 원자력 기구 총회의 우리 대표로 갔을 적 우연히 식당에서 유명한 지휘자 번스타인과 만나 신나는 시간을 가졌습니다. 그때 얘기를 써서 〈한국일보〉 구주판에 투고한 것이 실렸기에 보내드립니다.

딱딱한 과학 외교 가운데 우리 마음을 촉촉하게 적셔 주기에 충분한 해후였다고 생각합니다.

언제나 사랑하는 부모님과 함께 자리하는 기분으로 두 분의 건강을 빕니다.

호기 올림

'인생은 해후' ─ 대지휘자 번스타인과 슈납 주의 밤 ─

레너드 번스타인이라면 중학생 정도라도 그 이름을 알 만한 유명한 지휘자, 명함이 필요없는 명사다. 나 같은 사람이야 명함에 쓰인 직책을 보고도 그게 뭐하는 자리냐고 묻는 사람이 많을 정도로 무명인에 지나지 않는다. 그러나 누구 말대로 '인생은 해후', 나란히 앉아 '한잔' 나누며 신나는 시간을 가질 때는 직업이나 유명도의 격차가 벽이 될 수가 없다. 오히려 그 차이점 때문에 세상이 밋밋하지 않고 재미있는 것이다.

지난 가을 국제 원자력 기구 총회 참석차 빈에 갔을 때의 일이다. 우리 대표단이 모두 모인 첫날 오페라 구경 후 밤 늦게 어느 한식점에서 저녁 식사를 끝낼 무렵 건너편 테이블에서 눈에 익은 얼굴의 하얀 털 스웨터 차림의 멋쟁이 노신사 하나가 예쁜 아가씨 둘을 양쪽에 거느리고 신나게 지내고 있는 모습이 눈에 띄었다. 아무리 보아도 레너드 번스타인의 얼굴이다. 모두 그런 유명하고 돈 많은 사람이 이런 허름한 곳을 찾을 리 없다고 일어나는데 일행 중 혹시나 하는 세 명이 남아 본인에게 직접 번스타인이라는 것을 확인하고 곧 합석을 이루었다. 그 동네 소주라 할 수 있는 '슈납' 주와 맥주를 모두 마신 후라 너나 할것없이 거나하게 취해 무척 흥겨운 자리가 되었다.

우리가 한국서 온 '원자력쟁이'들이라고 소개하자, 번스타인은 인사말 대신 "우 – 앙" 하며 호랑이 시늉을 하며 한국인들은 호랑이들이라며 놀려댄다. 일본 공연 때는 많은 사람들이 일렬로 줄을 서며 한참을 기다리다가 한 사람씩 공손히 절을 하면서 사인을 받아가는데 서울서는 모두 호랑이처럼 달려든다면서 호탕하게 웃는다. 본인에게는 서울서의 그 인간적인 환영이 더 마음에 들었을는지 모르지만 우리에게 여러 가지로 생각나게 하는 점이 많다.

예술가는 취중에도 세계 평화와 환경에 대한 관심을 잊지 않는다. 무척 빈정대는 눈초리로 묻는 말이 "당신네들은 원자력의 평화적 이용이라는 것을 믿습니까?" 문명의 이기의 혜택은 있는 대로 즐기면서 현재로선 가장 합리적이고 경제적인 에너지원에 대해 깊은 생각없이 반대를 하는 데에는 우리도 할 말이 있다. "암, 믿고말구요. 그렇지 않고서야 우리가 이렇게 번스타인에게 경의를 표했을 리가 있었겠습니까?" 내 말을 듣자마자 영감님은 나에게 불란서식 뽀뽀를 퍼부으며 "아, 참 듣기 달콤한 얘기요"

라는 말로 좌중의 분위기를 한결 부드럽게 하여 준다. 이런 식의 가벼운 대화와 슈납 주로 어느덧 새벽 두시가 가까워진다.

70대의 노인인데 줄곧 앉아 누구보다도 기분을 낼 수 있는 정력이 놀랍기만 하다. 잔뜩 취한 영감님이 노래를 계속하는데 유명한 지휘자답지 않게 엉망이다. "선생님 노래가 정말 엉망입니다." 이런 찬사(?)에도 선뜻 "아, 물론이죠"라면서 또 호탕한 웃음을 터뜨린다. 당대의 대지휘자라도 여기서 고전 음악을 논하였다면 이렇게 좋은 자리가 되지 않았을 것이라는 생각이 문득 들었다. 나는 모처럼 그를 만난 자리에서 대가의 음악론에 접할 기회를 가지지 못한 것을 조금도 아쉬워하지 않는다. 오히려 이러한 그의 인간성이 그의 다양한 음악성의 바탕이 되었으리라는 확신을 가지게 되었다.

□ **1978. 3. 29.** ～～～～～～～～～～～～～～～～～

사랑하는 아이들에게

떠난 지 열흘이 지나도록 소식이 없어 걱정걱정 마음 졸이던 차 반가운 글씨 보니 안도와 동시에 눈물이 났다. 갑자기 커져 버린 집에 혼자 있노라니 허전하고 외로워 모든 것이 걸린다. 이것저것 좀 더 잘해 줄 것을 하고 그저그저 뉘우쳐지는구나. 떠나기 전엔 출발 준비가 바빠 부산히 서두르기만 했지 막상 떠나 보내고 보니 이처럼 견디기 어렵구나. 바쁜 할미라 손자녀 잘 거두어 주지도 못했는데, 줄곧 한집에 산 것도 아닌데 아이들이 눈에 밟혀 미칠 지경이다. 아침이면 기사가 와 누르는 벨소리에 "호기가······" 하다가 아 그애는 파리에 있지 하고 맥이 풀린다. 옛날 어질고 슬기로운 어머니들은 아들을 멀리 보내고도 의연(毅然)했다 하는데 어머니는 참 어리석은 어머니로구나. 정말정말 보고 싶다.

너희들의 의욕과 각오에 가득 찬 글월 보니 대견하고 그저 어리석게 그리기만 하는 어머니 약한 마음이 부끄럽구나. 마음 단단히 고쳐먹고 강옥이 말대로 악착같이 공부하고 글 쓰겠다.

그러나 아직 거처를 정하지 못했다니 고생이 이만저만이 아니겠구나. 남지 첫인상은 아주 좋지 못한 것 같지만 앞으로 좋은 일만 있기를 빌 뿐이다. 어쩌면 처음 그렇게 어려움 당하는 것이 더욱 타향이라는 것을 일깨워 주어 새삼 정신을 차리게 해 줄지도 모르지. 너희들 마음 단단히 먹고 모든 것을 극복하고 좋은 성과를 거두어 주기만 바란다.

남연이는 그 동안 더욱 예쁘고 착해져서 귀여움과 사랑을 독차지하고 있다. 외가댁에서 너무나 잘 거두어 주셔서 그야말로 공주같이 자라고 있다. 어찌나 재롱을 떠는지 생각에 따라선 너희들이 부재중 값진 선물을 하나 놓고 간 것 같구나. 지금은 우리 출발 준비로 데리고 오지 못하지만 돌아오면 외조부모님과 쟁탈전이 벌어질 것 같다.

남지 남우 처음 실망했을 것 같지만 잘 타일러 모처럼의 기회 뜻 있고 알맹이 있는 것으로 해 주기 바란다. 남지 편지가 너무 똑똑하고 영리하여 신통하고 기특하다. 아무튼 하루바삐 거처 차리고 안정되어 본분에 충실하게 살아 주기 바란다. 이제 보름 후면 다시 만나게 될 테니 기다려진다.

너희들 짐은 다 잘 정리하고 보관하였다. 3년이면 긴 것 같아도 허송하면 실과 없이 들이닥치는 거다. 우리 다 밀도 짙게 지내면서 다시 만날 때는 좀더 서로 알차 있자구나.

또 어리석은 말 같지만 만사 조심하고 건강에 두루 유의하고 즐겁게(고생도 뜻있는 것이라고 생각하며) 지내 주기 바란다.

어머니

예쁜 남지와 남우에게……

남지야, 남우야 잘 있느냐. 할머니는 너희들 보고 싶어 눈물이 난다. 남지가 하도 편지를 잘 써서 할머니는 자랑스러워 집에 오시는 분마다에 보여 드렸단다. 앞으로도 파리에서 보는 것 듣는 것 느낀 것 다 적어 보내다오. 글을 그렇게 잘 쓰니 크면 네가 원하는 좋은 소설가가 될 거야. 남우도 편지 주기 바란다.

처음은 고생스러워도 프랑스는 우리 나라 다음가는 좋은 나라니깐 곧 정들 거야. 즐겁게 살다 돌아오너라.

착하고 똑똑하고 편지 잘 쓰는 우리 남지 그리고 남우, 불란서는 아직 춥다지. 여기도 아직 춥단다. 그래도 개나리 나무가 노릇노릇 꽃필 준비를 하고 있는 것이 보인다.

사랑하는 내 애기들! 고생을 많이 하는 모양이라 할머니 마음은 애처롭다. 그래도 항상 하느님께서 돌보아 주실 것을 믿고 있다. 어려서부터 남이 사는 것 행동하는 것 생각하는 것을 보고 느끼고 배우는 것은 하느님의 큰 은혜란다. 모쪼록 건강하고 착실하게 배워라. 애진이는 아주 어려도 그렇게 사니깐 서울 말도 프랑스 말도 잘하는 거란다.

아직 학교에 못 가고 있는 모양이라 걱정이지만 아무데로 이사를 가도 처음에는 그러니깐 참고 가지고 간 책이라도 읽으면서 지내라.

우리 남지가 어찌나 편지를 잘 쓰는지 할머니는 또 읽고 또 읽고 친구분이 오시면 보여 드리고 한단다. 남우도 씩씩하게 말 잘 듣고 있지? 남우도 아마 누나와 같이라 심심해하지 않을 거야. 누나같이 아니 누나보다도 더 공부 잘할 거야. 할머니는 남우, 우리 남우하고 우리 남지가 보고 싶어.

남연이는 더 예뻐지고 더 재롱이 늘어 참 귀엽고 귀엽단다. 공부 많이 하고 몸 더 튼튼하게 하고 프랑스 말 많이 배우고 돌아오길 바란다.

할머니

□ **1978. 4. 6.** ～～～～～～～～～～～～～～～～～

사랑하는 아이들에게

춘색(春塞)이라는 말이 실감되는 날씨다. 양광(陽光)은 다사로운데 집안은 추위 펜을 들어 손이 고드름 같다. 남지 편지 보니 그 곳도 그렇게 춥다지. 남지가 너무나 생생한 생활을 기록해 보내 기특하고 신통하고 장래가 촉망된다. 떠난 지 모레면 20일이 되는데 호기로부터는 비행기상에 쓴 것을 빼고는 꼭 한 번밖에 소식이 없어 바빠서 그러는지 심기가 언짢아 그러는지 몸이 불편해 그러는지 모두가 여의치 않아 그러는지 네 평소의 습관과 적이 달라 걱정 염려된다. 강옥은 불편한 일이 있더라도 집 옮긴 후는 어디서나(외국이 아니고 국내서라도) 당분간은 불편 부자유한 법이니 항상 밝은 낯으로 남편과 아이들 잘 보살피고 뒤받쳐 주기 바라고 또 바란다.

요즘은 처를 우리말로 '아내'라고 부르는 대로 쓰지만 '아내'는 '안해'라고 하는 것이 옳을 거야. '안해'——그러니깐 '안의 해'라는 뜻이겠다. 아무쪼록 '안의 해, 집안의 해'로서 너희들 모두를 따뜻하게 밝게 감싸 주기 바란다.

그저께 프랑스 대사 부인 만나 너희들 얘기했지. 집 구하기가 어려워 대단히 고생하는 모양이라 했더니 그 젊은 부인이 점잖게 "우리 프랑스 사람이 한국에 와서 집 구하는 것은 더 어려운 모양이다. 물론 파리도 집 구하기가 어렵지만" 하더구나. 대사 부인답게 아주 점잖고 그리고 조금이라도(일상의 하찮은 일이라도) 자국의 흠이 될 것 같은 것은 감싸려 하는 태도에 탄복했었다. 클로드는 하필이면 너희 도착 시간에 여행을 하여 우리 한국 사람 사고로는 섭섭한 감이 없지도 않지만 그런 것도 타국살이의 각오를 다져 주는 것으로 알기 바란다.

우리는 17일날 출발 예정인데 여러 가지로 마음쓸 일이 많구나. 어쨌건 곧 만날 테니 출발 전에 쓰는 것으로는 이 편지가 마지막이 될 것이다.

남연이는 하루하루 귀엽고 아름답게 자라고 있다. 재롱이 늘어 형(남지) 못지않게 영특한 아이가 될 것 같다. 너희들 참 보고 싶지?

그럼 이 편지 읽고 난 2,3일 후면 만나게 되지? 기다려진다. 그때까지 안녕.

어머니

□ ~~~~~~~~~~~~~~~~~~~~~~~~~~~~~~~~~~~~

사랑하는 아이들에게……

모든 것이 안쓰러워 착잡한 마음 헤아릴 수 없다. 배려해 준 덕택으로 대사관에서 마중을 나와 주어 아주 편히 왔으니 안심하여라.

너희들 아직 자리가 잡히지 않아 심신 양면으로 고초 겪고 있는데 이곳 외교관들도 처음에는 모두 그랬단다. 너희들도 참고 견디어 지금 여기 외교관들이 그런대로 즐기며 살고 있듯이 즐기고 살아 주기 바란다. 공보관, 참사관 모두 친절하지만 너무 폐는 끼치지 않기로 했다(내 개인으로는).

가구는 곧 사도록 하여라. 미국 가는 길로 부쳐 주겠다. 짐도 파리까지 운반하려면 또 비용이 들겠지만 대부라도 받아서 처리하도록 하여라. 크게 도와주지도 못하고 잠자리(담요 하나 뺏어 덮었으니 너희들 춥고 불편했었겠지)도 편치 못하게 해 주고 와서 걸린다. 아이들 보고 싶구나. 남우는 언어 때문에 투정하는 것 같으니 하루바삐 말을 익히도록 하여라.

나는 곧 미국으로 떠나겠다. 이곳은 어찌나 물가가 비싼지 필요 없이 잠시도 머물고 싶지 않다. 베르예(Bergh) 씨는 너무 멀리 살아

전화만 걸었고 만나지는 못하겠다. 통 시간이 없어 편지 쓸 겨를이
없어 이 편지도 겨우 틈타 써서 엉망이지.

그저 너희들 건강과 행복과 평화를 빌 뿐이다. 호기는 너무 고달
프지만 그래도 아직 젊으니 모든 것이 소중한 경험이 되고 공부가
되도록 해 주었으면 좋겠다.

이곳은 북극인데 더울 지경이다. 아주 화창하여 사람들이 들이나
공원, 언덕 같은 데 모여 아주 벌거벗고 일광욕을 하고 있어 어디로
가나 좀 공지가 있으면 벌거숭이들이 보인다. 어서 파리도 날이 좋
아졌으면 좋겠다.

파리에서 여러 가지로 마음써 준 것 감사하며 강옥이 고생되어도
밝게 살아 주기 바란다. 잘들 있기 바라며.

어머니

회의에서 받은 인쇄물들 가지고 가면 너무 짐이 무거워져 엄청나
게 돈이 들 것 같아 내일 최 참사관에게 파우치로 파리까지 보내 달
라 할까 하고 있는데 그것이 가능하면 너도 또 파우치로 한국에 보
내 주었으면 좋겠다. 안 되면 선편으로 보내 주기 바란다.

□ 1978. 6. 23. ～～～～～～～～～～～

사랑하는 아이들에게

오래 편지 쓰지 못해 미안하다. 공연히 쓸 틈이 없었어. 그래도

164

반가운 음성 몇 번 들어 위안이 된다.

잘들 있겠지? 요번 할아버님의 급서는 일생 지울 수 없는 한을 남기었다. 40년을 모시다 종신을 못했으니 불효가 막심하구나. 오래 계시는 것 같으셨는데 너무 일찍 세상을 떠나신 것 같아 서운하고 슬프고 한스럽다. 무어니 무어니 하셔도 진정 귀인이셨지. 이제 그러신 분 찾아 뵙기 어려울 것이다. 시대에는 뒤지셨을지 모르나 당신 소신대로 당당히 훌륭하게 사시다 가셨다. 영세하시고 돌아가셨으니 완전히 깨끗하신 영혼으로 주님 앞으로 가셨다. 천상에서도 상좌에 앉으실 거야. 우리 기구하자.

너희들 짐이 아직 오지 않았다니 불편한 점이 많을 것이다.

그래도 아이들이 이제 말을 익히기 시작했다 하니 다행이다. 영리한 아이들이라 잘들 할 것으로 안다.

사랑하는 호기야. 너하고 지냈던 나날, 짧았지만 앞으로의 생에 빛과 따뜻함을 충분히 담아 줄 만큼 황금 같은 나날이었다. 릴케가 말했지. 어느 봄이 황금 같은 날로 차 있으면 나머지 생은 그 시절에 채운 빛과 따뜻함으로 항상 빛에 차 있을 수 있다고. 나는 지금 너를 생각하며 그 말을 실감한다.

브뤼셀의 비오는 숲, 부뤼주의 운하와 돌을 접어 깐 좁은 길을 달리던 고풍의 마차가 끝없이 녹색이 퍼져 있던 프랑스의 아름다운 들판, 촛불을 켜 세운 것 같은 마로니에 가로수, 믿어지지 않을 만큼 기적에 차 있던 위대한 인류의 유산 등등…… 모두 앞으로 남은 내 생애를 풍부하게 해 줄 것뿐이었다. 새삼스럽지만 고맙고 감사하다.

나는 2시간 후면 이곳을 떠난다. 집을 떠날 때 계시던 분이 유명(幽明)을 달리하셨으니 요번 귀국은 슬픔을 만나러 가는 길일 것이다. 그러나 생사병리(生死病離)는 사람의 숙명…… 한명(限命)을 어찌하랴. 그저 하루하루를 헛되이 보내지 않고 알알이 알맹이가 든 것으로 살자. 그런 순간으로 생애를 이어가면 생이란 직물이 끊어질 때까지 촘촘히 곱게 짜진 것이 될 것이다. 한순간을 나쁘게 살아도 그 직물은 여러 군데 허술하고 잘못된 것이 될 거야.

시간이 없어 이만 쓴다. 몸조심하고 공부와 일 열심히 하고 그리고 즐겁게 감사하며 살아라. 위베르 박사, 강 선생 내외분, 뒤크로 씨 내외, 클로드, 니콜 모두 모두 어머니의 감사와 사랑을 전해 주고 무복(戊馥)이 아주머니에게는 편지 전해 다오. 주소(새것)를 몰라 직접 못 보낸다.

어머니

□ **1978. 7. 25.** 〰〰〰〰〰〰〰〰〰〰〰〰〰〰

사랑하는 아이들에게……

여행중에 보낸 준 몇 차례 서신 반갑게 읽었다. 나는 너희들이 스페인으로 간다기에 이곳에까지 전해진 그곳 휴양지 사고지에나 가지 않았었나 하고 정말 죽을 만큼 걱정을 했단다. 그 나라도 큰 나라이니 그곳 간다고 꼭 사고지가 목적지일 수는 없지만 그래도 너무 걱정을 하여 19일 너희들 음성 들을 때까지 하루에도 몇 번씩 전화를 했었지. 어쨌건 무사했으니 다행이다. 또 아름다운 독일을 즐기고 돌아왔으니 좋은 일이다.

아이들도 이제는 말을 많이 배웠으리라 믿는다. 누이들은 돌아갔는지 ?

이곳은 줄곧 계속되던 장미가 겨우 걷혔으나 이제는 불볕 속이다. 그래도 집안은 그리 더웁지 않아 잘 지낸다. 아직 작품 활동은 시작하지 않고 있지만 집안 정리는 대충 끝났다. 너무 더워 휴가 갈 생각도 없어 그저 시원하게만 하고 집에서 지내고 있다. 왠지 좀 심란하여 마음이 가라앉지 않아 탈이다. 그래도 아버지나 나나 그런 대로 건강하여 잘 지내는 편이지. 참 이번에 하도 초조 근심(너희들 안부 때문에)했던 경험으로 가까운 분 전화 번호와 주소 알아두는 것이 좋을 것 같으니 클로드(Claude)하고 강 선생댁 전화 번호 알려 주었으면 좋겠다.

된장, 고추장 보내려 했지만 오랜 장마 동안 줄곧 장독 뚜껑을 덮어 놓아서 좀 바람 쐬인 후 보내겠다(안 그러면 곰팡이가 낀다).

호기는 되도록 술 먹지 말고 항상 운전 조심하도록 부탁한다.

몸조심하고 즐겁게 살기 바라며……

어머니

□ **1978. 8. 10.** ～～～～～～～～～～～～～～

호기에게

생일을 함께 하지 못해 섭섭하지만 그곳에서 즐겁게 지내 주기를 바란다. 뜻있는 여행기 잘 읽었다. 분주한 중에 꼼꼼히 보고 적었더구나. 매년 그렇게 그곳을 즐기며 공부해 오면 너의 파리 3년이 아

주 보배로운 것이 될 거야. 벌써 8월이 중순에 접어 들려 하니 올해
도 다 가고 있는 느낌이다. 광음(光陰)이 여시(如矢)라더니 정말 그
런가 보다. 남지, 남우 특히 남우 편지 귀엽고 신통하고 무어라 형
용할 수 없게 반갑고 기특하다. 잘 보살펴 잘 기르면 "무엇"이 될
거야. 건강하고 즐겁게 살아라.

어머니

□ **1978. 8.** ～～～～～～～～～～～～～～～

사랑하는 아이들에게……

편지와 사진 잘 받았다. 사진은 참 잘 나와 좋았지만 강옥이 사연
보면 여러 가지 애로가 많은 것 같아 걸린다. 그렇게 방문객이 많으
니 몸이 배겨 나겠느냐. 우선 약을 환(丸)으로 지어 보내니 하루 조
석 두 번 30환씩 복용하도록 하여라. 피로 회복, 보강 보양(補强補
陽)에 아주 좋은 약이란다. 충실히 먹기 바란다.

아이들도 아직 익숙지 못한 모양이라 걱정이다. 제 또래 아이들
을 하루빨리 사귀어 함께 놀면 도움이 될 듯하니 친구 많이 만들도
록 힘써 주어라. 강옥도 너무 무리 말도록 하여라. 이곳도 이제는
식모 문제가 심각해져서 웬만한 집은 사람 없이 살지만(그래도 집집
마다 야단이지만) 외지서 건강이라도 상하면 큰일이다. 우리 걱정은
하지 말고 그곳 생활 충실히 살아 주기 바란다. 워싱턴 누이도 보기
민망할 정도로 피로에 지쳐 살아 정말 두고 와도 짠하다.

사회 전반으로 보아선 좋은 일이라 하겠지만 그래도 각자 생활이 다르지 않느냐. 살림만 사는 사람 같으면 모르되 우리 같이 직업을 가진 주부는 죽을 지경이지. 여북해서 말숙(末淑)이가 다 사람 없이 살겠니. 아이 넷에 남편 제자는 날마다 집으로 레슨을 받으러 오고 외국 음악인들은 내한할 때 거의 빠짐없이 황 교수를 만나고 가는 모양이더라. 파출부가 오는데 오후에 올 때도 있고 대강 10시쯤 오는 모양이더라. 도시락이 4,5개 되는데 하여튼 좀 고생스럽게 되었다. 하지만 어쩌겠니. 현실에 순응해 가며 살아야지. 어쨌건 건강이 가장 중요하니 너희들 각별히 조심하여 살도록 하여라. 하기야 몇씩 두고 사는 사람도 있는 모양이지만 별일없이 몇씩 두는 사람들 때문에 꼭 필요한 사람에게 돌아가지 않고, 그런 사람일수록 넉넉도 하거니와 살림도 헤퍼 몰리는 모양이더라. 나도 우스운 생활을 하고 있는 것이 죽도록 집에서는 절약하고 노동하면서 한 달에 10여 만 원씩 자선 단체에 구호금 같은 것을 내고 있다. 저달에는 20여 만 원이나 내었단다. 외부내빈(外富內貧)이라는 거지. 성인도 가까운 데서부터 먼 곳에 이르라 하셨는데 너나 봉기가 생활에 허덕이고 있는데 누군지도 모르는 사람들 때문에 잘 도와주지도 못하고 있는 거다.

오늘은 넋두리가 많았구나. 몸은 고되고 할일은 많고 내라는 것은 끝이 없고 너희들 생각하면 두루 걱정만 되고 좀 착잡하다. 하지만 나만한 팔자도 없지 않느냐? 내 환갑 때문에 걱정해 주는 것은 고맙고 또 당연하지만 형편 따라 사는 거다. 너무 심려하지 말아라. 다만 무복 아주머니한테 화분 넷(같은 무늬로 하나는 크고 셋이 중형(中型)인데) 맡기고 온 것이 있다. 얻은 것도 있고 산 것도 있다. 무복이가 9월에 올 것 같다지만 아니면 너무 오래 맡겨두지 말고 인편에 보내 주었으면 좋겠다. 나는 이미 나이먹어 별로 필요한 것도 없고 가지고 싶은 것도 없으니 염려할 것 없다. 그리 어렵지 않으면 마담 강이 주신 홍차(민트가 든 것)나 좀 보내라. 아버지께서 아주 좋아하신다. 그리고 요즘 아주 좋은 한불 사전이 새로 나와 차와 동편으로 보내니 유용하게 써 주기 바란다.

어쨌건 모처럼의 파리 생활이니 몸이 좀 고달퍼도(한국에 있어도 같은, 아니 좀더 고달프지만) 마음만은 밝게 갖고 그런 곳에 갈 수 있었던 것을 감사하면서 살아 주기 바란다. 그래도 호기 만나고 오시는 분마다 호기 칭찬이 자자하여 기쁘다.

그곳에 계시는 어머니 아는 분에게 안부 전하고 무복이 아주머니께도 어머니의 정을 전해다오.

누이네 식구 때문에 즐거운 한편 어렵기도 했었겠지. 수고했다. 고맙다.

어머니

□ **1978. 8. 21.**

사랑하는 아들에게……

올해는 비가 많은 해인 모양으로 8월에 들어서도 줄곧 비가 내린다. 덕택으로 더웁지는 않지만 집이 새어 좀 고생이다.

그곳은 추울 지경이라지. 또 바쁜 생활로 돌아갔을 테니 고생이 심하겠다. 가구는 이제 마련을 했는지. 아이들은 돌아왔는지 두루 궁금하다.

170

어제는 남연이를 데리고 와서 재롱을 보았는데 어찌나 착하고 예쁜지 오줌을 쌀 지경이었다. 말을 배우기 시작하여 "이름이 뭐지?" 하고 물으면 "난연이" 하고 대답하고 나이를 물으면 "셰찰" 한단다. 처음에는 서먹하던 아이가 좀 익숙해지자 "암머니 암머니" 하고 줄줄 따라다녀 그 귀여움이란 형용키 어렵다. 외가댁에서 어찌나 잘 거두어 주셨는지 우아하면서도 토실토실하고 귀티가 흐른다. 할아버지께서도 귀여워서 어쩔 줄을 모르신단다. "타잔" 영화를 보는데 극중에서 타잔이 어떤 소녀에게 바나나를 먹이는 것을 보고 "바나나" 하더니 나보고 "바나나 줘" 하는구나. 포도를 주면 "뽀도" 하고 복숭아를 주면 "봇순" 하니 그야말로 기둥 하나 빼서 팔더라도 좋아하는 것 먹이고 싶어지지 않겠느냐. 그 재롱을 보지 못해 오히려 걸린다. 울지도 않고 보채지도 않고 영리하니 장래가 촉망된다. 너희들도 이 귀여운 어린것들을 생각하여 모든 일에 자중하고 무엇보다도 건강 유의하고 또 발전하도록 하여라. 호기 약은 아버지께서 말씀하시기를 그곳에서는 좀 색다른 것이라 말썽이라도 생기면 안 된다 하시어 오호근 씨편(그는 곧 파리로 연수를 떠난다)에 보내기로 했다. 9월 1일쯤 도착 예정이란다. 약은 복중(伏中)에는 보통 먹지 않는 것이니 오히려 잘된 것일지도 모른다. 그럼 잘들 있어라.

어머니

사랑하는 아이들에게……

너무너무 오랫동안 소식 전하지 못하여 미안미안하다. 돌아오기 전부터 새고 있던 지붕과 물이 차고 있던 지하실로 인해 고생하면서도 일꾼을 얻지 못해 손을 대지 못하다가 겨우 사람을 얻어 일 시작을 했는데 요즘 일꾼이란 모두 기막힌 배짱들이라 질질 끌고만 있어 사람 미치게 하는데 세계 여성 작가 및 여기자 국제 회의가 열리는 바람에 또 눈코 뜰 새 없이 바쁘게 지내다 보니 이렇게 늦어 버렸다.

그 동안 모두 잘 지내고 있는 것으로 알고 기쁘다. 특히 호기는 보람 있는 일을 하고 또 얼만큼 인정받고 있는 모양이니 어버이로서 다시없는 기쁨이요 영광이다. 모쪼록 몸 아끼고 더욱 정진해 주기 바란다.

봉기는 9월에 시험을 치기로 했는데 통 소식이 없어 궁금 걱정 미칠 것 같다. 그렇게 자주 편지를 하는 성애마저 종무소식이니 어수선한 집수리만큼이나 마음이 어지럽다. 다시 겪어 보아도 푸근하고 건실한 아이인데 잠깐 실수로 너무 고충이 크고 기니 측은하고 안쓰러워 못 견디겠다.

며칠 전 남연이를 데려다 재롱을 보았다. 어찌나 사랑스럽게 예쁘게 자라는지 너희들 보지 못하고 지나는 것이 미안할 지경이다. 자주 보지 않는 할민데도 핏줄이란 질긴 것인지 노상 "암머니 암머니" 하고 졸졸 따라다녀 옛노인들이 오줌을 싸겠다고 표현하신 그

재미를 진정 실감한단다. 이제 꽤 말을 하게 되었으니 한 달쯤 지나
좀더 늘거든 녹음해 보내 주마. 아이들 이제 말 늘었느냐. 모두 보
고 싶다. 강옥이도 부디 몸조심하고 잘 있어라.

어머니

□ 1978. 10. 18. ~~~~~~

사랑하는 아이들에게……

　너무너무 오래 소식 전하지 못해 미안미안하다. 그 동안 줄곧 사
람이 없어 눈코 뜰 새 없이 바쁜데다가 집이 새고 지하실에 물이 차
서 고치느라고 무던히 속이 상했단다. 경제 성장으로 실업자가 없
어진 것은 너무나 경축할 일이나 일꾼들의 횡포란 이루 말할 수가
없다. 한 시간 하고 하루 품삯을 받으려 하다시피 하니 그까짓 지붕
새는 것과 지하실 방수 등이 3개월씩이나 걸렸단다. 잡문 한 줄 쓰
지 못하고 한해가 가고 있다. 가정부는 이제 생각지도 못하고 파출
부를 두어야 하는데 아침 먹고 치우고 난 뒤에 와서 저녁 전에 가니
아무 도움이 되지 못하는 데다가 정직한 사람이라곤 가뭄에 콩격이
니 집을 맡길 수도 없게 되었다. 물가는 또 너무 엄청나서 허덕이고
있는데 어느 일본 사람 말을 빌리면 경제 성장에 따르는 아픔이란
다. 여하튼 인심이 너무 살벌해져서 걱정이다. 모두가 나라 번성해
가는 과도적인 고통이라면 모든 것 달게 받겠지만 이 험악한 인심
이 그래도 민족성으로 정착이 된다면 걱정스러운 일이 아닐 수 없

다.

　호기는 바쁘게 뜻있게 지내고 있는 모양이며 다녀온 분이 모두 입을 모아 칭찬하니 기쁘고 든든하다. 봉기도 그 어려운 여건 속에서 네 과목 중 세 과목이 합격되고 나머지 한 과목은 내년 2월에 마치면 논문만 남았다 하니 정말 다행이다. 지금 매부가 와 있어 내 생일을 같이 지내 주기로 되어 있어 외로움이 덜한 것 같다. 남연이 때때옷 입혀 그 귀여운 손으로 꽃다발이나 받으련다. 남지, 남우 영특한 모습 보고 싶다. 이제 그쪽 생활 익숙해 가는 모양이니 기특하구나. 에미도 몸조심하고 즐겁게 뜻있게 살아 주기 바란다. 그림은 참 좋더구나. 벽에 걸고 바라보며 네 효심과 안목을 누리고 있다.

어머니

□ 1978. 11. 23.

사랑하는 아이들에게……

　너무너무 오래 소식 전하지 못하여 미안미안하다. 호기처럼 바쁜 사람도 자상하게 편지를 보내는데 말이 되지 않는구나. 허나 어찌나 분주하고 바쁜지 도무지 도무지 앉을 사이가 없고 지치면 일어나 앉기도 어려워 그랬으니 용서하여라. 아이들이 모두 충실하게 총명하게 자라고 있으니 무엇보다 기특하고 반갑고 기쁘다. 에미도 노고가 크다. 고맙기 그지없다. 부디 꾸준히 지켜보고 이끌어 주기 바란다.

남연이는 어찌나 예쁘고 상냥하고 착하며 또 똑똑한지 정말정말 간장이 녹을 지경이다. 어쩌다 보는 조부모를 그렇게 따를 수가 없어 할아버지께선 세상에 이런 아이는 둘도 없다고 그저 마냥 눈꼬리가 처지신단다.

　11월도 끝나가는데 아직 이곳은 그리 춥지 않고 기막힌 날씨가 계속되지만 교외 한번 나가지 못하고 있다. 충기, 현애, 숙기, 옥기가 모두 결혼을 하게 되어 11월 18일에서 12월 21일까지 33일 동안 네 번 잔치를 하게 되니 크게 도웁지도 않으면서 또 바쁘다. 세 딸아이들이 모두 한국에서는 더 바랄 수 없을 정도로 멋지고 미남이고 최고 학벌과 잘사는 집안의 자손하고 맺어지니 다시없는 경사라 하겠다. 노총각 충기가 드디어 좋은 색시 맞아 오는 27일 화촉을 밝히게 되었다.

　그 동안 유명한 로브 그리예(Alain Robbe-Grillet)가 다녀가고 우리집에서 차 대접도 하였다. 책도 문학사상사에서 첫번 시도로 김동리 씨와 함께 내어 주었다. 장정서껀 좀 볼 만한 점도 없지 않으니 콧대 높은 순수 문예지에서 첫 출판으로 계획해 주었으니 선택받은 셈이고 고맙다고 해야겠지. 그럼 총총 이만 그치고 건강과 충실된 생활을 빈다.

어머니

(광호 아저씨가 갑자가 떠나셔서 전하지 못하고 항공으로 보낸다.)

사랑하는 아이들에게……

아저씨가 떠난다기에 급히 몇 자 적는다. 호기가 보낸 일기책 잘
읽었다. 그 바쁜 중에 그렇게 꼼꼼히 생활 기록을 하는 것을 보고
나날을 충실히 사는 것을 보는 것 같아 흐뭇하고 자랑스럽다. 갔다
오신 분들도 모두 네 칭찬에 입의 침이 마를 지경이니 어찌 큰 효도
가 아니겠느냐. 감사할 뿐이다.

이곳은 기막힌 날씨가 계속된다. 아직 교외에 한번 가지 못했지
만 좁은 마당에도 추색(秋色)이 들어 가을 정취를 느낄 수 있다.

이제 지붕도 지하실도 다 고쳐 몸이 편해졌다. 그래도 여름내내
너무 지쳐 지내 아직 글을 손에 익히려면 4.5일은 걸릴 것 같다. 그
런데 음력 생일이 모레로 박두해 상제의 몸으로 삼가려 고집하고
있는데 친구들이 극성으로 서둘러 난처하기 짝이 없다. 어제는 이
인영 아저씨 부인이 오셔서 김치, 깍두기 다 담가 주고 늦게 가시고
또 몇몇 분이 편, 약식, 빈대떡, 부침개 등 고루고루 준비해 주시겠
다고 그저 당자된 나는 초대받는 기분으로 있으란다. 상제의 몸으
로 어른께 죄송스럽기 짝이 없는데 큰일이다. 허나 60평생 그리 남
에게 실인심(失人心)하지 않았구나 하니 고맙고 감격스러울 뿐이
다. 사랑하는 자식들 멀리 두어 그날은 꼭 새옷 입어야 한다기에 늦
게(어저께) 내 손으로 옷감 마련하여 바느질집에 갖다 주며 환갑 당
자 손으로 옷 마련하는 것이 서운하고 서글펐었는데 하두 모두들
극진히 해 주시니 눈물이 날 지경이다. 아주 잘 지내야겠다.

너희들 모두 고달퍼 하는 것 안쓰럽지만 이곳도 이제 편히 살던 시절은 옛날이니 현실을 달게 받고 밝게 뜻있게 살아 주기 바란다.

서정주 선생 돌아오셨단 소식은 들었지만 집을 비울 수 없어 아직 만나지는 못했다. "서양 별것 아니더군요" 하는 말씀이 신문에 났던데 그런 말씀은 안하시는 것이 좋았었지. 우리가 잠깐잠깐 보고 오는 서양(어디나)을 어찌 단정할 수가 있겠니. 그만큼 우리 것에 대한 관심이 커지고 내 것에 대한 애정과 긍지가 커진 까닭이라고 보아야 되겠지만.

덧없이 흘러가는 시간에 마디마디가 되는 생일, 축일, 기념일, 기일 등을 맞을 때마다 너희들이 더욱 간절하게 그리워진다. 언제나 어디서나 건강하고 행복된 충실한 생활을 해 주기 기구할 뿐이다.

어머니

너무 시간이 없고 또 짐 부탁 미안해서 아무것도 못 보내 미안하다. 그러나 별편으로 미역과 멸치 보냈으니 잘 먹어 주기 바란다.

□ **1978. 10. 30.**

사랑하는 아이들에게……

무복이 아주머니가 떠난다기에 급히 급히 몇 자 적는다. 그 동안 행복하게 너무 바빠 지칠 대로 지쳤지만 여러분이 너무 고맙게 해 주셔서 이런 것이 사는 것이구나 하며 천주께 감사드리고 있다. 너희들도 슬하에 없고 또 100일 탈상이라 해도 아직 해 가시지 않은 죄인의 몸이라 그저 조용히 지내려 했었는데 음력(9월 21일(양력 10월 22일)) 생일을 친구들이 기억하여 일주일 전부터 들이닥쳐 김치, 깍두기 담가 주고 10일에는 식혜, 떡, 국수, 전여, 빈대떡, 약식 등 모두 분담하여 만들어 와서 아주 쩍지게 잔치를 했단다. 그래서 집에서도 가만 있을 수 없어 사실은 장보기에서 상차리기 음식 만들기 등으로 죽을 만큼 지쳤단다. 다음날은 방자비(方子妃)를 비롯하여 그 그룹이 또 몰려와서 재미있게 지쳤고, 그 다음날은 삼촌들이 중국집에서 큰 잔치를 벌여 주었으며 그 다음날은 우리집에 있었던 그 옛날의 그 그리운 친구들이 빠짐없이 모여 동보성에서 실로 눈물겨울 정도로 감격스러운 자리를 만들어 주었다. 너무나 고마웠던 것은 집안 모든 분들이나 그 명륜장(明倫莊)에 있었던 그들이 한결같이 진심으로 축하해 주신 점이다. 모두들 이런 자리가 세상에 어디 있겠느냐고 눈물을 흘릴 지경이었단다. 너희들이 내 앞에 없어 서운했지만 어머니는 은혜를 받은 사람이다. 동보성 잔치나 아리산 잔치(삼촌들) 모두 무척 돈이 많이 든 모양인데 외숙이 또 아주 잘해 주셔서 양쪽 잔치에 흥겹게 샴페인 팡팡 터뜨려 멋이 있었단다. 잔치도 그 많은 비용을 정희철(鄭熙哲), 고광수(高光秀), 심재학(沈載學)이 모두 대었다니 고맙고 송구하고 감격스럽다.

남연이가 제일 꼬마지만 색동 저고리 금박 다홍치마 입고 예쁜 장미 꽃다발 주어 아주 귀엽고 예뻤단다. 그날 모아 쓴 글(너무 취해 못 쓴 사람도 있지만) 보내니 시간 나면 고맙단 인사해 주었으면 좋겠다. 무복이 아주머니 편에 새우젓이랑 젓갈들 보낼려고 싸서 가 보았더니 그들의 짐이 너무 많아 도로 가지고 왔다. 다른 편에 보내겠다. 무복 아주머니가 한사코 갖다 주겠다 했지만 형편 보아 부탁해야지 너무 염치없이 굴 수도 없지 않느냐.

지금 막 남관 씨로부터 전화 받았는데 우리 남우가 아주 공부를 잘했다지. 그놈 참 기특하다. 정말 기쁘다. 할머니가 아주 칭찬하고 좋아한다고 전하여라.

총총 이만 쓰겠다. 환절기 몸 조심하여라.

어머니

□ ❀❀❀❀❀❀❀❀❀❀❀❀❀❀❀❀❀❀❀❀

할머니가 진심으로 사랑하는 보고 싶은 남지 남우에게……

너희들이 써 보낸 예쁜 편지 반갑게 받았다. 프랑스에 있으면서도 우리말 잊지 않고 써 보내 주는 예쁜 편지를 할머니는 얼마나 자랑스럽게 읽고 있는지 너희들은 모를 거야. 정말 기특하고 자랑스럽다.

이곳 날씨는 아름답고 아주 상쾌하지만 너희들이 멀리 있어 할머니는 드라이브도 하지 않는단다. 3년 후에 너희들이 돌아올 때까지 할머니는 공부하고 좋은 글 쓸 테니 너희들은 잘 놀고 열심히 공부하여 할머니를 기쁘게 해다오.

또 편지 써 주기 바라며 오늘은 이것으로 안녕.

서울에서 할머니가

□ **1979. 1. 10.** 〜〜〜〜〜〜〜〜〜〜

사랑하는 아이들에게……

너무너무 오랫동안 소식 전하지 못해 정말 대할 낯이 없다. 연말연시에 하두 일이 많아 날마다 지쳐 사느라 밤이면 매맞는 것처럼 마디마디가 쑤셔 그저 나른히 늘어지고 낮이면 일에 쫓기고 사람에 시달려 겨를이 없단다. 용서해라. 너희들 소식 귀여운 남우, 남지 편으로 자주 듣고 기특하고 신통하고 자랑스럽고 대견하고 참말 말이 모자라는구나.

그곳 다녀오는 분마다 호기 칭찬에 입의 침이 마르니 어버이로서 더한 기쁨이 어디 있겠느냐. 고맙고 기쁘다. 다만 그렇게 고되게 사니 건강이 걱정되고 손님 대접이 그리 잦아지니 경제적으로도 어려움이 많겠지. 알아서 적당히 해 주기 바란다.

우리 남지, 남우 그토록 영특하니 그애들 생각만 해도 저절로 웃음이 나온다. 여러 가지로 속상한 일도 적지 않지만 그놈들 귀여워 얼마나 위안이 되는지 모르겠다. 엄마 공이 크다. 정말 고맙다.

그곳은 몹시 춥다지. 아파트 난방이나 잘 들어오는지? 5월에도 떨고 잤는데 얼마나 어려우냐. 영양이나 잘 취해야 될 텐데 박봉에 교육비, 접대비 등 애로가 많겠다. 그저 염려, 걱정된다.

이곳은 70년 만의 난동(暖冬)으로 김장 시는 것 이외에는 지내기 좋은 겨울인데 성수기 기름 소비가 예년에 비해 아주 줄었다나. 우스운 일이다.

윤 부사장(참 좋은 분으로 아버지를 잘 보필해 주신다) 님이 곧 그곳

180

에 가시게 되는데 너무 많은 짐을 부탁할 수 없어 아이들 방한복 사
논 것을 보낼 수 있을지 의문이다. 우편으로 보내 주겠다.

남연이는 어찌나 예쁘게 자라는지 정말 귀엽단다. 생긴 것도 인
형처럼 이쁜데다가 재롱이 또 기가 맥히고 순하고 착해서 누구나가
귀여워한다. 위의 아이들은 잘 따르지 않았는데 어쩌다 보는 조부
모를 그렇게 따르는지 간장이 녹을 지경이다. 요즘은 말을 익히기
시작했는데 자주 전화를 건단다. 복잡하고 긴 말은 아직 못해 그저
"한머니, 한머니, 한머니……"를 연발하여 그 귀여움이란 형용키
어렵단다. 외조부모님의 극진한 보살피심으로 공주같이 호강을 하
며 공주 같은 품성을 지니고 있단다. 이제 나도 너희집에 있던 아줌
마가 와 주어 데리고 와도 되는데 외가댁에서도 그놈이 꽃이어서
내놓지 않으시겠대요. 그저 가끔 가보고 또 가끔 데리고 온다. 오늘
도 조금 전에 차를 보냈으니 곧 오겠지. 아무튼 너무 예쁘게 귀엽고
영리하게 자라고 있으니 안심하여라.

올해부터는 자질구레한 일 되도록 피하고 작품에만 힘쓰려 하지
만 그렇게 할 수 있을는지…….

4월에 호기가 올 것 같다기에 지금부터 기다려진다. 부디 몸조심
하고 너무 먼 곳에 차 몰고 가지 말고 열심히 살아 주기 바란다.

차소리가 난다. 남연이가 온 모양이다.

남연이가 한바탕 재롱을 떨고 갔다. 아주 예쁘게 큰절을 하고 세
뱃돈도 탔다. 아직 가사는 잘 못 외우지만 "고향의 봄"을 정확한 음
정으로 부른단다. 마침 놀러오셨던 분이 유리 케이스에 넣으면 그
대로 프랑스 인형인 줄 알겠다고 매우 적절한 표현을 했다. 너희들
참 보고 싶지?

서정주 선생도 1월 5일에야 만날 수 있었다. 그분도 여독이 채 풀
리기 전에 시달리고 계신 모양이더라. 그래도 훌륭하게 증축을 해

서 서재랑 후배 제자들이 모이는 큰 방이랑 아주 널찍널찍해 댁이 달라졌어. 붓 한 자루, 풍부한 감성, 오묘한 표현력 가지고 만년에 경제적으로도 아쉬움이 없게 된 것을 뵈오니 글 쓰는 사람으로 참 대견하고 기쁜 일이 아닐 수 없다. 네 칭찬에 입의 침이 말라 합석한 사람들 앞에서 정말 떳떳했었다. 되도록 시작(詩作)에 힘써 우선 어머니 앞으로 보내 달라시더라. 〈문학사상〉이나 〈현대문학〉, 〈한국문학〉에 추천을 하고 싶으시대. 바쁘고 겨를 없겠지만 네 문재(文才) 아끼시는 최고 시인이 계시다는 것 잊지 말고 그곳 풍물이라든가 네 생활을 바탕하여 시작에 힘써 주었으면 좋겠다.

너무 길어졌으니 오늘은 이만하고 몸조심하며 행복하기 바란다.

어머니

□ **1979. 2.** 〰〰〰〰〰〰〰〰〰〰〰〰〰〰〰〰

기특하고 자랑스럽고 귀여운 보고 싶은 남지와 남우에게……

남지야, 네 연주 녹음을 듣고 또 신문에 난 네 깜찍하고 귀여운 모습을 보고 할머니는 눈물이 났단다. 사람은 정말로 기쁜 일이 있으면 눈물이 나는 거란다. 정말 영광스럽고 자랑스러워 무어라고 칭찬을 해야 할지 할머니가 알고 있는 말로는 다 말할 수가 없구나. 몸조심해 가면서 앞으로도 꾸준히 노력하여 너 자신과 집안과 나라를 빛내 주기 바란다. 남지, 남우 모두 그림 잘 그려 그것도 기쁘다. 엄마가 혼자서 너희들 기르랴 살림하랴 바쁘고 지칠 테니 말 잘 듣고 잘 도와주어라.

여긴 아직 춥지만 그래도 장미 새순이 나오고 있단다. 곧 봄이 오겠지 ? 너희들도 나무들처럼 자라라.

할머니

□ ～～～～～～～～～～～～～～～～～～～～～～～～～～～～～

보고 싶고 보고 싶은 할머니의 귀엽고 자랑스러운 우리 남우야!!

사랑하는 남우야 ! 얼마나 너를 보고 싶어하는지 너는 잘 모를 거야. 네가 착하고 공부 잘하여 일등하고 월반까지 하게 되었다니 정말 착하고 신통하고, 고맙고 기쁘다. 잘 먹고 잘 자고 잘 놀고 공부 많이많이 하고 줄곧 일등하고 프랑스 아이들보다 더 훌륭한 사람이 되어라. 우리 한국말, 한글도 잊지 말고 자랑스러운 대한민국 사람이 되어 주기 바란다. 할아버지와 할머니는 날마다 너희들 이야기하며 보고 싶어하며 칭찬하며 산단다. 독일 여행했던 이야기도 참 재미있었어. 그럼 또 쓸 때까지 안녕……

할머니

사랑하는 아이들에게……

미연이 어머니 편으로 몇 자 적는다. 사진과 북어, 명란도 보낸다. 더 많이 보내 주고 싶지만 남의 편에 짐 많이 부탁할 수 없구나.

오늘은 정월 열나흘이라 오곡밥 나물 만들면서 너희들 생각 간절히 한다. 그래도 멀리 떨어져 있으면서 소식 자주 듣고 또 효성 어린 글월 자주 받으며 귀여운 어린것들 슬기와 재롱으로 가득한 편지 자주 접하니 그저 고맙고 반갑다.

이곳은 그저 그렇게 지낸다. 사람 사는 것 어찌 좋은 일만 있겠느냐. 시일청명(是日淸明)이 아니면 후일청명(後日淸明)을 바라고 사는 거지. 안 대사가 이번에는 꼭 프랑스로 영전될 것 같아 기다렸었는데 이탈리아로 가게 되어 낙심천만이다. 그래도 가까운 곳이니 의지는 된다마는…… 4월 초에 온다는 말을 듣고 지금부터 기다려진다. 특히 너는 오랜만에 남연이를 보게 되니 얼마나 흥분이 되겠느냐. 남연이는 정말 너무나 귀티가 흐르며 아름답게 자라고 있단다. 또 어쩌나 단정하고 상냥하고 살뜰하며 떨어져 살면서 조부모를 어쩌나 따르는지 막말로 오줌을 쌀 지경이다. 아빠도 잘 알아볼 거야.

우리집에는 너희집에 있던 그 가정부가 와 있는데 생각보다 일은 잘 하는데 좀 이상한 구석이 있어 불안할 때가 많다. 그래도 내게는 아주 잘 해 주는데 다른 사람 대하는 게 좀 이상하니 생각이 많다.

네가 4월에 온다니깐 아주 좋아하고 기다리고 있는 것 보면 정이 많은 사람 같기도 한데 워낙 너무 모자라는구나. 어쨌건 깨끗하게 잘 해 주어 요즘은 편히 살고 있다.

너 올 때 선물 사려고 애쓸 것 없다. 그래도 오래만에 집에 그냥 올 수 없다면 라파예트 백화점 지하실에서 팔고 있는 화분 무복이 편에 보냈었지. 그것은 내가 갔을 때 무복이가 사준 것과 내가 산 것이었다(미연이 어머니가 보아서 아신다). 이렇게(그림) 생긴 것인데 큰 것(제일 큰 것) 하나와 중간 사이즈 둘만 사다 주었으면 고맙겠다. 그리 비싸지 않았었는데 그 동안 올랐는지 모르겠다. 요즘은 꽃 기르며 책 읽으며 지내는 것만이 낙이다. 꽃 곱게 길러 너희들 돌아올 때까지 너희들 보듯 사랑하며 지내고 싶은데 짐의 부피가 많으면 무리는 하지 말아라.

아무튼 이제 약 40일 지나면 만날 생각하니 지금부터 가슴이 두근거리는구나. 아무쪼록 몸조심하며 일 열심히 하고 뜻있고 재미있는 생활을 해 주기 기구할 뿐이다. 강옥이도 이제는 건강한지 너무 무리 말고 마음 편하게 살기 바란다. 시간이 없어 이만 줄이겠다.

어머니

□

사랑하는 아이들에게
(급히 쓰느라 글씨가 엉망이다)

면목이 없을 정도로 소식 전하지 못해 미안미안하다. 사실은 사람이 없는데(너희들 집에 있던 그 여자 봄이라서 그런지 정신병적 발작을 가끔 하더니 하루는 식도를 흔들며 할머님을 찔러 죽인다 하여 기겁을 하고 내보냈다) 할일이 너무 많아(그 여자 저지레한 일들 뒷수습 등도 있고) 종일 중노동을 하고 나면 밤에는 앉을 기력조차 없어 그저 누워서 TV나 볼 수밖에 없고 하여 편지 한 통 못 썼단다. 남지에겐 녹음 듣자마자 썼는데 너희들에게도 써서 함께 보내려 하느라고 이렇게 늦어 버렸다. 글쓰는 것이 직업인 사람이 지치고 지치니 정말 펜 드는 것이 끔찍할 지경이었어. 용서하여라. 하여튼 남지는 무어라고 칭찬을 해야 할지 모를 지경이라 오시는 분한테마다 카세트 틀어 들려 드리고 신문과 프로그램을 보인단다. 고단한 요즘 생활에 큰 기쁨과 보람과 자랑을 안겨 주는 그 어린것이 신통하고 기특하고 사랑스럽다. 우레 같은 박수 소리에 들을 때마다 눈물이 난단다. 그리고 그곳 들러 너를 만나고 오시는 분마다 입에 침이 마르도록 칭찬을 하시니 어미로서 다시없는 기쁨이며 미연이 어머니도 미연이가 김 박사 같은 사람만 있으면 만사 제치고 결혼하고 싶다 하여 그런 사람이 어디 그리 흔하냐고 하였단다. 허나 그렇게 고되게 사니 건강이 걱정이며 또 강옥도 사람도 없이 아이들 기르랴 손님 대접하랴 공부하랴 얼마나 지치겠느냐. 두루 걱정이다. 남연이 보는 아이가 꽤 얌전한데 남연이와 함께 보내면 어떨까. 남연이는 정말 정말 귀엽다. 어찌나 깔끔하고 영리하고 착한지 그런 아이는 정말 드물다. 이젠 말도 잘하고 전화도 잘한단다. 할미를 닮았는지 벌써부터 정리정돈이 어린것답지 않고 그러면서 명랑하여 간장을 녹인단다.

떨어져 살면서 우리를 어찌나 따르는지 할아버지께서 오줌을 싸신다. 우리가 너희들 제쳐놓고 재롱을 보니 미안한 생각조차 든다.

며칠 전에 과학 기술처 장관 내외분을 뒤 크로 대사 내외분과 함께 청해 재미있는 시간 가졌고 또 대사 내외분과도 함께 회식하였다. 아주 점잖고 실력 있고 좋은 분이시라 네게는 한결 다행이다. 뒤 크로 씨도 네가 오는 대로 곧 알려 달라 하시더라. 꼭 함께 하룻밤 지내자 하시고 남관(南寬) 선생(파리에서 제작한 신작을 전시중이다)도 꼭 알려 달라 하시니 우리 이외에도 너를 기다리는 분이 많으시단다. 집에는 이틀에 한 번씩 먼저 아줌마가 와 주기로 되어 있어 (어제부터) 숨이 나간다. 저녁 뒤랑 하루는 내가 해야 하지만 그쯤은 할 수 있다. 요즘은 우리 나라 가정부 사정은 이루 말할 수 없어 직업 가진 여성들의 고초란 형용할 수가 없다. 잘 되어 갈 것인지 잘은 모르겠다만 밥짓고 빨래만 하기엔 억울한 사람들도 있지 않겠느냐. 그럼 건강히들 잘 있기 바란다.

어머니

□ **1982. 1.** ～～～～～～～～～

사랑하는 호기·영기 함께 읽어라
(민 대사께 책 전해 주기 바란다. 너무 추워서 일을 할 수 없으니 유담뽀 두 개만 사보내 주었으면 감사하겠다)

오랫동안 소식 전하지 못하여 미안 송구하다. 변명 같지만 일본서 너무 바삐 지낸 것이 탈이었던지 돌아와서 죽도록 앓고 낫기도 전에 정월이 되어 또 몹시 시달려 지금도 그리 건강이 좋지 않다.

그래도 일본서는 보람있는 일 하고 지냈으며 자료 수집에 뜻밖의 협조를 얻어 흐뭇했었는데 막상 그리던 고국에 돌아와 보니 걱정이 태산 같구나.

　심신이 다 괴로워 의욕이 자꾸만 줄어들지만 사는 날까지 살아야지. 호기는 학계냐 외교계냐 하는 기로(岐路)에 서 있는데 봉기 말을 빌리면 어차피 노벨상 타지 못할 바에야 박사 가졌다고 굳이 학교에만 있을 필요가 있느냐는 것이다. 그야 늙어서는 역시 학교에 머무를지도 모르지만 젊었을 때 외국 바람 충분히 쐬이는 것도 긴 생애에는 오히려 좋은 일일지도 모르지 않겠느냐. 하도 어수선하여 심란하기 이를 데 없어 별별 생각을 다 해본다. 너희들도 어느만큼 짐작이 가겠지만 우리 나라는 현재 이른바 힘의 공백 기간을 가지고 있다. 지난 일요일 〈한국일보〉 아침의 난에 김 추기경과의 대담이 있었는데 그분이 그런 말씀을 하셨다. 그러니깐 이제 공공연히 모두가 실감하는 국내 정세라는 것이다. 모두가 실감하면서 모두가 하루바삐 안정되기를 갈망하고 있으니 곧 모든 것이 적절히 돌아갈 줄 믿지만 우리 나라는 삼팔선 저쪽에 이북이 있는데 삼팔선은 자동차로 가도 사십분이면 닿는다. 몇십 년을 전쟁 준비만 해온 저쪽이 호시탐탐 기회를 노리고 있는 것을 생각하면 지금 이 상태로 실로 불안하고 두렵구나. 국민 모두가 제자리에서 정신 바짝 차려야 될 것 같다. 호기는 계획한 대로 올부터는 열심히 불어 공부하고 되지 않는 사람 부질없이 안내하느라고 시간 낭비 말고 건강 해치지 말고 언제나 어디서나 살아갈 실력과 건강과 의지를 가져 주기 바라고 바란다.

　절약하여 유사시에 대비하고 어린것들도 어떠한 사태에도 적응할 수 있게 가르쳐라. 남연이 눈에 밟혀 허전하지만 데리고 간 것은 잘한 일이다. 모교의 교수들과 자주 연락하여 평소부터 친분을 두껍게 해야 한다. 경제적으로 무척 어려움을 받을 일이 있을지도 모르니 세 자녀의 어버이라는 것을 항상 명심하고 건강에 각별한 조심을 하며 열심히 살아라. 내 자신 모든 것이 조심스러워 몸도 아프지만 외롭다고 하기 싫다. 하루바삐 정계가 안정되어야 할 텐데 두렵고 무섭구나. 그래도 남우 편지 받을 때마다 너무나 기특하고 신통하여 잠시 시름을 잊는다. 애비 공도 크지만 이제 한문까지 쓰게 되니 정말 귀엽고 자랑스럽고 대견하다. 남연이도 이제 찡찡거리지 않는다니 다행이다. 객지에서 고생이지만 그래도 직접적인 위기감과 불안감이 없는 것만도 어디냐. 아무쪼록 모든 것에 감사하고 참고 대비하여 아이들 잘 기르고(지육뿐 아니고 덕육과 체육도) 잘 지내기를 빈다. 영기는 이사하느라 얼마나 애를 썼겠니. 도와주지도 못하고 앓기만 하고 와서 그저 걸린다. 바쁜 중에 어미 위해 여러 가지로 지나칠 만큼 물심신(物心身) 여러 면으로 정성 다해 준 것 고맙고 오래오래 잊지 못하겠다. 아직 아파트도 구하지 못했다니 고생이 많겠지만 이 어려운 세계 정세를 생각할 때 감사하다고만 생각해야 할 것이다. 너무 완전하려고 애쓰지 말고 평화롭게 사는 것이 제일이라고 생각하여라. 좋은 남편 편하게 해 주고 출중한 딸 잘 기르면 되느니라. 경란 아빠 생일 축하 늦었지만 진심으로 축하한다. 이제 40이니 장년이구나. 아무쪼록 몸조심하고 건강하게 행복하게 평화롭게 살기 바란다. 오호근 씨 편으로 막입을 옷 보내니 집에서 아무렇게나 입는 옷으로 하면 따뜻은 할 게다. 또 경란이가 미역 좋아하는 줄 몰랐는데 그렇게도 좋아하니 약간 보낸다. 많이 보내고 싶어도 미안해서 부탁을 못하겠다. 남매 우애 좋게 파리 생활을 즐겨 주기 바란다.

평평 쏟아지는 눈을 그리며 너희들을 아프게 그리고 있다. 호기와 다니던 파리의 거리, 내 사랑하는 아들, 딸, 손자녀를 보고 싶고 보고 싶지만 요즘은 오히려 멀리 있는 것이 다행이니 서글프구나.
이 편지 다섯 번이나 끊겼다 쓴 것이니 어머니 말 잘 알아 읽어 주
기 바란다.

어머니

□ ～～～～～～～～～～～～～～～～～～～～～

사랑하는 아이들에게……

이 편지가 너희들 손에 들어갈 무렵에는 영기도 파리에 있을 것
이니 함께 읽어 주기 바란다. 꿈같이 만나고 꿈같이 떠나 지금은 동
경에 와 있다. 바쁘게 바쁘게 지내고 있다. 강연도 청중들이 모두
교수들이라 좀 긴장은 했지만 생각한 것보다도 다 좋아하여 아주
흐뭇했단다. 내일은 學習院 대학의 오오노세스무〔大野晋〕 씨와 만
나게 되어 있다. 오랜만이라선지 너무도 환영을 해 주어 송구할 지
경이란다. 덕택으로 고단하여 입술이 불어터졌지만 이것을 의사들
은 "good sign"이라고 하니깐 이제 걱정 없겠지.
아버지께는 죄송하지만 워싱턴에서나 파리서나 너희들 너무도 효
성을 다해 주어 여한이 없다. 영기도 그 바쁜 중에 먼 곳까지 수차
운전하여 두루 구경시켜 주고 그야말로 하루도 쉬지 않고 나 위해
애써 준 것 새삼새삼 고맙다. 생일 잔치 사진 꺼내보며 고마움과 그
리움이 복받치는구나. 호기는 대사관 사람들 눈치 보며 무리해 가
며 내 기호(嗜好)대로 안내해 주고, 강옥이 불도 들어오지 않는 암

190

흑 속에서 고생 많이 하여 고맙다.

영기에게 보낸 짐은 도착하였는지? 2개월이 넘었는데 가지 않았다면 서울 가서 항의해야겠다. 남연이 성치 못한 것 보고 와서 염려된다. 아파트는 따뜻하니 실내에서는 염려 없지만 나갈 때 기온 조절 잘 해 주어라.

경란, 남지, 남우 모두 잘 있지? 경란이는 당분간 또 적응하는데 힘이 들겠구나. 못할 짓이기도 하지만 이겨내면 커서 적응성을 가진 사람이 될 거다. 이번에 내게 보여 준 베르트랑의 따뜻한 정은 평생 잊지 않겠다. 겪어 볼수록 점잖고 훌륭한 남편이더라. 고달프고 어려운 일이 있더라도(영기, 너같이 자신의 일을 가진 사람은 모두 그렇게 고달프고 신경이 예리해진단다) 잘 자제하여 어렵고 어렵지만 가정과 자신의 일을 양립시키도록 하여라. 너는 너무 양쪽을 잘하려고 애쓰지만 너만큼 살림 알뜰히 하는 사람도 요즘 세상에는 다시없으니 적당히 살고 (그러나 집 전체를 엉망으로는 하지 말고) 마음 편안히 남편에게는 부드럽게 살도록 했으면 한다(잘하고 있는 것 알고 있지만).

시간이 없어 글씨가 엉망이다. 끝으로 호기에게 말 전하겠다. 홍콩과 이곳에서 들은 말로는 이번 사건으로 우리 국민들이 취한 태도는 모든 외국인들에게 놀라움과 감탄을 주었지만 아직 정국은 불안하고 앞을 내다볼 수 없다는 평들이다. 특히 10월 29일에는 큰 불행스러운 일이 계획되고 있어 김씨가 미연에 그런 일을 저지르면서 그 사태의 발생을 방지한 것이라는 의견도 있고 하여 그에게 변호인(자발적인)이 29명이나 자진하여 나섰다는 말도 있다. 우리는 애초부터 정치와는 관계없는 사람들이지만 그저 모든 것이 평화롭게 해결되고 우리 나라가 잘 되어가기만 바랄 뿐이지. 그런 만큼 공연히 까닭없이 아무것도 얻는 것도 없이 아무에게나 무엇에게나 말려들 필요는 없으니깐 말 조심조심하고 지내 주기 바랄 뿐이다. 나는 예정대로 18일에 떠난다. 어찌나 바쁘게 지내는지 잠잘 틈도 없는 지경이구나.

참, 호기에게 부탁하는데 퐁세 부인, 디디, 그리고 그곳 출판업자(퐁세 부인댁에서 만나서 내 작품 보내 달라던 분)에게 내 이름으로 인사 편지 써 보내 주기 바란다. 더욱이 위베르 씨는 내 작품 꼭 읽고 싶다 했으니 보내 주겠으나 번역이 좋지 않아 영기 힘을 빌리려고 생각하고 있다고 말하고 만나서 아주 반가웠다고 말해 주기 바란다.

편지 쓰는데 세 사람이나 찾아오고 전화는 다섯 군데나 와서 엉망이라 이해하여라. 부디 만사 조심하고 술 마시고 운전 말고 영기는 도와주지 못한 것 미안하나 느긋한 마음으로 이삿짐 풀고 모두 모두 잘 있기 바란다.

동경에서 어머니

□ ～～～～～～～～～～～～～～～～～～～～～～～～～～

예쁜 남지와 남우에게

콜로니에서 보낸 남지 편지 고맙게 받았다. 우리 남지 편지 예쁘게 써서 할머니는 아주 자랑스러워요. 친구들도 많이 사귄 모양이라 기쁘지만 프랑스말을 많이 배워야 친구하고도 더 잘 어울릴 수 있지. 되도록 남우하고만 있지 말고 프랑스 아이들하고 함께 있게 하여 한 마디라도 더 배워야 공부를 잘 할 수 있어요. 서툴러도 또 아이들이 놀려도 모른 척하고 말을 많이 해서 익히도록 하기지?

할머니는 너희들이 보고 싶어 눈물이 날 때도 있지만 그래도 열심히 일하고 살고 있단다. 몸조심하고 공부 열심히 하고 잘 먹고 잘 놀고 잘 자고 잘 크기 바라며

할머니가

□ ～～～～～～～～～～～～～～～～～～～～～～～～～

보고싶고 보고싶은 귀여운 남지야!!

네가 일등하고 월반까지 하게 되었다는 소식 듣고 할머니는 기쁘고 자랑스러워 어쩔줄을 몰랐어. 그래 너희들 편지 편지꽂이에 넣지 않고 할머니 반짇고리에 간직했다가 할머니 친구들이랑 일가댁 어른들이 오실 때마다 꺼내 보인단다. 부모(할아버지 할머니도 부모지)를 기쁘게 하는 것이 으뜸가는 효도니깐 너희 남매는 참 효자 효녀들이라 고맙고 기특하다. 또 피아노 잘 쳐서 출연을 하게 되었다지. 아무쪼록 침착하게 훌륭하게 연주하여 영광스러운 일 많이 갖도록 기구하고 있다. 몸 성히 잘 있기 바라며

할머니

사랑하는 아이들에게……

그리 덥지 않은 여름이어서 가을이 온 것이 그리 실감은 되지 않지만 불쾌했던 회색 하늘이 맑아져 진짜 우리 한국의 하늘로 돌아오고 우리집 앞뜰에는 오래 보지 못했던 고추잠자리도 자주 날아온다. 항상 분주 어수선하게 날이 가고 달이 간다. 그런데 또 집안의 행사는 왜 그리 많은지…… 제사, 생신, 결혼 등등…… 어렸던 사람들이 모두 장가가고 시집가서 또 이내 애기를 낳으니 며칠이 멀다고 모인다. 자손 창성하고 집안 화목한 증좌라 하겠으니 경하할 일이지만 건강도 좋다고 할 수 없고 시간도 없고 할일은 너무 많은 나는 좀 고역이다. 그래도 사십 년 이상을 집안에 서로가 가장 인사 의리 잘 지킨 사람으로 알려졌는데 끝에 가서 인상 흐리고 떠나기 싫어 빠지지 않는단다.

오는 29일은 혜기의 결혼식이다. 재일 교포 청년으로 대학은 일본서 다니고 대학원은 캐나다에서 마친 재벌의 아들이다. 작은 아버님 내외분 후분(後分)이 좋으셔서 재산 많고 자녀 효도 받으시고 잘 지내시니 어머님 없이 자라난 가엾은 어린 시절 생각하니 어머니만큼이나 오래 지켜보고 온 나로서는 감개가 무량하며 대견스럽고 기쁘다. 며느리는 이대 약학과 나온 아주아주 예쁜 색시다. 마음도 예뻐 바지런하게 시부모께 효성 드리고 몸 아끼지 않고 일하는 모습에 집안 칭찬이 자자하다. 제 사랑 지가 지고 있다고 볼 때마다 귀엽다. 특히 그 애는 입모습이 우리 남연이 닮아 이가 고르고 입이

194

아주 작다. 아버님과 나는 "남연이 입 닮았지?" 하며 귀여워한다.

아이들 모두 뛰어나게 재주 있어 너희들 편지 받을 적마다 행복해진다. 아무쪼록 그 재능들을 잘 길러 주도록 하여라. 스페인과 프랑스 지방 여행 재미있었다니 듣기 기쁘며 동료의 출세는 축복해 주고 네 자신도 열심히 발전 향상하도록 노력해 주기 바란다.

나는 솔직히 말하여 바둑이 싫다. 어쩌다 한가를 즐기는 것은 좋지만 왠지 바둑 만지는 사람은 다른 일을 제쳐놓더구나. 직업 기사(棋士)라면 모르되 할일이 태산 같은 사람이 더욱 가치가 있는 일은 제쳐놓고 손바닥만한 바둑판만 들여다보고 있는 것은 은둔의 고상한 경지라 할지 모르지만 살아 움직여야 할 책임자의 할 짓은 아니다. 아버님을 비방하는 건 아니지만 아버님 복력(福力) 좋으셔 언제나 좋은 자리에 계셨으니 망정이지 직장과 바둑 이외에는 아무것도 하지 않으셨다.

그러나 그런 은혜는 그리 여러 사람이 받는 것은 아니다. 너는 물론 그럴 정도는 아니지만 나는 바둑의 마력을 어느 정도 안다. 바둑이란 옛날 청지기, 상노, 노비 거느리고 뚝 떨어진 사랑에서 풍류로 하는 것이지 좁은 집에서 일 없는 사람 몰려들어 불결한 공기 마시며 한집에 있되 가족은 얼굴 마주보지 않고 사람이 우글거리면서 대화는 없고 대결만 있는 것 같은 인상을 나는 줄곧 받아 왔다.

어머니가 운명한다는 말 듣고도 조금만, 한 국만 끝날 때까지 기다리라고 하는 우스꽝스러운 불효말을 시킬 바둑이다. 좀 흥분한 것 같지만 네가 그 마력에 사로잡힐까 걱정되어 한 말이다. 어쩌다 즐기는 정도에 그쳐 주기 부디부디 빈다. 네 앞날은 정말 신중하게 생각해야겠는데 너무 오래 연구실을 떠나 있으니 복귀하고도 위화감을 크게 가질까 걱정이다. 너는 깊은 사람이니깐 일시적 감정이나 흥분으로 결정할 사람은 아닐 것으로 믿는다. 신중하게 생각하고 대충 의중을 말하면 우리도 거기 따라 얼만큼 의견을 말하겠다. 남의 생각 촌탁(村度)말고 솔직하게 꾸미지 말고 말해 주기 바란다.

여기까지 썼을 때 김여수(金麗壽) 박사가 찾아와서 이어 쓴다. 요번에 유고슬라비아에서 유네스코 회의 참석차 떠나는데 파리에 들를 예정이니 보낼 것 있으면 갖다 주겠다는 것이다. 이분은 외국에 갈 때나 돌아왔을 때나 꼭 들러 준다. 난초 기르고 정원 가꾸고 집 장식하고 공부 많이 많이 하고 참 두고 볼수록 모범생이다. 집이 도시 계획으로 반이나 잘려 나갔는데 나머지로 머리 써서 단정하게 아름답게 꾸며 어색하지 않고 멋있더라. 성희는 또 그렇게 된 사람이 없다. 우리 어머니 친구되는 사람 청해 있는 솜씨 없는 솜씨 다 부려 대접해 주니 고맙고 흐뭇할 때가 많다. 소극적 생활이지만 깨끗하고 단정하고 정성스러워 보여 참 아름답다.

건강이 그리 좋지 못해 모처럼의 기회지만 특별히 보내 줄 것이 없구나. 김 박사 편에 내 머리핀(아주 긴 것, 파리에서만 보았다. 미장원에 절대로 가지 않는 나는 이 핀이 유일한 결발(結髮) 도구이다) 좀 넉넉히 사 보내 주었으면 감사하겠다. 강옥이가 잘 안다.

길어졌으니 이만 쓰겠다. 건강하고 즐겁게 지내라.

어머니

착하고 예쁜 남지·남우·남연에게……

사랑하는 아기들아, 모두들 잘 자라고 공부 잘하고 있다 하니 할머니는 너무너무 기쁘고 자랑스럽다. 남지는 피아노 쎄르티피카 (Certifica) 받았다니 진심으로 축하한다. 멀리서 보지 못해 그립고 보고 싶지만 예쁜 편지 보내 주니 행복하게 읽는다.

씩씩한 남우 씩씩한 편지 읽으면 저절로 웃음이 난다. 많이 많이 즐겁게 놀고 열심히 열심히 공부하여라. 할머니 너희들 그림 액자에 넣어 벽에 걸어 놓고 편지 챙겨 놓고 가끔 되읽으며 너희들 생각한단다. 남지 남우 남연이 그림 또 보내 주기 바란다. 얼마나 솜씨가 늘었나 보고 싶어요. 경란이한테도 그려 보내라고 전해 주면 고맙겠다.

그럼 또 쓰겠다 잘 있어라.

할머니

사랑하는 아이들에게
(모두 함께 읽어 주기 바란다)

너무 오래 소식 전하지 못하여 미안 송구하다. 아버님 돌아오실 때까지 봄 연중 행사(기와 수리와 벗겨진 곳 칠)를 끝마치려 바빴고 좀 아팠고 또 이번에 여성 문학인회 회장을 맡아 밖의 일로도 분주하여 바쁘고 지쳐 그저 무소식이 희소식으로 알아 주기 바라며 지냈다.

호기의 효성 극진한 잦은 편지, 어미로서 그 위 가는 기쁨과 보람은 없다. 바쁘고 고달플 텐데 정말정말 고맙구나. 소상히 매일같이 적어 보내는 생활 양상 모두 자랑스럽고 흐뭇하다. 워낙 원만한 인품이라 괴로움도 잘 새겨 좋은 말만 써 보냈겠지만 그래도 떳떳하게 꿋꿋하게 지내고 있는 것이 눈에 서언하여 자랑스럽다.

영기는 이제 자리가 잡혔을 줄 믿는다. 모쪼록 마음 편히 가지고 작은 것에 기쁨을 느끼며 기쁘게 행복하게 살도록 하여라. 어린것들 모두 공부 잘하고 잘 자라고 있다니 더 바랄 게 무엇이겠느냐. 사는 것이란 그런 것이니라. 작은 걱정 작은 기쁨이 쌓여 꿈결같이 인생이 지나더구나. 크게 화를 입지 않으면 그것이 평화요 행복이니라.

호기 일기책은 정말 집에서만 읽고 간직하기 아까웠었다. 날씨가 좀더 풀리고 좀 덜 바빠지고(지금은 가정부가 없어 좀 지나치게 바쁘다) 몸이 좀더 건강해지면 곧 어떤 출판사라도 찾아 간행을 서둘러

보겠다. 공표해도 좋도록 손질 좀 해 두어라. 저촉되는 것도 없고 또 너무 사회나 체제에 무조건 영합하는 대목은 없는지 살펴보아라. 너는 원만하고 착한 사람이라 누구나 이해해 주려고 하고 긍정적으로만 보려 하지만 네 나이 네 교양 네 양식이 "성인(聖人)" 같게만 보인다면 삐뚤어진 사람들의 눈이 더 차질지도 모르지 않겠느냐. 그러나 외교관의 애환, 고초, 보람과 아쉬움 같은 것과 네 눈에 비친 그곳의 문물, 문화, 역사, 사람들 그리고 너의 느낌은 남김없이 적도록 하여라. 〈동아일보〉에 쓴 네 글은 뜻밖에 읽은 사람이 많고 모두 칭찬들 하더라. 차게 보고 따뜻하게 이해하고 기쁘게 어울리고 공정하게 냉철하게 비판하는 태도로 손보아 주고 끝나는 대로 내게 알려다오.

네가 존경하는 현 박사의 서거는 아프고 아까운 일이었다. 네가 이곳에 있으면 틀림없이 그분의 죽음을 애도하며 빈소(殯所)에 갔었을 것이라고 믿고 부음을 듣자마자 조상을 갔었다. 부의도 네 이름으로 하였다. 학자란 죽을 때까지 공부해야 할 것이지만 40 가까이까지는 기초를 닦고 40에는 자기(自己)를 세우고 50에 가서 정말 실질적인 일을 하는 것인데 공부만 하고는 풀어 보지 못하신 채 가신 것 애석하다. 오래 살아야 일할 수 있는 것이다. 모두 건강에 유의하고 우선 오래 살아야 한다. 사상(史上)에 요절한 위인도 많지만 집안 자랑이란 우리 나라의 경우 조상 벼슬 자랑이고 높은 자리에 앉으려면 적어도 옛날에는 오래 살아야 했다. 우리 역사상 조광조(趙光祖) 빼놓고는 청년 재상은 없었지 않으냐.

아버지께선 내일 귀국하신다. 이번 여행은 고생이 많으셨던 모양인데 세상은 그렇게 험해져만 가니 슬프구나. 우리 나라도 가정부사정이 나쁜 것이 경제 신장에서만 오는 바람직한 현상이라면 모르되 모두 마음이 나빠지고 정직하지 못하며 분수 모르는 데서 오는 경우도 많아 한심스럽다.

그럼 또 쓰겠다. 모두 잘 있기 바란다. 남우는 귀여운 편지 보내 모두 철하여 만나는 사람마다에게 보이고 있단다. 할머니 대신 큰 뽀뽀 여러 번 해 주기 바란다.

어머니

□ **1981. 8.** ～～～～～～～～～～～～～～～～～

사랑하는 아이들에게
(모두 함께 읽어라)

너무너무 시간이 없어 급히급히 몇 자 적는다. 약 두 달 동안 즐거우면서 붐비고 지내다가 오늘 모두 떠나니 저희들 갈 때 돼서 가는 거지만 허전하고 섭섭하다. 어린것들 모두 총명하여 "명륜동 천재들"이란 말을 들었단다. 무엇보다 열심히 하려는 것이 신통 기특하기만 했다. 긴 비행 여행이라 염려되지만 잘 적응해 주겠지.

영기는 이사 준비에 또 얼마나 지쳤겠니. 도와주지도 못해 걸린다. 모처럼 본집에 왔는데 그 지겨운 더위와 거처 관계로 시달리다 간 것 같아 지금도 안쓰럽다. 경란이는 너무 외로움을 타는 것 같아 애처롭기조차 한데 미국으로 가면 적극적으로 좋은 친구 잘 사귀게 하여 언제나 즐겁게 지내게 하고 모처럼의 재능을 끈기 부족으로 빛내지 못하는 것은 아깝고 아까운 일이니 되도록 함께 있어 주고 칭찬해 주고 너무 야단치지 않도록 하여라.

베르트랑이 부탁한 것은 강옥이 편에 보내지만 네가 부탁한 벨트는 워낙 그 감이 모자랐고 같은 색상의 회색 빛깔도 구하기 어려워 못하겠다 하여 보내지 못한다.

강옥이 짐이 너무 많아 네게 따로 보낼 수 없었으니 김치랑 해서 한 끼 먹어라.

네 일은 논문 끝났느냐. 외대 양 교수 댁에 어렵게 전화가 통하여 (그들이 그 동안 서울에 없었단다) 추후에 논문 보낼 것이라고 일러두었고 베네만(Vennemann) 교수에게도 책 전해 고맙다는 편지도 받았다.

그 동안 너무 황황히 지나 정신이 어리벙한데 장편 소설 심사를 맡아 수만 매를 읽는 중이라 정말 틈 없이 지내고 있다.

김재익(金在益) 씨 부인이 어찌나 너를 칭찬하고 좋아하는지 모르겠다. 참 좋은 부인 만나 결혼했더구나.

그럼 이만 적겠다. 부디 건강하고 행복하게 지내라.

일전에 혜자가 갑자기 왔다며 전화 걸어 반가웠는데 한번 오라 했는데 그 후 소식이 없다. 네가 곧 미국으로 돌아갔다고 전했다.

어머니

□ **1981. 8.** ∿∿∿∿∿∿∿∿∿∿∿∿∿∿∿∿∿∿∿∿∿∿

사랑하는 호기에게……

너무 시간이 없어 편지 쓰지 못했다가 여기에서 시간 기다리는 동안 몇 자 적는다. 종이가 없어 원고료 받은 봉투가 백 속에 있어 이렇게 우스운 편지가 되고 말았다. 누이가 너무 어이없이 빨리 떠난 것 같아 허전하기 이를 데 없구나. 기막히게 더운데다가 사람마저 없어 고생으로 지내고 가니 걸리고 걸린다. 이제 나이 먹어서인지 너희들 보낼 때마다 아쉽고 섭섭하여 억지로 눈물을 참는단다.

너희 아이들은 총명하고 착하여 모두 칭찬을 하신단다. 1년 전만 해도 철이 덜 들었던 아이들이 의젓하고 예의 발라져 놀라울 정도다. 남우는 정말 장손답게 어엿하고 점잖아 생각만 해도 입이 벌어진다. 남지의 재주, 남연의 재롱 모두모두 기특하기만 하다. 남지는 전에는 좀 우울했었는데 한국 와서 아주 명랑해져서 그것만 해도 한국 온 보람이 있다 하겠다. 에미가 잘 길러 주어 고맙다. 너도 혼자 시간 유익하게 지내고 있는 것 같아 다행이다. 부탁 부탁하니 술 너무 많이 마시지 말고 잠 잘 자고 건강 조심하도록 하여라. 시간도 지면도 없어 이만 적는다.

어머니

비행장에서 안경도 없이 쓴다. 시간이 좀 남았으나 쓸 이야기도 별로 없는 것 같지만 많은 것 같기도 하고 영기, 경란이 한 달 있어도 금세 꿈만 같구나. 어머니가 너무 섭섭해하니 참 이상하고 안되었다. 너희 아이들이 도로 집으로 가니 집에 가서 또 떠들어야지. 또 인제 금세 9월 4일이 될 것이다. 그리고 자동차 조심하고 술 먹지 말고 잘 있거라. 아이들 갈 때까지 한문을 잔뜩 가르쳐 보내 주마. 금세 잊어버릴 것이 큰일이다.

매일 가르치고 있다. 아이들 역사, 국어도 잘 배우고 있으니 갈 때까지는 아마 많이 공부하고 갈 것이다. 이제 날씨가 좀 시원해지니 좀 괜찮구나. 밤에는 선선하고 아이들이 건강하게 놀고 있으니 참 다행이다.

아버지

□ **1983. 4.** ～～～～～～～～～～～～～～～～～～～

사랑하는 호기 · 강옥에게……

사랑스러운 아이들 편지 보고 얼마나 행복해졌는지 이루 형용할
수 없다. 남연이 첫 편지는 아주 역사적 글월이다. 글씨도 사연도
너무 훌륭해. 신통하고 기특해서 웃음이 저절로 나오는구나. 어린
것들을 그만큼 만들어 놓은 부모의 깊은 배려와 애정과 노력이 눈
물겹도록 고맙구나……
  몇 자 쓰는 편지 몇 번이나 동강이 났다. 늙은 사람이 그만큼 바
쁘다는 것은 괴로운 일이 아니고 축복받은 일이지. 아직도 나를 찾
는 사람이 그만큼 많다는 것이니까. 어쨌건 작년 일 년 골골하다가
이제는 건강해졌다고 좋아하던 차 또 실수로 다쳐 무진 고생했지만
이젠 깁스를 교훈 삼아 조심하고 살아가겠다. 너희들 객지에서 박
봉으로 고생이 심하면서 그만큼 살아가니 고맙고 안쓰럽다.
  다만 아버지 말씀대로 공무원으로 머무르는 것 잘 생각하고 결정
하도록 하여라. 생활도 노후도 불안하다면 불안한 점이 없지 않으
니 장래를 위하여 신중히 고려해야 할 것이다. 그러나 호기만한 양
식을 가진 사람이 어리석게야 선택하겠느냐. 어머니는 어디까지나
믿으니 네 생각대로 하여라.

봉기에게는 드디어 남주가 와 주어 기쁘고 기쁜 마음 비길 데가 없다. 아무쪼록 우리 남우, 남주 종형제 마음 합하고 손잡고 우주를 웅비하도록 기구할 뿐이다. 어린것들 못지않게 부모들도 자라고 우리 늙은이들도 열심히 살련다. 올해는 연초부터 누워 버렸지만 누워서 공부 많이 했단다. 이제 일어났으니 많이 쓰겠다.

참, 네 수필은 국내판에는 없었지만 보내 준 스크랩 재미있게 읽었다. 그런 저런 일도 있어 인생은 살 만하지. 그렇지?

어머니

□ 〰〰〰〰〰〰〰〰〰〰〰〰〰〰〰〰〰〰〰〰〰〰〰〰〰

사랑하는 남우에게……

우리 씩씩한 장손, 사랑하는 남우 스키에서 별 둘 땄다지. 신나는구나. 공부 잘하고 운동까지 잘하니 정말 자랑스럽네. 남자는 무엇보다도 씩씩해야 하는데 우리 남우는 할머니 같은 사람은 엄두도 못내는 스키까지 할 줄 아니 신통해서 죽겠어. 할머니도 같이 가서 보고 싶지만 모든 것이 마음 같지 않아 안타깝기만 해. 한국에도 용평이란 데는 스키장이 있다나. 우린 아직 한 번도 못 가봤지만 아주 근사한 곳이래. 남우가 돌아오면 함께 가자구.

남우 그 동안 얼마나 컸지? 중학생이니깐 이제 아주 소년답게 의젓해졌겠지. 정말 보고 싶어. 영어도 곧잘 한다지? 어쨌건 열심히 열심히 공부하고 운동하고 더욱 자랑스럽게 자라 주기만 바래.

그럼 오늘은 이만으로 안녕.

서울에서 할머니가

□ 〜〜〜〜〜〜〜〜〜〜〜〜〜〜〜〜〜

할머니의 예쁘고 착한 남연이에게

우리 아가 예쁜 첫편지가 얼마나 할머니를 행복하게 했었는지 다 적지를 못하겠구나. 정말정말 멋지고 귀엽고 예쁜 편지였어. 학교에서도 일등한다니 할머니가 가진 말로는 칭찬을 다할 수가 없네. 보고 싶고 그리워 할아버지랑 언제나 남연이 이야기하고 지내는데 오늘 편지 받으니 정말 대해 보는 듯 반갑고 더 보고 싶구나. 얼마나 컸을까. 얼마나 더 착해지고 똑똑해지고 예뻐졌을까. 달려가 안아 주고 싶지만 파리가 너무 멀어. 그래도 마음으로는 항상 안아 주고 뽀뽀해 준단다.

예쁜 남연이 건강하고 아빠 엄마 말 잘 듣고 공부 열심히 해요. 곧 우리 다시 만나 기쁜 날 가질 때까지 할머니도 참고 기다릴게. 그럼 또 예쁜 편지 보내 줘.

서울에서 할머니가

사랑하는 남지에게……

사진 보니 우리 남지가 아주 예쁘게 컸더구나. 이제 어린이가 아니고 사랑스러우면서도 새촘한 소녀가 되었으니 대견하고도 약간 놀랐단다. 키가 자란 만큼 모든 것이 자랐겠지. 피아노는 물론이려니와 영리하고 총명한 너니 만큼 다른 학과에도 놀랄 만한 진보를 보이고 있는 것이 훤언히 보이는 것 같다. 자꾸 자라라. 높이 보며 자라라. 자랑스러운 할머니의 손녀야. 너희들이 있음으로써 얼마나 할머니 자신의 늙음이 떳떳한가를 생각할 때 할머니는 행복하단다.

사랑하는 남지야. 할머니는 네게 아직도 빚이 있지. 꼭 마쳐야 할 할머니의 숙제지. 언젠가 네가 부탁한 한국의 새—바쁘고 아프고 해서 끝내지 못한 그 숙제. 올해는 꼭 다해야지. 늦어진 것 용서하고 기다려 주기 바란다. 몸과 마음 다 소중히 가꾸기 바라며…….

할머니

사랑하는 아이들에게……

뜰의 홍철쭉과 베고니아가 너무나 아름답게 피어 혼자 보기가 아깝던 차 반가운 목소리 들으니 함께 보는 느낌이 들어 한참을 행복했단다. 그 동안 너무너무 바빠 지내느라고 소식도 전하지 못하고 미안할 뿐이다. 그래도 염치없이 그쪽 소식 기다리는 마음만 간절하니 정말 사람이란 이기적 존재로구나.

너는 손님뗴를 내고 있으니 딱하고 속상하다. 모두들 자기들 나름으로는 반가운 마음으로 알리고 만나고 싶어 하지만 당하는 너는 기가 막히겠지. 지방에 갔다던가 하고 좀 피할 필요도 있을 것 같다.

봉기가 학위를 따니 기특하고 고맙고 마음 형용키 어렵구나. 좀 지각들이 모자라 애초 지나친 곤경 겪고 그렇게 지연된 것인데 학업이란 평생 사업이라고 하나 일단 떠나면 다시 돌아가기 힘든 것인데 아이들(그것도 밤낮 잘 앓는) 거느리며 끝내 해내니 장하고 훌륭하고 고마울 뿐이다. 너희 형제 이제 모두 떳떳한 자격 갖고 사회에서 훌륭히 살아 주기 천주께 기구하며 바랄 뿐이다.

우리 남지 남우 남연 얼마나 컸을까. 보고 싶고 보고 싶다. 양력 생신을 그만두고 아버지 생신을 음력으로 해드리려 기도했는데 양력으로는 7월 15일이 된다. 봉기가 한번 나오겠다 하여 10월께쯤 나오라 하여 아버지 생신, 봉기 박사 축하를 함께 할 작정으로 있는데 올해는 집안도 널리 오시라 하여 그때 남지 피아노 작곡한 것도 발표할 예정으로 있다.

학장댁 아주머니가 원기 해산 구완하러 떠나시는데 네가 또 수고를 해야겠구나. 너도 쉴 새 없이 고단하겠지만 언제나 그댁 내외분 우리 내외에게 살뜰히 해 주시니 잘해 드리기 바란다. 어머니도 어찌나 바쁜지 앉을 새도 늙을 새도 없다. 허나 이 나이에 이렇게 바쁠 수 있다는 것도 천주님 은총이 아니고 무엇이겠느냐. 감사하고 살고 있다. 언제나 너희들 생각(멀리서 하는 생각은 언제나 곱고 아름답고 간절한 것이지)하며 충실히 살고 있으니 우리 걱정 말고 항상 몸조심하며 잘 지내 주기 바란다.

어머니

주소책을 잊어버려 찾는 중이니 동봉한 현기에게 보내는 편지 겉봉 써서 부쳐 주기 바란다.

□ ～～～～～～～～～～～～～～～～

사랑하는 아이들에게……

이병휘 씨 편으로 급히 몇 자 적는다. 라면은 좀더 많이 사 보내고 싶지만 미안해서 조금만 보낸다. 한 끼라도 끓여 주어라. 이곳은 너무너무 추운 날씨가 계속되는데 그곳은 어떠냐. 많이 껴입고 감기 조심하여라. 효기 편에 보낸 고춧가루, 방한복(내외것인데 아이들 것은 외조모님이 사 보내셨다기에 그만두었다) 받았는지 궁금하구나.

208

나는 여전히 바쁘다. 아직은 감당하고 있으니 걱정은 말아라.

너의 진로는 아버지께서 몹시 걱정하시고 계신단다. 요즘 학장 아저씨께서 제자들로부터 받으시는 대접이 진정 부러우신 모양이야. 세상 인심이 박하여 이제 아버지께 골프 한번 초대하는 사람 없는 데 비하여 제자들의 후한 대접 보시고 어찌나 부러워 하시는지 딱할 지경이다. 너도 역시 학교로 돌아가야 된다고 야단이시란다. 또 모두의 의견도 불안한 사회에서는 역시 학교 같은 데서 묵묵히 꾸준히 책이나 읽고 사는 것이 상책이라는 것이니 올해 1년 잘 생각하고 약간의 굴욕(네가 4년씩이나 학원을 떠나 있어 이것은 필연적인 고통이 될 것이다)은 참고 조용히 안으로 충일(充溢) 시키며 사는 것도 좋을 것이다. 그것도 얼마 지나면 새로운 사람들이 쏟아져 나올 테니 늦어도 내년 안으로는 자리를 잡는 것이 좋을 것이다. 나는 너를 믿고 네 결정에 맡기겠다만 곰곰이 잘 생각해 보아라.

나는 지금 고증(考證)에 바쁘다. 집안일도 보아야겠고 늙어도 할 일이 많구나. 그러나 늙어도 할일이 많은 사람이라는 것은 확실히 은총(恩寵)이며 너희들도 그런 사람이 되도록 힘써야 할 것이다. 편지 가지러 온 사람이 기다리고 있어 총총 이만 줄이며 건강하게 행복하게 살기 바란다. 음주 후 운전은 절대 삼가라.

어머니

사랑하는 아이들에게
(현기에게 편지 부쳐 주기 바란다)

　바삐 총총 몇 자 적는다. 아버지께서 현기가 떠난 후에 너희 있는 곳에 도착하실 것 같아 현기에게 보내는 것은 여기 두었었는데 신자 아주머니가 간다 하여 보낸다. 무리하지 말고 전해 주었으면 고맙겠다. 며칠 있으면 김이연(金異然) 씨와 그의 남편 문 감독이 갈 것이다. 인기 소설가인 김이연 씨는 외로운 나에게 딸노릇을 해 준단다. 작년 내 생일날도 기억하여 부부가 신라 호텔에 아버지와 나를 호화판 식사에 초대하여 꽃도 주고 촛불도 켜서 생일 축하를 해 주었단다. 이번에도 자기네들은 짐 없다 하여 염치 무릅쓰고 장 된 장 보내기로 했다. 김이연 씨 부부는 어렵더라도 안내해 주기 바란다. 김이연 씨 편에 하얀 레이스 장갑 세 켤레만 사 보내 주기 바란다.
　너무 시간이 없어 이만 그친다. 잘 있어라.

어머니

210

사랑하는 아이들에게……

진달래도 지고 눈이 부실 녹음의 계절이 되었다. 어수선한 속에서 자연은 언제나 제 차림새를 잊지 않고 바뀌어 가고 있구나. 아버님 떠나시는 순간까지 뛰다시피 분주하다가 비행기 기다리고 있는 시간에 미친 듯이 몇 자 적는다. 요번에는 날짜가 어긋나 현기를 만나지 못하신단다. 그애의 애절한 편지 받고 어머니는 그저 눈물만 흘렸다. 고운 아이인데 어버이와 자식간의 인연이 이리도 엷단 말인가…… 무슨 생각으로인지 그래도 항상 행복한 양 적어 보내니 가슴 아프게 그 행복을 빌 뿐이다.

아이들 잘 있댔지. 얼마나 컸을까. 보고 싶고 보고 싶구나. 아버지께서도 함께 가고 싶어하시지만 집 볼 사람도 가사를 도와줄 사람도 없이 지내니 어쩔 수 없구나. 이 나이에 아직도 부양해 드릴 분이 몇 분(그것도 모두 혈연 이외)이 되시지만 내 집 좀 지켜 주고 바쁜 나를 도와주는 사람은 없구나.

호기는 항상 뛰어다니고 있는 모양이니 견문과 지식 넓혀 좋지만 건강 조심하고 좀 속되지만 그렇게 많이 만나는 사람들과 그저 소매 스쳐 지나지 말고 네 앞날의 또 현재의 영양이 되도록 하여라. 술, 담배 부디 부디 절제하고 건강 관리 잘 하여라. 강옥이도 너무 무리 말고 되도록 몸 아끼고. 너희들 몸이 집안과 아이들을 위하여 천금이라는 것을 알아야 한다.

너무 급해 글도 글씨도 엉망이구나. 설상가상으로 어젯밤이 임

사장(창길 아주머니 바깥양반)님의 생신이라 늦게 돌아왔단다. 건강
히 잘 있어라.

어머니

□ 1981. 11. 5. ～～～～～～～～～～～～～～～～

사랑하는 아이들에게……

내일이 입동(立冬)이라 날씨가 꽤 춥다. 옛 같으면 김장이 끝날
때지. 스산함 속에서 파리의 낙엽을 눈에 떠올린다. 너희들이 마로
니에 낙엽 밟는 소리를 듣는 것 같다.

이제 남연이까지도 공부길에 들어섰다니 대견도 하고 신통 기특
하면서 왠지 미소롭다. 그 어린 몸으로 뒤질세라 초롱초롱 눈 반짝
거리고 있는 모습이 보이는 것 같구나.

남우 한글 타이프 솜씨가 놀라워 새삼 기특하다.

남지는 이곳에 다녀간 후 여러 사람들의 입에 오르고 있다. 머리
가 뛰어난 데다가 배움에의 의지가 그렇게 강하니 장차 무엇이 될
까 너무나 기대되기 때문이다. 모두들 '명륜동의 천재'라고 말하고
있단다. 에미의 뒷받침이 큰 성과를 거두고 있는 것이 현연(現然)하
니 고마울 뿐이다. 모쪼록 건강에 조심하고 아이들도 애비도 체력
보존에 힘써야 할 것이다.

이곳은 그 동안 너무나 너무나 바삐 지내느라 소식도 전하지 못
했다. 오랜만에 항공 엽서 써서 보냈는데(바로 오늘 아침에) 승기가

212

파리에 간다기에 이렇게 몇 자 적고 있다. 요즘은 인심이 박해져서 정이라는 것은 아예 없고 일하러 온다는 사람도 그저 돈 돈뿐이지 주인이 몹시 앓아 애쓰는 것 보아도 이튿날 해가 중천에 뜬 후에야 어슬렁어슬렁 나타나고 좀 먼길 갈 일 있어 새벽에 챙길 것 있는 것 뻔히 알면서 하나도 도와주려 들지 않는다. 그저 건성건성 시간만 채우고 왜 너만 잘살아야 되니 하는 눈치니 두렵고 무섭다. 이 나이에 모든 것이 두려우니 어려운 사람들 너도 알다시피 힘껏 아니 힘에 부치게 도와주었다고 생각하는데 그 중 많이 출세한 사람일수록 아주 냉담하고 섭섭하게 군다(그 심리는 알 수 있지. 귀족 행세하고 있는데 그리 찬란하지 못했던 과거를 아는 사람이 좋을 리 없으니깐). 바쁘고 바쁘면서 남의 일 때문에 내 시간을 갖지 못하면서 외로운 삶─그것이 인생인가 보다. 마르셀 프루스트처럼 코르크벽 방이 아니더라도 내 이 작은 서재에 들어앉아 남은 생 글만 쓰게 해 줄 사람이나 형편이 아쉬워 거의 몸부림치고 있다. 이제 내 시간은 얼마 남지 않았는데 가난한 내 시간을 모두가 약탈하고 있는 것 같구나.

올해는 꼭 장편을 완성시키려 했었는데 자꾸자꾸 번다한 일이 생겨 뜻대로 되지 않고 그저 틈틈이 잡문만 쓴 것 같다. 그랬더니 이번에는 사방에서 소위 수필이라는 것을 써달라고 성화를 하여 그런대로 분량도 늘었지만 어쩐지 많이 소모한 느낌이 든다.

이곳은 형세가 소요스러워 걱정이다. 올림픽 때문에 북에서 훼방에 나선 모양인데 학생들 중에 동조하는 사람이 소요를 일으키고 있는 모양이라 걱정이다. 물가가 너무 비싸고 불경기가 막심한데 소위 잘 살아보자고 외친 지 오래니 잘사는 것이 옳게 건실하게 마음도 물질도 풍요하게 사는 것이라는 것을 모르고 그저 편하게 물질적으로 풍성풍성 사는 것으로만 해석하니 철문 철책을 펴 놓아도 대낮에 도적이 횡행한단다. 오늘도 문숙 엄마, 신 부장 부인 등이 놀러왔었는데, 대낮(오후 1시)과 오후 7시에 사람들이 모두 집에 있는데도 방의 철문을 끊고 들어와 30년 모아 챙겼던 (그의 말에 따르면) 패물과 미국 가는 딸이 맡기고 간 결혼 때 예물 카메라, 녹음기 등등 몽땅 털렸다고 울고 갔다. 옛날 모두 어렵게 살 때는 이런 일이 그리 없었는데 한심스럽다.

멀리 있는 너희들에게 하기 싫은 말, 그러나 살아가노라면 알아두어야 하기도 하다. 그런 세상이니 암담하지만 한편 남지 타입의 젊은이들도 있어 든든하다. 어쨌건 이렇게 소요스러우니 마음으로라도 장래에 대비하여야 될 것이다. 너희들 생활 전해 들으니 호기는 견문 넓히고 외교관들이 흔히 즐길 골프도 치지 않고(그렇게 재미있어 했는데) 열심히 살며 아이들 교육에만 힘쓰고 에미는 또 눈물겨웁도록 자녀 교육에 골몰하고 있으니 고마울 따름이지만 정세가 이러니 막막하다.

오늘은 공연히 말을 많이 늘어놓았구나. 밤에 쓰는 편지는 좋지 않다고 누군가가 말했었지. 하지만 횡설수설이 진실일 수도 있느니라.

이곳은 판에 박힌 일상과 가끔 일어나는 해프닝으로 그런대로 지내고 있다. 남들이 부러워하지. 육체적으로 좀 고되고 정신적으로 불안하고 초조하지만.

어머니

사랑하는 아이들에게……

펜을 드니 그저 미안하고 송구한 마음만 든다. 이유는 얼마든지 있지만 그 동안 너무 소식 전하지 못해 아무리 어미지만 정말 너무했구나. 나이먹은 사람이 어찌도 그리 바쁜지 허덕지덕 쫓기며 지내느라 어미 구실도 못하는구나. 장편을 시작했는데 사이사이 잡문 청탁이 성화같이 들이닥쳐 거절거절하여도 놓아주지 않아 이것 집적 저것 집적 써 주고 밤에는 늘어져 눈도 뜨기 싫은 형편이 되고 사람은 없고 불려 나가는 데는 또 기가 찰 정도니 모든 것이 어중떼기로 이렇게 살아야 하나 하며 절규하고 있는 처지이다. 네가 그래도 그런 어미를 꾸준히 위로하며 원망도 책망도 하지 않고 정 어린 글월 보내 주니 고맙고 갸륵하고 무어라 말을 전할 길 없다.

네 사진 보니 더욱 늠름해진 것 같아 마음에 그지없이 기쁘다. 어린것들 전갈 들을 때마다 신통하여 자랑스럽고 사랑스럽다. 남우, 남지, 남연 모두 총명하고 심정도 기특하니 모두 우리 보배가 아닐 수 없구나.

너희들도 진정 분주한 나날을 보내고 있는 것 짐작하고도 남음이 있다. 몸조심하고 바삐 사는 것은 좋은 일이다.

정성껏 보내 준 만년필, 화분 등등 고맙고 감사하다. 어린것들의 생일 축하 그림은 또 액자에 넣어 걸어 둘 작정이다. 우리 아기들 전시벽(2층 복도)은 우리집을 찾는 분들이 찬탄하여 마지않는 바로 어머니도 반드시 그것을 보이고 뽐낸단다.

남우 외조모님이 좋은 가구 사 주신 모양인데 나도 참 감사하게 생각하고 있다. 너희들 바빠 제대로 안내도 해드리지 못했겠지. 두루 송구하다. 어쨌건 그런 물건은 쓰기 달렸으니 아이들 단속 잘하고 함부로 쓰지 않도록 하여라. 물건 소중히 지니는 것 가르치는 것도 큰 교육의 하나이니라.

요즘 너무 바빠 남지 청탁(한국새 그림) 아직 수행 못했지만 대강 일 끝 마치면 곧 보내 주겠다. 여기는 노부부, 신혼 부부 같이 살고 있으니 걱정 말아라.

어머니

☐ **1983. 4. 26.** ～～～～～～～～～～～～～～～

사랑하는 남지 · 남우 · 남연에게……

분홍 노랑 빨강 오렌지빛으로 우리집 뜰에는 갖가지 꽃들이 만발하였다. 마치 우리 남지 · 남우 · 남연이처럼 예쁘고 황홀하구나. 남지는 또 일등(콩쿨)을 했다니 무슨 말로 칭찬해 주어야 할지 모르겠다. 사진 보니 키도 많이 컸구나. 작곡도 많이 했느냐. 가까이서 축하해 주지 못해 안타깝구나. 남우는 시 써서 상 탔다구? 정말정말 기쁘고 자랑스럽다. 씩씩하면서도 곱고 섬세한 마음을 지니고 또 표현력도 뛰어난 우리 남우…… 보고 싶고 또 보고 싶다. 할머니는 너희들 멀리 두고 있지만 그렇게 잘들 자라고 있는 너희들 소식 들을 때마다 외로움을 잊는단다. 할머니도 너무너무 바쁘게 일하고 살지만 너희들 생각하면 피곤한 것도 몰라. 정말 행복한 할머니지. 남연이 한글 편지는 너무 신기해서 믿어지지 않아. 한데 모아 두고 막 자랑한단다. 귀여운 내 손자녀들…… 잘 자라고 행복하도록 천주님께 빌고 있다. 그리고 너희들 편지를 기다린단다. 그런 몸조심하고 많이 공부하고 기쁘게 살기 바라며.

서울서 할머니가

□ **1983. 4. 26.**

사랑하는 호기 · 강옥에게……

여행중에 보내 준 그림 엽서를 반갑게 받았다. 편지마다 낸 곳이 다른 나라더구나. 국제적으로 활약하는 모습이 보여 대견하고 자랑스럽지만 얼마나 또 피곤하냐. 그래도 좋은 기회니 많이 공부하고 특히 좋은 사람 잘 사귀도록 하여라. 모두 네게는 귀한 자산이 되는 일이니깐. 강옥이도 아이를 잘 키워 주니 그저 고맙다.

어머니

사랑하는 아이들에게……

오래 소식 보내지 못해 미안하다. 언제나 같은 변명이지만 너무
나 너무나 바빠 꼭 죽겠구나. 세월은 자꾸 흐르고 건강하고 젊고 사
람도 쓰고 있던 시절에는 부질없는 일로 바쁘게 허송하고 마치 날
받아놓은 것 같은 심정으로 죽음을 앞에 하면서 나이먹은 사람이
쫓기는 사람마냥 마음을 가라앉히지 못하고 있다. 백일홍이 피면
해마다 반갑기 그지없던 내가 올해는 백일홍 꽃망울 터지는 것을
보는 순간 가슴이 덜컥 내려 앉았단다. 벌써 백일홍이…… 마치 소
중한 것을 모르는 사이에 잃어버렸던 느낌이구나. 자꾸만 시간이
가는데…… 내 아까운 얼마 남지 않은 시간이 가는데 하고 가슴을
치고 싶은 심정이다.

너희들 극진한 효성에 아버지께서 흐뭇해하시는 모습은 그저 고
맙기만 하다. "우리 호기가 날마다 나하고 점심을 같이 먹는다고 돌
아왔었지" 하고 좋아하시고 계신단다.

나는 날마다 보내다시피 하는 호기 편지가 고마워 나대로 행복한
휴일이었다. 호기 일어 편지, 남연이 우리말 편지 한데 철해 놓고
또 읽고 또 읽고…… 시간 없다면서 외도도 하는 행복한 어머니다.
그 엄청난 사진도 정리해 놓고(언제나 떠나는 마음으로 정리를 한다)
공부도 많이많이 하는데 꾹 눌러 앉아 큰 작품 쓰기엔 잡일이 너무
많다. 아버지 부재중에 큰 것 시작하려 했는데 미국에서 아주머니
두 분(명근네 아주머니와 충훈네 아주머니)이 오셔서 보름 동안 바빴

다. 나로서는 엉망이었지.

남지, 남우는 이제 처녀 총각이 다 되고 남연이는 점점 더 예뻐지더구나. 모두 대견하고 보고 싶다. 남지 '십대 아이들'은 수록 작품 중 가장 길고, 가장 구체적으로 생활 기록이 정리가 잘 된 것 같더라. 기특하고 자랑스럽다. 할머니 대신 뽀뽀해 주기 바란다.

봉기도 이젠 자리가 잡힌 모양이니 마음이 놓인다. 부지런하고 꼼꼼한 성격이니 잘 살리라 믿는다.

아버지 말씀에 호기는 10월 중순경에 일시 귀국할 듯하다니 지금부터 기다려진다.

지팡이, 장갑 모두 잘 받았다. 지팡이를 이제 떼어야 할 텐데 이번에 하도 혼이 나서 꼴이 사납더라도 부끄러워하지 않고 당분간 짚을 작정이다. 장갑은 외출할 때만 끼든지 손에 들든지 하겠다. 먼젓것들은 거의 30년 가깝게 썼지만 아직도 떨어지지 않았는데 모두 초라하게 변색이 되었어. 이젠 죽을 때까지 쓰겠지. 고맙다.

모두 모두 건강하고 행복하게 지내도록 빈다.

어머니

□ **1983. 8. 16.** 〰〰〰〰〰〰〰〰〰〰

사랑하는 아이들에게……

올해도 호기 생일을 함께 못 지내 못내 섭섭하다. 이제 불혹(不惑)이 넘었으니 감개(感慨)가 깊구나. 그러나 그곳에 간 지도 어언 5

년이 지나고 보니 찜찜한 생각이 없지도 않다. 5년이라면 짧은 시간
도 아닌데 그냥 그대로 지내고 있는 너를 생각하면 어쩐지 분한 생
각도 든다. 너같이 실력 있고 성실한 사람은 내 자식이라 그런 것이
아니고 정말 드문데 정당하게 대우받지 못하고 있는 것 같구나. 허
기야 요즘 세상 돌아가는 것 보면 너무 의욕이라는 것이 넘쳐 흐른
다고 생각하는 사람들의 몰골이 가끔 큰 말썽을 일으키고 있는 경
우가 있으니 너 같은 사람 사는 것이 옳은 길을 가고 있는 걸 게다.
네 집은 집터로 사놓은 곳이 아주 중심지가 되어 버려 뜻하지 않게
놀랄 만큼 땅값이 올라 너희들의 복이지만 당장 너희들이 여기 없
으니 구체적으로 어찌할 수도 없고, 또 국력 신장도 놀랍다. 그런
만큼 개인의 생활은 경쟁의 와중에 말려들게 마련이다. 나는 남들
처럼 보이는 것은 싫다. 허나 역시 '衣食足而知禮節'이란 말은 틀
린 말이 아니다. 네가 네 소신대로 살되 네 세 아이 끝내 교육시킬
만큼은 경제력을 가져야 할 것 같다.
　사십 지나면 곧 늙음이 온다. 너희들 노후(老後)도 지금부터 생각
해야 되느니라. 그것이 한계다. 나도 그만큼으로 살아오려고 했다.
　남지는 옷이 맞지 않을 정도로 자랐다니 대견하고 기쁘다. 그런
데 아직은 여름 옷뿐이라 얼마 입지 못하겠지만 우선 인편으로 몇
벌 사 보낸다(여러 군데 가 봤지만 어디를 가도 여름 옷뿐이고 가을 옷은
아직 안 나왔어). 남우 편지는 마치 함께 다니는 것 같이 생생하게
정연하게 본 것 배운 것 썼더구나. 문장력도 너무 확실해 읽고 정
말 기뻤다. 내 대신 칭찬해 주어라. 아이들이 너무 총명하게 자라가
니 정말 기쁘다. 엄마 공이 크구나.
　오늘은 이만 쓰겠다. 몸 성히 잘 있어라.

어머니

220

□ **1983. 8. 15.** ~~~~~~~~~~~~~~~~~~~~~~~~~~~~~

사랑하는 아이들에게……

10월이 오기를 고대고대 했었는데 취소가 되었다니 섭섭하기 그지없다. 올해는 너희들 중 하나도 못 보니 생활에 탄력(彈力)을 갖지 못하겠구나. 특히 신 교수 만난 후부터 너희들 집에 대하여도 구체적으로 계획을 세우고 싶었었는데. 언제쯤 귀국하게 되는지 모르지만 함께 살기에는 이 집이 적합하지 않고 좁기도 하여 부득불 살집은 준비해야 되겠는데 남지 외조모님 의견은 단독 주택은 관리가 어려울 테니 아파트가 좋은 거라 하시고(많은 자녀분들 생활을 잘 아시는 분의 의견이시다) 아버지께선 그래도 흙도 밟아 보는 단독 주택이 나을 거라 하신다. 너희들 의견은 어떠냐.

얼마 전에는(너희들도 신문 보아 알겠지만) 중공군 장교가 미그 221을 타고 자유 중국으로 망명할 뜻으로 왔었는데 휴전 후 30년 만에 처음으로 공습 경보가 내렸었다. 그 17분간의 긴장을 무엇에 비하랴. 우리들 쓰라리고 쓰라리던 그 악몽 같은 전쟁 경험이 되살아나 형용키 어려운 시간을 가졌었다. 천만이 가까운 인구의 공포를 새삼 절감했었지.

그래도 우리는 이제 늙은 두 몸이니 그리 동요할 것이 없이 당하자는 생각으로 아버지마저도 침착하셨다. 38선…… 38선…… 정말 저주스럽다.

아이들이 무럭무럭 자라는 모습이 눈에 선하여 대견 신통하다. 남지가 벌써 엄마만 해졌다니 처녀가 다 되었구나. 남우도 내후년

쯤에는 아빠만큼 자랐으면 좋겠다. 그리고 남연이 편지는 여기서 줄곧 자란 아이들보다 글씨나 사연이 훌륭하니 정말 믿어지지가 않을 정도구나. 여하튼 날이 좀 시원해지면 나가 옷가지 사 보내 주마.

아버지께선 너희들이 너무 돌아다니는 모양이라고 걱정하시지만 그렇다고 텅 빈 휴가철 파리를 혼자 지킬 수도 없지 않겠니. 다만 조심조심 탈없이 즐기며 다녀 주기 바랄 뿐이다. 아이들에겐 얼마큼 유산 남겨 주는 것보다 그렇게 해 주는 것이 좋다(외할아버님께서 항상 우리를 그렇게 데리고 다녀 주셨느니라. 그 시대에……). 그러나 여러 곳에 위험이 도사리고 있으니깐 걱정을 하는 것이다. 조심만 각별히 하면 무관한 일이라고 나는 생각한다. 호기는 절대로 술, 담배를 삼가야 한다. 나이 먹은 부모가 이르는 말, 보내는 글월은 항상 유언으로 들어야 한다. 부디 부탁이니 어머니 소원 들어다오. 어쨌건 내년에는 마지막으로 한번 여행을 하려 하니 여기서든 거기서든 만날 수 있겠지. 어디에서라도 좋으니 자주 소식 전하며 평화롭게 행복하게 지내 주기만 빈다.

어머니

□ 1983. 10. 〰〰〰〰〰〰〰〰〰〰〰〰〰〰〰〰

사랑하는 아이들에게……

하늘이 너무너무 아름답구나. 이렇게 아름다운 하늘 아래서 싸우고 헐뜯고 죽이는 인간들이 슬프구나. 하도 뜻하지 않는 일이 도처에서 예고없이 터져나니 정말 두렵고 무섭구나. 세계 어느 곳이 안전한 곳인지 정말 인류의 위기를 맞고 있는 느낌이다. 너희들 편지 받을 때마다 느끼는 안온하고 푸근한 기쁨, 어린것들이 날로 몸과 마음을 닦아 자라가는 모습이 대견해 흐뭇하고 감사하는 심정—사소한 일상의 기쁨 같은 것에 재를 뿌리는 흉악사가 너무 많구나. 소중한 사랑하는 아이들을 각처에 헤쳐 놓고 사는 어머니의 마음은 언제나 기도에 차 있다. 하루하루 탈없이 넘긴 일에 감사하며 맞는 날로 은총으로 보살펴 주시기를 기구할 뿐이다. 말 조심하고 사귀는 사람 조심하여라.

민 박사는 생각할수록 아깝고 원통하지만 도리킬 수 없는 일이 되고 말았구나. 김재익(金在益) 씨도 아까운 분이 비통하게도 비명에 갔으니 젊은 미망인의 애처로운 모습에 눈물을 금할 수 없었단다. 가서 조문도 하고 삼우 미사에 참례도 하였다. 그래도 미망인이 꿋꿋하여 얼마큼 든든하지만 아직 애리애리 젊은 몸에 상복이 아팠다.

남우가 그렇게 공부를 잘한다니 할머니의 기쁨은 비길 데가 없다. 누구를 보아도 우리 남우만큼 멋진 소년은 없더라. 고슴도치가 하는 말은 아니야. 남지 남연 모두 컸겠지. 보고 싶구나. 모두들 하루빨리 모여 살았으면 한다. 잘 생각해서 둘러 보아라.

어머니

사랑하는 남지, 남우, 남연에게……

　참 더웁지? 올해는 너희들을 한 번도 보지 못해 섭섭하고 보고 싶다. 그래도 너희들 편지 보고 모두 잘 자라고 있는 것이 눈에 선하여 기쁘고 대견하다. 남지는 여름 음악 학원에서 좋은 경험 쌓을 수 있어 참 좋았구나. 그렇게 다른 나라에서 온 사람과도 접촉 교류하는 것이 너를 점점 더 크게 길러 줄 것이다.

　남우도 많이 컸지. 정말정말 보고 싶다. 잘 먹고 잘 자고 잘 놀고 많이 공부하여라. 너는 우리 김씨댁 장손이니 긍지를 갖고 훌륭하게 자라야 한다. 무겁게 생각하지 말고 자유롭고 기쁘고 자랑스럽게 커야 한다. 예쁜 우리 남연이…… 어쩌면 그렇게도 우리 글로 예쁜 편지를 쓰니. 할머니는 남연이 편지를 받을 때마다 정말 정말 자랑스러워 세상에서 가장 행복한 사람이 된단다. 고맙다 남연아.

　그럼 모두들 잘 있어.

할머니

사랑하는 호기에게……

　오래 소식 전하지 못해 미안 송구하다. 자주 보내 주는 고마운 글
월로 너희들 생활은 항상 짐작하고 감사하고 있다. 핑계 같지만 어
머니는 너무나 너무나 바빠서 잠 잘 틈도 없을 지경이다. 두 늙은이
만 사는 살림이지만 안팎으로 맡아 하는 일이 많아 쩔쩔 매고 산단
다. 그래도 작품(장편)에 착수하여 네가 준 몽블랑 만년필로 열심히
쓰고 있는데(〈문학사상〉 12월호에는 단편도 발표하고 책 보내 주겠다)
어려운 것을 건드린 것 같아 몹시 힘이 든다.
　너는 쉬이 귀국하게 된다니 반갑고 기다려진다. 돌아오면 아쉽고
어렵고 서툴러 당분간은 고생하겠지만 너만한 위치면 우리 나라뿐
아니고 어디서나 복 받은 쪽이니 얼마큼의 어려움을 겨워해서는 안
된다. 무엇에나 최선을 다하고 살 것이며 남은 어떻더라는 생각은
우리 하지 말자. 벌써 사십이 넘었지만 우리에 비하면 25세나 젊다.
늙은 부모들도 열심히 살고 있는데 어려울 것이 어디 있겠느냐. 불
란서 가느라고 6년이나 손해 보았다고 할 수 있지만 그 동안 아이들
이 배운 것만도 억만금을 주어 살 수 없는 것이다. 풍부한 견문, 어
려운 어학, 문화의 향기 등은 그들의 아름다운 추억과 더불어 크나
큰 재산이 될 것이다. 그만한 아이들인데 돌아와서 크게는 뒤지지
않을 뿐더러 얼마 가지 않아 또 앞을 서게 될 것을 할머니는 믿어
마지않는다. 귀엽고 자랑스러운 아이들을 가까이 두고 지내게 되니
지금부터 가슴이 뛴다.

네 거처는 오기 전에 대충 마련하려 하니 정확한 날짜는 모르더라도 대충이라도 알려주기 바란다. 또 국가를 위하여 해외에서 일하던 사람(3년 이상)에게 주택(아파트 같은 것)에도 우선권이 있고 하니 귀국이 확정되면 그런 데 필요한 서류(증명) 같은 것도 보내 주어야 할 것이다. 아무튼 제 나라로 돌아오는 것이고 부모들이 기다리고 있으니 경사라고 해야지. 호기는 손해 본 6년을 만회하도록 전력을 다하자. 이제 그만큼 돌아다니고 보고 듣고 느끼고 했으니 앞으로는 일만 하기로 하자. 기분 내는 일은 이제 멀리하고 오직 너희들의 그 우수한 자식들 잘 기를 수 있는 부모로서의 의무를 다하도록 하자.

나는 너희들이 평화 속에서 모든 일을 잘 처리할 것이라고 믿는다.

파리도 추우냐? 오늘 서울은 영하 16도이다. 몹시 춥다. 구정이라고 파출부도 오지 않는데 찾아오는 사람이 많아 반가우면서 어렵다. 틈을 훔쳐 서재로 올라간다. 전화 벨이 자꾸만 울리고 대문 버저가 마구 소리를 지른다. 식사도 마련해야 하고 손님을 위하여 다과도 준비해야 한다. 아버지 출근 준비, 식사 시중, 옷 손질, 청소, 정리, 할머님 보살핌…… 몸 하나만으로는 너무 일이 벅차다. 그러면 서글프고 너희들 뒷배 보려고 애를 쓴다. 이것이 어머니 생활이란다. 6, 70세 된 노년의 생활이란다. 열심히 살자. 속상할 틈도 불평할 틈도 후회할 틈도 없을 정도로 열심히 살자.

새해는 그러는 너희들을 지켜보며 일한 만큼의 보수를 마련하고 너희들을 기다리고 있을 것이다.

새해 건강하고 복 많이 받아라.

어머니

사랑하는 아이들에게……
(가지고 올 세간들은 너희 마음대로 해라. 냉장고, 세탁기 같은 것도)

너무 오래 소식 전하지 못하여 송구하다. 변명을 않겠다만 늙은 사람의 짐이 너무나 무겁고 몸은 자꾸만 약해져서 항상 지쳐 지내는 탓이라고만 생각해 주기 바란다.

곧 너희들이 귀국하게 되니 지금부터 가슴이 부푼다. 어린것들이 돌아올 때까지 무엇보다도 일하는 사람을 구하려 무진 애를 쓰고 있으니 어떻게 생길 것도 같다. 이젠 남의 집살이 하려는 사람이 없어 늙은 사람 살기 힘든 세상이 되었다. 물론 사회적으로 대견한 일이지만.

오늘 남연이 편지 보고 놀랐다. 국내에서 자란 아이들보다도 더 예쁜 글을 썼더구나. 여름 방학 동안만 힘써 주면 새학기부터 남들을 앞서갈 것 같다. 참 신통하구나.

강옥이는 이사할 준비로 바쁘겠다. 나도 옛날에는 자주 이사를 하여(10여 년 동안에 13번) 그 괴로움은 너무나 잘 알고 있다. 도와주지도 못하고 그저 안타까워 하고만 있다. 이삿짐은 전문하는 사람에게 맡기고 건강 조심하여라. 쓰던 것이라도 냉장고 같은 것은 가지고 오지 말고 너희들 파리 생활(평생 잊지 못할)의 추억이 묻은 물건들은 쓰던 것이라도 가지고 오너라. 6년 남짓한 그곳 생활의 자취를 일생 느껴보는 것도 좋은 일이니깐.

남우는 보내는 편지마다의 장남다운 든든함과 씩씩함이 엿보여 정말 기특하고 신통하다. 남지는 앞으로 치를 큰 시험 때문에 얼마나 긴장되고 힘겨우냐. 부디 몸조심하고 편한 마음으로 공부해 주기 바란다. 집 마련, 아이들 전학 문제, 우선 호기만이라도 돌아와야 정하게 된다. 그럼 만날 때까지 안녕…….

어머니

제5신
잔칫날에
1976~1992

Nancy
Lorrainge

사랑하는 어머니께

사람의 한평생에 어려움과 기쁨이 오가는 것은 누구에게나 있는 일입니다. 어머니께서는 결혼 전에는 병마(病魔)와의 처절한 싸움으로 그리고 결혼 후에는 누대(累代) 봉사하는 쾌쾌한 반가(班家)의 호된 시집살이로 온갖 고생을 하셨습니다. 6. 25 때는 연약한 여인의 몸으로 대가의 가족들을 홀로 보호하셨고 급성 맹장염 등 위태한 순간들을 정말 기적과 같이 넘기셨습니다. 그러나 고통도 시작도 끝도 없는 하늘나라의 어머니께는 영광스러운 축제의 잔치상만 늘 차려 있습니다. 그런 생각으로 어머니, 아버지의 회갑, 금혼식 잔치를 비롯하여 좋은 일들만을 기억하여 여기에 정리해 보겠습니다.

아버지, 어머니 두 분의 회갑 때는 저희 형제들이 모두 외국에 있었기 때문에 잔치를 모시지 못하는 불효가 되고 말았습니다.

1976년 6월 26일, 제가 노스웨스턴에서의 연구 연가를 마친 다음 신탁 은행장서 물러나시고 유럽 여행을 가시는 아버지와 동행하는 길, 빈(Wien)에서 아버지 회갑을 만났습니다. 부자가 감격스런 그 날을 나그네가 되어 맞이했지요. 그때 일을 생생하게 기억하기 위해 그날의 일기를 그대로 옮겨 놓습니다.

□ **1976. 6. 26.** ～～～～～～～～～～～～～～～～～

　아침에 성당의 종소리가 유난히 맑고 요란하다. 아버지의 회갑을
축하하는 것 같아 기쁘다. 아버지는 그저 착잡해만 하신다. 호텔방
에서 정장을 하고 절을 해 드렸더니 기분파 우리 아버지는 거의 눈
물을 다 흘리신다. 나도 마음이 찌릿해 옴을 느낀다. 어렸을 적부터
아버지 환갑 때 나는 무엇이 되어 있을까 여러 가지 공상도 해 보았
으며 작년부터는 회갑 잔치 때 손님들께 드릴 말씀도 은근히 마음
속으로 준비해 왔었으나, 어쩌다 보니 이렇게 우리 부자가 나그네
가 되어 아침은 빈에서 저녁은 취리히에서 먹게 되었다. 감개무량
하고 아버지께 만족을 드리지 못한 것이 다만 송구스럴 뿐이다. 어
디 가도 이제는 우리 부자를 형제로 볼 만큼 아버지가 정정하신 것
은 고맙고 기쁜 일이다.
　저녁 때는 리마트 강에 이어지는 큰 호숫가에서 여름 축제가 벌
어져 인구 40만밖에 안 되는 취리히인데도 우리가 묵게 된 괴테가 8
번지의 호텔 플라자 근처가 인산인해다. 밤의 불꽃놀이가 하늘에
화려하게 퍼지고 물속에 환상적으로 비치어 그 아름다움이 형용 불
능이다. 오늘 밤 온 세상이 아버지의 회갑을 축하해 드리는 것이다.
아버지의 회갑을 색다르고 뜻깊게 지낸 이곳, 오래 추억에 남을 것
이다.

～～～～～～～～～～～～～～～～～～～～～～～～～

　아버지의 회갑 잔치는 이듬해로 늦춰 신문 회관서 어머니, 아버

지 부부 서화전(書畵展)으로 대신하였는데 고리타분한 잔치상 차리
는 것보다 멋있고 정말 근사하였지요. 그때 발간하신 서화집 서문
(序文)에 지금은 고인이 되신 송지영(宋志英) 선생께서 우정에 넘친
좋은 글을 써 주시고 저도 말미에 두 부모님의 삶을 칭송해 드리는
비교적 긴 다음과 같은 글을 적었지요.

□ **1977. 6.** ～～～～～～～～～～～～～～～～～～～

나의 아버지와 어머니

　가친(家親)의 회갑을 맞이하여 무엇인가 남겨드리고 싶은 마음에
아버지, 어머니의 서화집을 마련하게 되었다. 오랫동안 무슨 선물
을 드릴까 망설이던 차에 이 기회에 그분들을 기리는 뜻을 글로서
바치기로 마음먹었다. 아마추어 화가의 화집에 아마추어의 글이라
쑥스럽고 부끄러운 마음 금하기 어려우나 나의 깊고 애틋한 사랑이
아버지, 어머니께 전달되리라는 것을 믿고 기쁨에 넘쳐 그분들의
살아온 편력을 생각나는 대로 적어 보고자 한다. 아버님께서 즐겨
쓰시는 구절 '畵本無法, 求其趣而己'란 말대로 나도 '顯其愛而己'
라고나 적어 볼까.
　얼마 전 아버지와 한담(閑談)하는 자리에서 6·25 때 어려웠던 시
절을 회고하면서 아버지께
　"지금 제 나이가 그때 아버지의 연세와 비슷하다는 것이 믿어지
지 않지요. 또 한번 그 세월이 지나면 아버지는 할아버지 연세가 되

시고 저는……"이라고 말씀드렸더니, 내 말이 끝나기도 전에 아버지는 감상에 젖은 듯,

"참 그렇구나. 잠깐이구나"하시며 허탈한 웃음을 지으셨다.

어려웠던 시절에는 일순일순이 영겁(永劫)같이 지겨웠으나 막상 지나고 보니 20여 년이 눈깜짝할 사이에 지나가 오히려 향수마저 느껴지는 것이다. 지나간 60평생의 크고 작은 일들이 아버지의 뇌리를 스쳐 허탈한 웃음에 나타난 것이다. 나는 그 얼굴에서 60평생을 깨끗하게 성실하게, 부끄럽지 않게 살아오신 흔적을 읽을 수 있었다. 이 좋으신 분이 바로 나의 아버지라는 생각에 나의 가슴은 행복에 넘쳐 뛰었다.

아버지는 1916년 6월 26일 할아버지 덕(德)자 경(卿)자의 차남으로 경기도 연천에서 태어나셨다. 고조(高祖)께서 이조참판(吏曹參判)으로 계시다가 한일 합방 후 연천에 낙향은 하셨지만 대대로 판서(判書)를 지낸 후광으로 아직도 부유했던 집안이라 그야말로 귀한 도령으로 어려움 없이 유년 시절을 지내셨다 한다. 어려서 아버지를 여의셨던 할아버지께서 고조의 유산을 떠맡아 벅차셨던지 얼마 안가서 가세(家勢)가 기울게 되어 아버지의 학창 시절은 고난의 연속이었다 한다. 어려움 없이 자란 나에게는 실감에 닿지 못할 숱한 얘기들을 집안 어른들께 들을 때마다 나는 나의 생활 태도를 반성하게 된다. 그러나 과묵하신 아버지는 한번도 우리에게 당신의 어려웠던 때의 얘기를 하신 일이 없다. 오히려 배고플 때 그를 그토록 흐뭇하게 해 드렸던 호떡을 지금도 즐겨 찾으신다.

모든 어려움도 명석한 두뇌와 강인한 의지로 극복하신 아버지는 명문 제이고보(第二高普)와 경성고상(京城高商)을 거쳐 평생을 외곬으로 금융계에 투신하셨다. 학생 시절부터 장학금으로 조달하고 가정 교사일 등으로 부모님을 봉양하신 아버지는 지금도 구순(九旬)의

할아버지께 눈물겨웁도록 효도를 다하신다.

고상(高商)을 나오신 후 아버지는 당시에는 한국인으로는 어려웠던 자리인 경기도의 금융 조합(金融組合) 이사(理事)로 첫 직장 생활에 들어가셨다. 새파란 나이 21세였지만 원래 나이들어 보이는 얼굴과 원만한 성품으로 직원뿐 아니라 온 동리 사람으로부터 존경을 받으셨다 한다. 농업에 관한 그의 해박한 지식은 칠년간 금융 조합에 재직하면서 터득하신 것이다.

어머니는 1918년 10월 25일 서울에서 태어나 오랫동안 외조의 임지(任地)였던 경상도 지방에서 성장하셨다. 열 살이 되도록 아우를 보지 않아 부유했던 집안의 귀염둥이 막내로 호강스럽게 자라났으나 언제나 병약한 것이 탈이었다. 그래서 어려서의 별명이 설흔은 살라는 집안 어른의 희망으로 '설흔이'가 되어 버렸다. 그러나 천성이 착하고 어질어서 어른들의 속을 썩혀드린 일이라곤 조금도 없었다고 한다. 학생 시절에도 일년 중 한 학기는 으레 장기 결석을 했었는데도 일등을 누구에게도 양보한 일이 없어 큰 화제가 되었다 한다. 집에 있는 시간이 많은 데다 엄한 가정 교육으로 밖에서는 경상도 사투리를 썼지만 경상도에서 자라면서 아름다운 서울 억양을 정확히 지키셨다.

그 긴 병상 생활이 꿈많은 소녀를 독서광(讀書狂)으로 만들었다. 세 살 때 버릇 여든까지 간다더니 그때 독서하는 습관이 초로에 들어가신 오늘에도 그치지 않고 있다. 나의 취미도 독서이고 가끔 어머니와 독후감을 나누는 시간이 무엇보다도 즐겁다. 그럴 때마다 나는 어머니의 깊은 문학 사상에 심취되고 또 어머니의 놀랄 만한 박학과 기억력에 감탄하곤 한다. 아무리 길고 복잡한 러시아 문학 중의 인명도 10대에 읽은 것까지도 백과 사전처럼 기억하고 계시다. 어머니는 부산고녀(釜山高女) 시절부터 서양화를 그려 10대에 이미 〈동아일보〉에 연재된 김말봉(金末峰) 여사의 장편 〈밀림(密林)〉의 삽화를 그리셨다. 신병으로 그림 공부가 중단되었지만 얼마 후 심선(心仙) 노수현(盧壽鉉) 선생께 동양화를 배우러 갔었는데 두 번째 날 그의 아름다움에 반한 청년들의 '격투'가 심산 선생 앞에서 벌어져 그 후 어머니는 일절 외출을 하지 않았고 아까운 기회를 놓쳐 버렸다고 한다. 어머니는 여고 졸업반 때 폐결핵으로 눕게 되어 진학을 포기하고 처절한 투병 생활로 오랜 세월을 보낸 후 건강을 찾자 우연한 기회에 아버지와 결합하게 되었다. 그때 어머니는 어머니를 지극히 아끼고 사랑하던 어느 영국 여성 선교사의 알선으로 영국 유학의 준비를 하고 계셨다 한다.

총각 금융 조합 이사로 촌에서는 이렇다 할 위치에 있었으나 아직도 어려운 살림을 면치 못한 아버지께 일생 최고의 날이 찾아든 것이다. 소시적 할아버지의 친구셨던 외조께서, 경상도에서 오랜 직장 생활을 하시다가 수십 년 만에 할아버님과 만나 회포를 푸시는 주석에서 어머니, 아버지의 결합이 이루어지게 된 것이다. 선보는 장소(정혼 후의 맞선이었으니 넌센스였지만)가 창경원으로 정해졌다. 양가의 어른들이 길을 엇갈려 헤매다가 지칠 대로 지쳐 돌아가려는 길에 문 앞에서 마주쳤다. 영국 유학 꿈에 부풀었던 아름다우셨던 어머니도 도대체 선보는 것 자체가 불만스러웠던 차에 '신랑감'과 만나지 못한 것이 오히려 대견하여 외할머님께 자꾸만 빨리 돌아가자고 졸랐다 한다. 그러나 두 분은 천생연분이셨던 것이다. 다만 어머니는 신랑감을 잘못 보셨다. '신랑감'인 줄 알았던 청년은 사실은 미남으로 이름이 높으셨던 큰아버님이셨던 것이다. "그만하면 근사하다고 생각했지." 어머니는 지금도 그 말만 나오면 웃으시며 말씀하신다. 진짜 신랑은 멋쟁이 그 청년도 아니고 한구석에 웅크리고 있던 헌 신발의 더벅머리 총각이었던 것이다.

꿈많던 소녀 시절을 유복하게 자란 어머니지만 엄한 반가(班家)의 가정 교육을 받으신 탓인지 착하고 참을성 많은 천성 탓인지 영국 유학의 꿈도 그림에의 애착도 모두 단념해 버리고 가난한 살림이면서도 500년 전 법도를 따지는 호된 시집살이를 한마디 불평없이 지내셨다.

　결혼 후에는 집안의 모든 어려움은 어머니가 떠맡고 아버지의 짐이 많이 덜어지게 되었다. 밖에서 알려진 바와는 달리 아버지는 집안에서는 언제나 절대 군주시며 어머니께 억울하게 호통을 치신 일도 종종 보아 왔다. 그래도 아버지께 말 한마디 대꾸를 하신 일이 없다. 요즈음 젊은 며느리들에게 어머니는 정말로 귀감이 될 만하시다고 생각되어 나는 지금도 기회 있을 때마다 아내에게 어머니를 닮으라는 부탁을 하곤 한다.

　그토록 좋아하던 그림도 어른들 앞에서 차마 그릴 수 없어 그의 천부의 예술성을 종이와 연필만으로도 표현할 수 있는 문학에 나타내게 된 것이 오늘날 어머니의 작가로서의 위치를 굳혀 주게 된 것이리라. 어려운 살림이지만 아버지와 어머니는 희망을 잃지 않고 서로 아끼고 사랑하며 노력하여 남부럽지 않은 가정을 만드셨다. 몸이 가냘퍼서 수태(受胎) 할 수 있을까 어른들이 걱정하셨지만 어머니는 우리 오남매 영기(1941), 나 호기(1942), 용기(1944), 현기(1946), 봉기(1948)를 불과 7년 만에 줄줄이 낳으셨다.

　아이들이 자라며 생활의 여유도 차차 펴지기 시작하여 행복한 나날을 보내고 있을 때 우리 민족의 비극이었던 6·25가 우리 집안에도 예외없이 찾아들었다. 당시 나의 나이 아홉 살에 지나지 않았지만 나는 그 처절했던 시절을 생생하게 기억한다. 젖먹이 봉기와 현기, 용기를 업고 피난길에 나섰으나 한강 다리가 끊어지는 바람에 다시 돈암동 집으로 돌아와 절망과 기아에 허덕이며 어려운 삼개월을 지내게 된 것이다. 당시 아버님은 상공 은행(商工銀行) 남대문 지점장으로 저들의 눈에 띄면 큰일날 위치에 계셨다. 숱한 위기를 어머니의 슬기로 모면했다. 그때의 일을 다 기억하자면 몇 권의 책도 모자라리라. 어머니는 6·25의 경험을 토태로 한 대하 소설을 지금도 평생의 계획으로 하고 계시다. 나의 애독서인 톨스토이의 〈전쟁과 평화〉와 같은 소설을 나는 기대해 본다. 지금도 미국에 이민 가신 박용원 선생님 댁에서 난중(亂中)에 맹장 수술을 받으신 어머니가 박선생님의 은혜에 보답하기 위해 쓰신 중편 〈타향〉은 곧 발표될 예정이다.

가장 가슴 아팠던 6·25의 기억은 9·28 수복 사흘 전에 있었다. 큰아버지댁에 있던 가정부가 헐레벌떡 찾아와 말문을 열지 못하고 흐느끼기 시작했다. 불길한 예감에 아버지는 창황해 하시며,

"뭐냐, 무슨 일이냐"만 되풀이하셨다. 집안에 어른들이 다 모여 폭격으로 돌아가신 큰아버지의 죽음을 슬퍼했다. 통곡소리가 들리고 남자들을 잡으려 혈안이 된 인민군들이 몰려왔지만 냉정을 잃지 않은 어머니의 슬기로 모두 무사하셨다. 아직도 아리다운 소녀티를 벗지 않은 어머니가 아버지의 딸처럼 행동하여 죽음을 면하게 하신 것이다.

고난의 세월은 1·4 후퇴 부산 피난 시절에도 계속되었다. 대은행의 살림을 맡은 총무 부장으로 계셨지만 강직한 성품의 아버지는 피난살이에 호강할 수 없다 하며 사택을 고사(固辭)하고 토성동 어느 다 떨어진 창고에 대패질도 않은 나무쪽을 깔고 운전사, 수위 등의 가족들과 범벅이 되어 방 두 칸에 할아버님을 비롯해 대가족을 이끌고 살림을 차리셨다. 어려운 살림이었지만 우리들에게는 언제나 따뜻이 보살피시며 "이 세상에 훌륭하고 그렇지 못한 사람은 있지만 높고 낮은 구별은 없다" 하시며 사람다운 사람이 되도록 교육

을 하셨다. 학부모 회의에 나오신 아버지의 초췌한 모습을 보고 남 몰래 눈물지었던 일까지 기억된다.

한번은 장난기로 친구들과 어울려 그때에는 흔하지 않던 양과를 도시락에 싸오던 어느 여자 급우의 도시락을 살짝하고는 "참 맛있었다. 김호기 등" 하고 빈 도시락에 적어 놓았더니 이 살뜰한 아가씨가 울면서 선생님께 일러 바쳤다. 학부모가 불려가고 난리가 났다. 나는 언제나 엄하셨던 아버지의 꾸중이 겁이 나 어쩔 줄을 몰랐었다. 그러나 놀랍게도 어머니가 양과점에 데려가 맛난 것들을 많이 사 주셨고, 다음날 아침에 평소에는 무뚝뚝한 아버지께서 손에 돈을 쥐어 주시며 다정스럽게 한마디 "먹고 싶은 것 사 먹어라" 하신다. 어린 마음에도 감격하여 나는 울면서 "아버지, 꼭 일등할게요"하며 약속했고, 또 그 약속을 지켜드렸다. 그때 나의 부모님도 선생님처럼 나를 도둑질한 것으로 벌을 내리셨다면 나는 비뚤게 나갔을지도 모른다. 남을 부러워하지 않은 우리 형제들의 성격이 이런 부모님의 가르치심에서 온 것이라고 보고 싶다.

난리통에 숱한 어려움, 죽음도 체험했다. 정말 어려운 것은 '죽음', '가난' 자체보다 '죽음에 대한 두려움'과 '빈곤감'이다. 이를 슬기롭게 극복하며 노력하면 보람 있는 일생을 가지게 된다. 우리 아버지, 어머니는 이런 의미에서 누구 못지않은 보람 있는 60평생을 가지셨다고 나는 확신한다. 환도 이후에 아버지는 계속 금융계에 몸담으셔 끈기와 성실로 한일 은행, 주택 은행, 신탁 은행 등의 행장직을 십여 년이나 지키신 기록을 세웠고 외자 도입 위원, 금융 통화 위원 등도 역임하신 바 있다.

노력형의 아버지는 40이 훨씬 지난 나이에 1년간 미국 파견의 기회를 이용하여 조지타운 대학에서 경제학을 수학하셨다. 그때 무뚝뚝해 보이기만 한 아버지가 병약했던 어머니의 걱정을 하시며 하루가 멀다 하고 쓰신 편지에는 살뜰한 정이 엉망인 국문 철자에 넘치고 넘었다. 40대에는 어머니가 병약해서 장기 입원하신 적이 많았다. 그 많은 날들을 하루도 빼놓지 않고 문병하셨던 자상하신 아버지이시다. 나는 우리 아버지만큼 아내를 끔찍히 존경하고 사랑하는 분을 그리 보지 못했다. 어머니가 문학 강연, 펜 대회 참석 등으로 해외 여행 중엔 으레 나를 불러다 한방에서 주무시며 "이거 어머니 없으니 죽겠구나"를 연발하셨다. 한번은 어머니 부재 중 어느 연회 석장에 나가셨는데 이유없이 몸이 거북해 이상히 생각하다 나중에야 옷걸이째 옷을 입고 나간 것을 발견하신 일이 있었다. 아버지는 혼자 옷을 입으신 일이 없었던 것이다. 얼마나 작은 일에 무심하시고 어머니의 내조를 많이 받은 어른이라는 것을 단적으로 나타낸 일화가 아닐 수 없다.

어머니는 지금도 아름답고 단정한 자태를 지키시고 아버지는 언제나 무뚝뚝한 표정이시지만 두 분은 외모와는 달리 정이 너무 많으신 분들이다. 환도 후 올 데 갈 데 없는 가엾은 대학생들에게 아예 집 문을 열어 놓아 마음대로 기거하고 먹게 하며 학비도 도와주셨다. 그때 집에 드나들던 대학생들은 모두 착한 마음씨와 노력으로 지금은 사회 일류 명사가 된 분들도 많다. 지금도 나의 부모님이 사반세기를 걸쳐 살고 계시는 앵두밭 밑집을 '명륜장(明倫莊)'이라 부르며 어려웠지만 아름다웠던 옛 시절을 함께 회고하곤 한다.

외출을 별로 하지 않는 어머니는 20여 년간 지킨 그리 크지는 않으나 아담한 명륜장을 살뜰히 가꾸어 먼지 하나 없이 깨끗하고 아름답게 장식해 놓고 착한 마음씨로 가정부, 운전사와 동네 인심을 많이 얻고 계시다.

더구나 근 40년을 모셔 온 할아버지와의 사이는 눈물겨울 정도다. 긴 세월은 사시는 동안 '미운 정, 고운 정' 다 드신 두 분은 친

부모간같이 다정하시다. 시아버지는 며느리를 딸같이 사랑하시고
또 며느리는 시아버지께 극진한 효성을 다하신다.

1973년 어머니가 제5대 신사임당상(申師任堂賞)을 타셨을 때 어머
니는 할아버지를 뵈옵고 "제가 그 상을 탈 자격이 있습니까. 아버님
말씀 듣고 받겠습니다" 하고 우선 할아버지의 의견을 들으셨다. 할
아버지께서는 "내가 상을 주고 싶었는데 그 참 고마운 일이구나" 하
시고 진정 기뻐하셨다. 그 기쁨을 쓰신 86세 노인의 휘호—申師任堂
賞授賞式 吾亦參觀 偶吟一首 寄受賞者 韓戊淑 媤父八十六翁 金德卿
'平時善行績今日始揚名'—는 우리집 가보(家寶)가 아닐 수 없다.

은행에서도 부하의 어려움을 당신 일처럼 생각하시고 도와주신
아버지의 미담은 한두 가지가 아니어서 은행을 떠나신 지 몇 년이
지난 지금까지도 금융가의 화제가 되곤 한다.

'자식 자랑 반병신, 마누라 자랑 온병신'이란 말은 있어도 부모
자랑은 오히려 효자지행(孝子之行)이라니 아버지의 회갑을 맞아 쓰
는 나의 글이 오히려 부족함을 느낀다. 아무튼 이런 훌륭한 아버지
의 회갑을 맞아 우리들이 너무 불초하고 불효한 데 대한 자책감이
마음을 억누른다. 그러나 회갑을 맞는 어른들에게는 자식들처럼 큰
재산은 없고 무엇보다도 자식 자랑하고 싶은 심정이 크리라는 것을
알기에 우리 형제들의 얘기를 아니할 수 없다.

누이 영기는 1963년 초에, 나는 제대를 한 그해 여름에 미국 버클
리에 있는 가주 대학(加州大學)으로 유학을 갔다. 어머니는 떠나는
나를 안고 눈물지었으나, 내가 입대하던 날 아침 "네가 벌써 자라
군대를 다 가는구나" 하시며 생전 처음 나에게 눈물을 보이셨던 아
버지는 공항에서 굳이 섭섭함을 참으시며 나의 손을 굳게 잡아 주
셨다. 상항(桑港) 공항에 출영 나온 사람은 누이가 아니라 벽안(碧
眼)의 불란서 청년이었다. 그로부터 누이가 요세미티 공원에 아르

바이트를 하러 간 것을 들었다. 학교에서는 장학금을 받고 집안도 넉넉한 편이었는데도 누이의 정신 자세는 언제나 이렇게 꿋꿋하였다. 이 불란서 청년이 현재 나의 매부인 베르트랑 르노이다. 우리는 졸업할 때까지 언제나 셋이 형제처럼 함께 다니며 즐겼다. 아직 어리고 모자랐던 나는 누이와 베르트랑이 이미 깊은 사랑에 빠져 있다는 것, 그 결과가 아버지와 집안에 가져올 여파를 생각하지 않고 그저 함께 있으면 즐거워 그렇게 지냈던 것이다. 우리는 1966년 여름 동시에 베르트랑은 경제학 박사, 누이는 언어학 석사, 나는 화공학사를 획득하고 헤어졌다. 그 후 소르본느에 유학한 누이가 아버지께 결혼을 승낙해 달라는 간곡한 편지를 내었다. 노발대발하신 아버지는 거의 이성을 잃다시피 하시며 반대를 하셨다. 그때의 우여곡절은 소설에 나오는 얘기들이 무색하리라. 그러나 베르트랑의 성실한 인간성은 마침내 아버지를 감동케 하여 드디어 1967년 8월 초 명동 성당에서 두 사람이 짝짓게 되었다. 아들만은 노랑머리에 뺏길 수 없다는 아버지의 기우로 나도 덩달아 불려 나와 2주 후에 단 한 번 선본 색시와 워커힐로 신혼 여행을 가게 되었다. 아직 서로 잘 알지도 못하는 내외끼리 쑥스러운 마음이 들고 해서 신혼 여행 중 어머니와 아버지를 전화로 모셔다가 저녁을 같이 한 기록을 세운 신랑이 되어 버렸다. 결혼한 지 10년이 지나 세 아이의 아버지가 된 지금에도 나는 이렇게 아버지, 어머니와 함께 있는 시간이 말할 수 없이 좋다.

그 후 우리 내외는 콜로라도에 가서 나의 학업을 계속하고 누이 내외는 매부의 직장인 하와이 대학으로 떠났다. 누이는 그 후 하와이 대학에서 언어학 박사를 획득하고 지금은 매부가 세계 은행으로 전직하여 워싱턴에서 딸 하나를 두고 살고 있다. 68년에는 동생 용기가 내가 있던 동네인 덴버에 찾아와 성 안토니 병원의 인턴으로

취직했다. 우리 형제는 이로부터 1년간 어디를 가나 함께 붙어 다니며 누구라도 부러워할 만큼 우애 깊은 형제로 행복하게 지냈다. 1년 후 신시내티 대학 내과 레지던트로 옮겨가게 된 아우와 함께 장거리 운전을 해서 신시내티로 이사를 해 주고 돌아오는 길, 섭섭한 마음을 누르지 못하며 비행기에 오른 것이 그와 함께 있는 시간의 마지막이었던 것을 어찌 꿈에도 생각하였으랴. 언제나 검소했고 사명감에 넘친 유능한 젊은 의사, 너무나 훌륭하고 아름다운 꽃이었기에 25세 꽃다운 나이에 천주께서 젊음이 가시기 전에, 속세에 때묻기 전에, 따 가신 것이다. 당직으로 밤을 새운 후 고속 도로편으로 보드 시험을 치러 가다가 그만 졸았던 것이다. 전갈을 받고 뛰어간 형을 알아보지도 못한 채 30시간 후에 그는 숨을 거두었다. "용기야, 나다, 형이 왔다." 피맺힌 형의 부르짖음에 한 마디 대답도 없이. 마지막 순간까지 나는 그가 간다는 것을 믿지 않았다. 오히려 언제나 나의 귀를 즐겁게 해 주었던 그의 첼로 연주를 생각하며 그의 손을 어루만졌던 것이다.

그 후 우리 가족 전원이 어머니의 오랜 소원대로 천주교에 귀의하여 이제는 그때의 아픔이 오히려 기쁨되어 주 안에 그가 더욱 우리와 가까이 하고 있다는 것을 믿고 있다. 아들을 잃은 슬픔은 부모님께 평생을 두고 사라지지 않는다. 지금도 무슨 잔치가 있든지 맛있는 것을 보시든지 하면 아버지는 한숨지신다. "어이, 한 번이라도 더 보았으면……." 성경을 별로 읽지 않으시는 아버지의 종교는 이렇게 아들을 다시 한 번 보고 싶다는 소망과 직결되어 있다. 그 소망이 너무 순수하고 애틋하기에 아버지의 신앙은 어느 종교학자에 못지않게 참되고 깊다고 믿고 싶다. 어머니의 단편 〈우리 사이 모든 것이〉에 나타난 아들에 대한 애틋한 정을 읽고 많은 독자들은 눈물짓는다.

세월은 흘러 현기와 막내 봉기도 결혼을 하고 작년엔 봉기도 애기 아버지가 되었다. 그러나 모두 지금은 해외에 있고 학위를 끝내자 귀국해서 한국 과학원에서 6년째 일하고 있는 나만 부모님과 가깝게 있다. 그 동안 용기의 몫까지 아버지·어머니께 아들 노릇을 해드리려 노력은 했지만 부족했던 점이 너무나 많다. 그런데도 나마저 이번 아버지 회갑 기념 동양화 전시회를 끝내고는 곧 주불 대사관 과학관으로 떠나게 되었으니 앞으로 3년간 어머니, 아버지의 쓸쓸해 하실 생각에 송구스럼을 금치 못하고 있다.

　회갑은 지나셨다 하나 아버지는 나 못지않게 젊고 건강하시니 오히려 지금부터의 활동을 기대하고 싶다. 아직도 탁구를 하면 30대의 아들을 영패(零敗)시키는 그의 건강과 60평생을 통해 누구에 못지않게 이루신 업적을 바탕으로 더 큰 이룸이 있으시기를 나는 확신하는 것이다. 우리 문중 조상의 한 분이신 매월당(梅月堂)이 5세 때 허조(許稠) 대감이 '노(老)'자로 음을 달아 시구를 쓰라는 말에 "老木開花心不老"란 글을 지으셨다고 한다. 아직 '老木'이란 말은 이르다고 생각되지만 그 어른의 말씀이 아버님께 맞는 말이라고 믿고 싶다.

　아버지는 현재 한국 종합 금융 회사(韓國綜合金融會社) 사장직에 계시며 바쁜 일정에도 불구하고 5년 전부터 어머니의 권고로 시작하신 동양화를 하루 한두 시간은 꼭 그리신다. 그림 그리실 때는 꼭 어머니를 불러 함께 그리며 즐기신다. 어머니는 동양화를 갓 시작하셨지만 어머니의 그림을 보시고는 "이제 막 시작했는데 나는 처다도 못 볼 지경이니 화가 나 죽겠다. 화가 나서 나는 그만 그려야겠다" 하시면서도 마냥 즐거운 표정이시다.

　나는 그의 그림들이 전문적 비평가의 눈이 아닌, 그의 인격과 그를 아끼는 눈으로 보여지기를 진심으로 소망하며 또 믿는다.

부모님의 60평생을 아들의 눈으로 적으면서 나는 깊은 감회에 빠져 늘 어머니와 함께 얘기하는 토마스 만이 〈마(魔)의 산〉에서 한스 카스토프를 통해 적은 시간에 대한 사념에 젖는다. 그리고 우리에게 주어진 일정한 시간의 농도(濃度)를 짙게 하여야 된다는 것을 느낀다. 어느 날 나 자신도 회갑을 맞게 되어 나의 아들이 내가 부모님께 드리는 사랑을 나타내듯이 나를 위한 글을 쓰겠지. 그런 존경을 받을 수 있는 사람이 되는 길이 부모님께 대한 최대의 효도라는 것을 느끼며 부모님의 계속되는 행복과 건강을 기구해 마지 않는다.

장남 호기

　그 이듬해 10월 25일, 어머니 회갑날에도 저희 형제들이 다 외국에 살고 있어서 어머니께서는 정말 쓸쓸하고 섭섭하셨을 것입니다. 그러나 어머니는 역시 세상의 빛이셨습니다. 그 옛날 '명륜장'의 정들었던 '악동'들이 이심전심으로 몰려와 어머니의 회갑을 세상에서 가장 멋진 잔치로 장식했습니다. 모두 명정대취(酩酊大醉)하여 그리운 옛날의 추억을 되살리며 신나게 놀며 눈물나는 사인 공세를 어머니께 해드렸지요. 저는 세상이 아무리 험해지더라도 이 착하고 눈물 많은 사람들이 있는 한 아름다워 보입니다. 그 가운데는 우리나라의 큰 명사가 된 분들도 있고 어머니와 같이 하늘 나라로 간 분들도 있습니다. 유명을 달리한들 그 감격과 환희가 사라질 수가 있겠습니까. 그때 그분들의 사인집을 여기 그대로 옮겨 놓지 않을 수가 없습니다.

小說家 文章 教授 鄭鍾和 君欄

한 30년 전쯤 되는 것 같습니다. 명륜동에 밤낮 성가시게 드나들었습니다. 그래서 우리 모두의 누님으로 한무숙을 모셨더랬습니다. 그땐 퍽 예뻤다고 생각합니다. GMC 이 분은 미련한 신사인 것 같았습니다만 유머가 풍부해서 가끔 우리와 어울렸습죠. 그때 많은 일화도 있지만 조병화(趙炳華) 시인이 부인과 사랑 싸움을 해서 명륜동(한무숙씨댁)에서 재판받는 것을 몇번 봤습니다. 그 사람들과 함께 회갑연에 모여 옛얘기를 나누며 즐거운 축하를 하게 돼 퍽 기쁩니다.

金載燮

韓先生님

옛날 베토벤의 Kreutzer Sonata 판을 祥炳이와 韓先生님 댁에서 훔쳐서(78回轉판) 팔고서 막걸리 사 마신 것이 어제 같습니다. 언제나 아름다우신 韓先生님의 은덕을 잊지 않고 있으며, 특히 제 마누라 Heidi가 한국에 처음으로 왔을 때 우선 한국에는 이런 멋있는 분과 家族이 있다고 큰소리쳤을 때, 기분이 좋았습니다. 부디 萬壽무강하시고 저희를 기억해 주십시오.

姜嬪口 올림

韓先生님 앞에서

千祥炳

백발 삼천척이라는
중국말처럼
좀 과장해서 말하면
한 선생님은
만년 가까이
살아 줬으면
좋겠고
내가
죽어도 바라고 싶은
소원입니다.

　　한 선생님

　　　　　　　　　　　　　목순옥

이 자리를 베풀어 주서서
정말 감사합니다.
오래 오래 장수하세요
천 선생님과 함께
축하를 드립니다.

　예처럼 자주 찾아뵙지 못한 탓으로 못 알아보아 인사마저 못드
렸습니다. 허지만 예나 지금이나 고운 모습으로 회갑을 맞으시니
무엇보다도 반가웁고 부디 고운 모습 고운 마음 고웁게 오래 사
시도록 기원합니다.

　　　　　　　　　　　그림쟁이 金相浹 謹呈

柏儂 先生이라니까 점잖지만 그 옛날의 GMC, 香庭 先生이라니까 남일 같지만 우리 韓先生님.

그 原始와 文明이 同居하던 둥우리에서 저도 어린 날 이리 붙었다 저리 붙었다 하며 살았던 것이 벌써 20년이 훨씬 넘은 옛날이 되었습니다.

세상이 메마르고 검은 머리도 새치 아닌 흰 머리카락이 늘었지만 GMC의 탁월한 아이디어와 狂首一黨의 배려와 그것을 낳게 한 韓先生님의 德이 있어 이같이 옛날 惡堂이 다시 同席하니 감개무량합니다.

戊午十月二十六日 鄭源石 씀

정말
감개가 무량합니다.
그러나
왜 이렇게 슬퍼지는지……

33-100을 생각하며
永擇

韓戊淑, 金振興 先生님

정말 오늘의 先生님의 회갑을 祝賀합니다.

나 崔賢은 廣大입니다. 이 廣大가 살아가는 現實은 정말 고달플 뿐입니다. 그러나 오늘 많은 친우들이 모인 이 자리—정말 뜻있는 모임인 것 같아 고통이 풀립니다. 옛날 明倫洞 그 번지, 그 자리는 영영 우리가 잊지 못할 그 자리입니다. 따뜻하고 훈훈한 그 집—그 집에 사시던 한무숙, 김진흥 선생님을 영원히 가슴에 아로

248

새기렵니다. 내내 복 많이 받으시길 바랍니다.

1978. 10. 26 南山 東寶城에서 崔賢 올림

가장 쓸쓸한 시절에
따뜻한 등불이 있었던
그런 곳! 明倫洞
그곳에서 몸을 데폈지

조병화

1878. 10. 26

한 선생님, GMC 선생님

시를 알고 싶을 때, 행복한 가정을 배우고 싶을 때, 술이 그리워질 때, 친구가 보고 싶을 때 明倫洞 언덕 집은 외로움을 달래 주었습니다. 釜山 大廳洞 언덕 위에 자리한 舍宅은 故鄕길을 찾으면 꼭 마음이 가곤 하던 곳.

車를 타고 가시던 韓先生님이 車를 세워 손짓하시던 것도 따스한 先生님에의 정을 더하여 주던 일이었더군요.

부디 오래 사셔서 또 이런 자리를 만들 수 있을 것을 마음에 새겨 봅니다.

이 자리를 채우지 못한 친구를 그려 보는 마음.

1978. 10. 26 金東斗

한 선생님
좋구나 좋다 참 좋다
반갑구나 반가워 정말 반갑다.

우리들 선생님 정말 오래오래 살아 주십시오
아 이 일을 어떻게 말할까
아 참으로 좋구나 한 선생님

高光秀

金 선생님, 韓 선생님(옛날대로 부릅니다)
이렇게 뵈오니 저희가 다시 스무살로 돌아간 것 같습니다.
저희가 어렸을 때 저희 惡童들을 돌봐 주시던 두 분의 恩惠.
어떻게 잊으리이까.
부디 오래오래 사셔서 저희가 이런 자리를 다시 마련할 수 있도
록 기도 드립니다. 영기, 호기, 현기, 봉기 그리고 멀리 떠나간
용기가 더욱 보고 싶습니다.

재학이

韓先生님 祝賀합니다.
9歲 때 駕洛 國民學校 때 처음으로 女先生님 오셔설 거때 헤아
릴 수 없는 기쁨에서 先生의 사랑을 이절 수가 없습니다.
벌써 저는 二南三女의 家長이 되어 四子女는 大學을 나오고 막
내는 저의 뒤를 이어 서울 音大에 在學中입니다. 先生님의 回甲
을 眞心어로 祝賀더립니다. 앞으로 더욱 건강하십시오.
金先生님께서도 幸運이 있기를 祝願합니다.

文위승(윤)

술 취해서 다시 씀

만약에 소생이 대성하야

소생의 전기를 누가 쓴다면
한 선생님의 이야기와 GMC 얘기가
몇 줄은 적히리라.

                                            정원석

한 선생님 回甲을 축하합니다.
김 선생님 돌아가신 다음 그 날
돌아가세요.

                                            성일기

韓先生님
또 써야겠습니다.
GMC 선생님께도 마찬가지올시다.
우리의 요람이구요.
배우고 또 배우고
和平村樂 이루길 기원합니다.

                                            김동두

　韓先生님께 드림
　여기 韓半島 어느 길목에 昆池岩이란 마을이 있었겠구요.
그러나 世上은 젖임없이 흘렀습니다. 거기에서 江山이 두 번 또
한 세 번 밖귀어 가려 합니다.
　그러나 어느날 歷史가 이야기하겠지요.

                              1978. 10. 26.
                         不肖生 申癸鉉 올림

한 선생님께,
오래 오래 건강하시기를 바랍니다.

　　　　　　　　　　　1978. 10. 26. 여수 올림

한 선생님, 김 선생님
명륜장의 역사가 참말로 감격스럽습니다.
GMC의 앵두꽃 동산이

　　　　　　　　　　　1978. 10. 26. 정희철

～～～～～～～～～～～～～～～～～～～～～～～～

　10년 후 아버지의 칠순 잔치는 제가 파리에서의 6년간 외교 근무를 마치고 귀국한 후 과기처에 근무하고 있을 때여서 아버지를 모실 수 있었습니다. 그때 칠순 회고집으로 〈四浮〉라는 제목의 멋진 서화 및 수상집을 발간하시어 그 출판 기념회와 부부 전시회를 겸한 잔치가 훌륭하게 치러져 각 주요 일간지와 방송에서도 크게 보도되었습니다. 〈四浮〉 안에는 아버지, 어머니께 대한 가족과 친지들로부터의 사랑과 존경의 뜻이 가득 차 있습니다. 저도 다음과 같이 봉송(奉頌)을 해드렸지요.

나의 아버지

瞑州어린 郡王의 빛을 이어진
文成公의 깊은 學問
逸老公의 높은 절개

252

世世에 이어진 우리 栢洞

栢洞에 나 있노라
소리 없는 외침은
오늘 從心맞는
아버지 栢儂의 보람된 삶

어려운 時代를
사랑과 誠實로 헤쳐
새나라 金融의 큰 脈 이루니
다시 빛나라 祖上의 榮光
찾아오리라 希望의 앞날

1990년 4월 29일 두 분의 금혼을 기념하기 위한 부부 서화전도 성
대하게 거행되었습니다. 그날 두 분의 모습이 너무너무 행복하고
아름다웠습니다. 전직 총리하시던 분들을 비롯하여 우리 나라의 지
도층이 많이 모여 두 분을 축복해 드린 영광스런 자리였지요. 그 잔
치를 KBS-TV가 방영한 특집이 바로 저의 송시(頌詩) 낭독으로 시
작되었습니다. 졸작(拙作)이 멋진 아나운서 덕으로 그럴듯한 인상
을 주었습니다. 그 글을 여기에 적어 드립니다. 어머니께서 그토록
사랑하시던 당신의 장손 남우가 바쳐 드렸던 시도 다시 한 번 읽어
봅니다.

父母님 金婚에 드리는 나의 작은 마음

長男 金虎起

나의 부모님이 수십년간 사시는
옛날 앵두밭 밑의
돌담 아담한 韓屋은……

지금 세멘트山 江南의 아파트에
살고 있지만
나에게는 永遠한 故鄕의 집이라

곰같이 귀여웠던 아우가
땡땡하게 익은 앵두 함께 훔쳐 먹다가
주인의 습격에 느린 몸 감당못해 혼자만 붙잡혀서
"동해물과 백두산이……"
한 곡조 읊고 풀려 나던 때……

아아
그 그리운 시절이
벌써 40년이 흘러가다니……
아아, 영원히 天國의 나의 아우여
지금은 그 앵두밭
흔적도 없이 사라지고
정답던 동네 사람 뿔뿔이 흩어졌어도

아, 나에게는
변함없는 돌담, 나의 한옥, 나의 고향
오늘 金婚을 맞으시는
나의 사랑, 나의 행복, 나의 운명

한평생 착하고 정직하게 성실하게 살아오신
나의 父母님.

우리 明倫洞 집에는
아담한 정원에
어머니 향기 가득하고
거기에 아버지의 깊은 정 늘 우러나니
栢洞의 나〔儂〕는
세상에 부러울 것 없으리니.

하여, 가난하고 착한 이웃이
그리 크지도 않은 이 집을
明倫莊이라 부르지 않았던가.

아버지는 半世紀를 외곬을 걸으셔
이 나라 금융의 큰 脈 이루셨다.
우리 나라 금융계의 最長壽 사령탑 지켰으면서도
은퇴 후는 財界와 완전히 손끊고
전문가는 아니지만 그 自由人의 정신으로
꽃이 피고 새가 날고 마음을 펴는
"畵本無法求其趣而己"
의 멋을 홀로 즐기신다.

어머니의 아름다우신 자태는
누구라 古稀라 하리오
우리 문학의 금자탑 이루고

서울 北村의 미풍 양습 이으시어
大韓民國文學賞 本賞, 自由文學賞,
大韓民國文化勳章, 三一文化賞,
申師任堂賞……
수많은 상도 榮光이려니와

바다와 같은 마음으로
어려웠던 시절에
어려웠던 착한 이웃, 젊은이들의
등불이 되어
당신의 아픔으로 이웃의 아픔을 덜어 주셨던
거룩한 마음

그때 그 정답던 이들이
지금도 잊지 못하는
그 아름다운 흔적이
세상의 모든 영광보다
오래오래 빛나리라
나의 영원한 고향의 집
앵두밭 밑 돌담집
꽃피고 새우는
우리 마음의 고향……

다음 다이아몬드 기념을 기다리며
두 어른의 萬壽無疆
壽比南山 福如東海

두손 모아 빕니다.

1990. 4. 29

할아버지와 할머니

長孫 金南宇

할아버지는 마음 속에 동심을 갖고 계시다.
스웨터를 거꾸로 입고 다니시고
바지의 지퍼는 내려 놓고 다니시는 할아버지
아이스크림을 먹을 때 마치 아이스크림으로
화장을 하려 하시고
과학자의 정신으로 언제나 새로운 맛을 창조하시려고
모든 음식을 섞어 보시는 할아버지
야구 중계 들으시면서 흥분하시고
야구 중계를 안 할 때는 중계를 안 한다고 흥분하신다

할아버지는 情이라는 바닷속에 풍덩 빠지셨다.
화를 내셔도 금방 화해하시고
사랑의 한마디에
눈물을 글썽글썽하시는 할아버지
情 때문에 옆에 있는 사람이 떠날까 봐
늘 걱정하시고
멀리 있는 사람 못 볼까 봐
늘 걱정하시는 할아버지

할머니의 손길은 언제나 따뜻하다
얼굴만 바라봐도 자비가 넘쳐흘러
보는 사람의 몸이 카라멜처럼 녹는다.
나를 너무 자상하게 감싸 주셔서
과잉 보호죄로 고발도 할 수 있을 것 같다
할머니의 그림에는 언제나 훈훈한 인간미가 있고
시원하면서도 따뜻하면서도
생동감이 있어
그림에서 눈을 떼기가 힘들다.

이렇게 童心과 情의 할아버지와
자비의 할머니께서
금혼식을 맞이하셔서 너무나 기쁘다
50년이라는 세월 동안에는
사람의 운명의 주사위가 몇 번이나
던져지고도 남을 세월인데도
두 분의 사랑은 수정과 같이 언제나
맑고 영원히 맑을 것이다.

오래오래 사시어 회혼례, 금강혼식은 더 멋있게 치러드리고 싶었는데 어머니는 하늘로 돌아가셨으니 옛 생각이 더욱 모락모락 납니다. 그러나 천상에서 저와 못다쓴 편지를 나누시는 어머니도 저와 같이 진복자이심을 저는 언제나 확신합니다.

항상 검소하고 근면한 생활을 하시는 어머니셨지만 여러 가지로 모든 사람의 귀감이 되는 가정 생활과 문화적 업적을 함께 이룩하신 그 빛을 됫박으로 덮어두는 사람은 과연 없었습니다.

모든 권위 있는 문학상들과 신사임당상, 3·1 문화상 등의 수상, 대한민국 문화 훈장의 서훈 등의 영광을 한몸에 지니셨던 것은 저의 눈으로는 너무나 당연하였습니다. 그럴 때는 늘 성대한 기념 행사가 따르곤 했는데 물론 가장 기뻐한 사람은 어머니를 세상에서 가장 사랑했던 저였다는 것을 저는 지금도 확신하고 있습니다.

　그 기뻤던 순간 순간들을 기억에 남는 대로, 있는 그대로 어머니의 추억과 함께 오래오래 우리 맘속에 간직하고자 합니다.

　어머니께 영광 있을 적마다 그 기쁨을 저는 언제나 정성 어린 글로써 남겼는데 그 가운데 예술원 상을 수상하셨을 적 제가 쓴 송시 하나를 여기 옮겨 봅니다.

어머니께
—藝術院賞 受賞을 祝賀드리며

어머니의 정원에는
언제나 갖가지 우리 나라 꽃들이 노래합니다.

당신의 약손으로
이 늦가을에 아직도 무궁화꽃이 피어 있습니다.

당신은 한 송이 꽃에도
사람을 사랑하는 마음을 쏟으며 사십니다.

어머니는 말씀하십니다.
"억겁을 지난 어느 날, 지구 최후의 날에

마지막 한 사람이 지구와 함께 죽어가며
지구에서 만난 인간들을 사무치게 생각하리라고……"

당신은 그런 마음으로
당신의 아름다운 정원을 가꾸십니다.
그 정원 안에
〈祝祭와 運命의 場所〉가 있고 〈빛〉이 있고
꽃 한 송이, 풀 한 포기, 돌 하나에도 〈만남〉이 있습니다.
그리고 언제나 당신의 아름다운
〈역사는 흐릅니다.〉

어머니의 정원은 바로 당신의 문학이요
인생입니다.
꽃 한 송이를 보더라도
세상의 모든 것을 사랑할 수 있을 것만
같습니다.
당신과 함께 主를 찬미하고 싶습니다.

그리고 기쁨과 축복으로 충만된 마음으로
어머니께 말씀드립니다.

〈나는 당신을 사랑합니다.〉

이토록 자랑스러운 어머니를 모시고 저는 50이 넘도록 별로 이룩
한 것도 없고 또 속세적인 성공도 하지 못했으니 그 불효막심에 몸
둘 바를 모르고 있습니다.

프랑스 정부 국가 공로 훈장 사관장을 받은 저를 위하여 프랑스 대사관에서 1992년 8월 24일 서훈식에 이은 남지의 독주회 그리고 디너 리셉션을 열어 주었습니다. 서훈식에는 역대 과기처 장관님들과 과학계뿐 아니라, 정계, 문화계의 지도급 인사들이 70여 명이나 와 주셔서 대사관에서도 무척 좋아했지요. 대사의 서훈식 연설과 저의 답사도 반응이 좋았습니다. 여기 그 전문을 적어 기억하고자 합니다.

그때 어머니께서 그토록 기뻐하시는 모습을 뵙고 쉽게 만족하시는 어른을 별로 만족시켜 드린 일이 없었던 것이 너무나 송구스러웠습니다. 단지 제가 어머니께 대한 사랑이 세상을 넘치고 넘어 하늘 나라에 이를 것이라는 생각으로 스스로를 감히 용서하고자 합니다.

그리고 지금은 하늘과 땅이 다 어머니와 저희들의 끝없는 축제의 장소임을 기쁨으로 느낍니다.

하늘에 계신 어머니, 그 영원한 행복을 누리소서. 그리고 저희들을 굽어 살피시어 올바르게 행복하게 세상을 살아가는 용기와 슬기를 주십사고 우리 주 천주께 빌어 주소서.

□ **1992. 8. 24. 월** ◟◞◟◞◟◞◟◞◟◞◟◞◟◞◟◞◟◞◟◞

프랑스 대사의 서훈식 연설

친애하는 사무처장님

이 자리에서 공식적이지만 우의에 찬 행사에 참여하여 김호기 박사께 국가 공로 훈장 사관장을 수여하고 이어서 따님의 피아노 연주를 듣는 즐거움을 갖게 된 것을 크나큰 영광으로 생각합니다.

이런 자리에서의 관례대로 주인공의 지나온 발자취를 얘기해 드리겠지만 본인보다 더 오랫동안 귀하를 알아오신 귀하의 동료와 부모님과 친구들 앞에서는 다소 부정확하거나 제외된 사항이 있을지도 모르겠습니다.

귀하는 서울 대학교를 거쳐 미국의 버클리에서 수학한 후 1971년 콜로라도 광산 공대에서 화공학 박사 학위를 획득하였습니다. 한국에 돌아와서 한국 과학원(뒤에 한국 과학 기술원)의 교수로 일하면서 교수 재직 중 연구 발전을 위한 능동적인 정책 개발의 필요성을 느끼어 과학 기술처 심의관도 겸직하였습니다.

1978년은 귀하의 생애의 전환점인 해였습니다. 그해에 귀하는 주 프랑스 대사관 과학관으로 임명되어 6년 동안 파리에 주재하면서 불어를 완벽하게 익혔고 한불 과학 기술 협력을 다양하게 개척하였고, 수많은 젊은 과학도를 프랑스에 유학하도록 격려와 도움을 주었습니다. 많은 프랑스 유학 출신 과학자들이 지금 한국에서 중요한 위치에서 활약하고 있는데 이들은 한결같이 그들의 유학 기간 중 당신께서 베푼 도움과 지도에 대한 감정 어린 추억을 갖고 있습니다. 그들 가운데 많은 이들이 당신의 가까운 친구가 되었습니다.

귀국 후 과기처 화공 연구 조정관, 국립 중앙 과학 관장직을 역임하면서도 귀하는 프랑스가 귀하의 제2의 조국이라는 것을 항상 기억하고 우리 두 나라의 관계 증진의 극대화를 위해 프랑스가 문화 못지않게 높은 과학 기술의 수준을 가졌다는 인상을 귀국 국민에게 심어 주었습니다.

1991년에는 귀하는 신설된 국가 과학 기술 자문회의 사무처장으로 임명되어 고부가 가치 창출을 지향하는 한국 경제의 전환기에 중요한 과학 기술 문제를 다루고 있습니다.

본인이 매우 간명하게 나열한 공적에 비추어 프랑스 정부가 오늘 밤 귀하께 서훈하기로 한 결정은 당연한 것입니다. 그러나 이 영광은 귀하의 가족이 함께 하는 것입니다. 귀하의 부모님은 한국인 모두가 그 이름을 아는 명사이십니다. 엄친이신 김진홍(金振興) 씨는 한국의 모든 금융 제도의 창시자 가운데 한 분으로 "한국 경제의 기적"의 최초의 일꾼의 한 분이셨습니다. 자당은 한국인 모두에게서 존경과 찬사를 받는 소설가로서 갖가지 문학 대상을 수상하신 바 있는데, 단지 아직까지 그 작품이 불어로 번역되지 않은 것이 유감입니다.

귀하의 부모님은 귀하의 생애의 핵심인 경제 발전과 과학 및 문화와의 연결을 완벽하게 설명해 주시며, 이는 또한 귀하의 자녀들에게도 나타나고 있습니다. 귀하의 아드님은 미국 유학중이며, 탁월한 피아니스트인 따님은 파리 고등 국립 음악원의 세 가지 과정에서나 1등 졸업을 한 후 현재 줄리어드에서 음악 공부를 계속하고 있습니다. 잠시 후에 우리 모두가 그녀의 음악을 들을 큰 즐거움을 가지게 될 것입니다. 그것이 제 공식 연설을 더 이상 길게 하지 않는 좋은 이유가 될 것입니다. 그 '리사이틀' 전에 귀하께 서훈을 드릴 일이 남았습니다.

김호기 박사, 프랑스 공화국 대통령을 대신하여 귀하께 국가 공로 훈장 사관장을 수여하는 바입니다.

　　　　　　　　　주 대한민국 프랑스 공화국 특명 전권 대사

프랑스 대사관 훈장 서훈 답사

더운 날씨에도 불구하고 저의 조그만 영광을 축하하여 주시기 위해 이렇게 귀중한 시간을 내주신 여러 어른들께 깊은 감사의 말씀을 드립니다.

한·불간의 과학 기술 협력 증진의 공적으로 제가 오늘 프랑스의 국가 공로 훈장을 받게 되었다는 대사의 말씀이 있었지만 저 스스로 생각하면 부끄러운 점을 많이 느낍니다.

그러나 한·불 협력 증진의 중요성에 대한 저의 확고한 신념만은 저를 이 자리에 설 자격이 있도록 한 것이라고 감히 생각합니다.

정이 많고 문화를 사랑하고 참된 과학 기술의 전통을 지녔다는 점에서 오래 전부터 저는 프랑스인으로부터 우리 한국인과의 동질감을 느껴 왔습니다.

그러한 느낌은 제가 1978년부터 6년 동안 파리에 과학관으로 근무하는 동안 프랑스의 방방곡곡을 돌아볼 때마다 재확인하는 기쁨을 가졌습니다.

그리고 프랑스의 멋과 전통에 매료될수록 저는 더욱 우리 문화에 긍지를 느끼는 충실한 한국인이 되는 무슨 마력(魔力) 같은 것을 체험하였습니다.

그렇습니다. 이러한 마음의 카타르시스가 진정한 국제간의 협력

264

의 기본이 되어야 한다고 저는 믿고 싶습니다.

우리 두 나라 사이의 과학 기술 협력은 두 나라의 발전을 위해서 뿐만 아니라 나날이 좁아져 가는 우리 지구의 환경을 쾌적하게 유지하며 자연과 인간과의 조화를 지키기 위해서도 계속 확대해 나가야 할 것입니다.

이기적이고 눈앞의 이익만을 추구하는 과학의 협력은 우리 두 문화 국가 사이에는 있을 수 없을 것입니다.

몽테뉴가 일찍이 간파했듯이 "양심이 없는 과학은 한낱 영혼의 황폐일 뿐입니다."

양심 있는 과학 협력을 위하여는 서로를 더 이해하려는 노력이 필요하다고 생각합니다. 그래서 저는 프랑스서 친구들을 만날 때면 우리가 라부아지에나 퀴리 부인을 아는 만큼 그들도 우리의 장영실이나 우장춘을 알아야 한다고 곧잘 얘기합니다.

우리가 로댕이나 위고를 알듯이 그들도 우리의 단원이나 율곡을 알아야 한다고 주장합니다. 마찬가지로 우리도 프랑스가 유행이나 향수의 나라에 그치는 것이 아니라 우리가 협력해야 할 높은 수준의 첨단 과학 기술을 보유한 나라라는 것을 인식해야 할 것입니다.

유구한 전통과 높은 문화를 지닌 두 나라 사이의 과학 기술 협력 증진을 위하여 앞으로 작은 힘이나마 힘껏 노력할 것을 이 자리에서 약속 드리겠습니다.

이 자리에 저희집 아이 남지(南芝)의 음악회 자리를 마련해 주신 프랑스 대사관의 프라그 대사를 비롯한 여러분들께 감사를 드립니다. 시간이 있으신 어른들께서는 남아서 들어 주신다면 영광이겠습니다.

다시 한 번 여러 어른들께 깊은 감사를 드리며 제 인사 말씀을 마치겠습니다.

제6신
하늘에 계신 어머니께

하늘에 계신 어머니께

복잡한 서울의 아파트 숲에서도 어디선가 귀뚜라미 소리가 들려 하늘을 우러러보니 거기 높이 높이 어느새 가을이 하나 가뜩입니다. 어머니가 그 하늘로 돌아가신 지 또 한 계절이 지나가면 벌써 4주년이 됩니다.

어머니를 여의고 비통한 마음에 계절도 지나갈 수 없을 것만 같았지요. 그러나 세월은 자꾸만 흘러가는 것이더군요. 이제는 어머니께 못다 쓴 편지를 언제까지나 마음속으로 쓰면서 "풍요한 부재"를 나누며 기쁜 마음을 되찾고자 합니다.

어머니가 돌아가신 다음 다음달 〈文學思想〉 지(1993. 3월호)에 "한무숙 추모" 특집이 나왔는데 그 가운데 제가 어머니를 그리는 글이 실렸습니다.

□ 〰〰〰〰〰〰〰〰〰〰〰〰〰〰〰〰〰〰〰

어머니와의 아프고 아름다웠던 마지막 한 달

"너희들이 있어 나는 언제나 행복하였다. 부디 사이 좋게 행복하게 지내라. 나는 너희의 모든 것을 사랑하였다. 너희의 잘못과 어리석었던 것까지도……."

마지막 말씀을 하시던 어머니의 눈길은 사랑과 행복으로 가득 차 있었다. 아아 그 인자하신 눈길을 다시 뵈올 수 없다니……. 눈물로 이 세상을 가득 채워도 나의 슬픔이 가실 것 같지 않다.

"네가 없는데, 네가 없는데 해가 뜨다니. 별이 반짝이다니. 모든 것이 무슨 배리(背理)같이만 느껴진다……."

20여 년 전 둘째 용기(龍起)를 잃고 어머니는 단편 〈우리 사이 모든 것이〉를 통해 그 애통한 마음을 이렇게 나타내셨다.

아아, 어머니, 나는 이제 이 글을 다시 읽으면서 흐르는 눈물을 감당하지 못한다. 우리 함께 그렇게도 좋아하던 도스토예프스키의 말대로 눈물로 세상을 가득 채우면 슬픔이 무슨 기쁨 같은 것으로 승화될 수 있는 것인가.

소시적부터 병약했던 어머니는 숱한 위기를 비상한 정신력으로 용케도 극복해 왔다. 2년 전 심부전증(心不全症)이 극도로 악화되어 연대 병원에 입원했을 때 주치의인 이웅구(李雄求) 박사가 이미 회복 가능성이 없음을 선언하였는데도 우리는 그 말을 굳이 믿으려 하지 않았다.

이번에도 어머니가 고비를 넘기시겠지 하는 그 전부터 익숙해진 막연한 희망을 버리지 않았던 것이다. 퇴원 후 어머니는 정상인 못지않게 왕성한 작품 활동과 사회 활동으로 많은 업적을 남겼다. 한국 소설가 협회 회장으로서 협회를 본궤도에 올려 놓았는가 하면 수많은 문학 강연을 통해 당신의 깊은 문학 사상을 국내외에 널리 전파하였다.

지난해 말에는 장편 〈만남〉의 영역판이 캘리포니아(버클리) 대학 출판부에서 발간되어 세계 문학계의 큰 주목을 받았다.

문학에 대한 어머니의 정열 앞에는 육신의 쇠퇴 같은 것은 장애가 될 수 없었다. 어머니는 여러 개의 대작을 동시에 구상하였던 것이다.

6·25 때의 처절하고 긴박한 상태에서 일생은 일순일순을 살아가는 것이기도 하지만 주어진 시간은 일순일순 죽고 있다는 것을 터득하여 〈생명의 양단〉을 쓰신 바 있는데 난리통에 그 원고의 대부분을 일실하여 다시 쓰실 만반의 준비를 하고 있었다. 이제 전쟁이 끝나고 40여 년이 흘러갔으니 나폴레옹 전쟁 후 비슷한 세월이 지나서 쓰여진 톨스토이의 〈전쟁과 평화〉에 못지않은 걸작을 나는 기대하고 있었다.

하와이 이민사에 대한 어머니의 작품 준비는 실로 대단한 것이었다.

지금도 어머니 책상 위에는 관련 자료와 창작 노트가 수북하게 쌓여 있어 나의 마음을 더욱 아프게 하고 있다.

우리 본래의 샤머니즘과 하와이의 토속 신화가 때로는 리듬을 함께하며 때로는 갈등을 보이며 우리 이민들이 겪어 온 애환을 깊이 있게 묘사하는 역사 소설이 기대되었다.

이 밖에도 임진 왜란 때의 〈오따 쥬리아〉라든가 우리 문중의 매월당 동봉 선생에 관한 장편 준비도 세심할 정도의 자료 조사를 완비하고 계셨다. 이 모든 것이 햇빛을 보지 못하게 되었으니 원통하고 애통함을 어찌 필설로 형용할 수 있을 것인가.

연말연시에 병세가 악화되어 1월 7일 안세 병원에 입원하니 이응구 박사는 당장에,

"이런 몸으로 아직까지 살아 계신 것이 기적이다. 이 병원에선 며칠을 넘기기 어렵다. 다만 얼마라도 더 모시기 위하여 대학 병원으로 옮기려면 빨리 결정해라. 그러나 우리 어머니라면 이곳에서 조

용히 최후를 맞도록 해 드리겠다"라는 청천 벽력 같은 진단을 하는 것이었다.

어머니께는 알리지 않았으나 어머니는 이를 직감하였다. 그리고 당신에게 주어진 시간을 조용히 받아들이는 거룩한 자세를 지키시는 것이었다. 내 손을 꼭 쥐며 아무 말 없이 흔들리는 나의 가슴을 오히려 위로해 주시는 것이었다.

안세 병원에서의 일주일은 고난의 연속이었다. 숱한 악몽과 숨막히는 고통을 겪으면서도 어머니의 자세는 조금도 흐트러짐이 없었다.

우리는 이웅구 박사의 권고를 마다하고 서울 대학 병원 중환자실로 어머니를 옮겨 드린 것을 결코 후회하지 않는다. 보름 동안 어머니의 육체적 고통을 연장시켜 드린 것은 사실이지만 이 보름은 우리에게 어머니의 아름다운 사랑을 재확인케 하는 축복의 시간이었다.

이 기간 동안 우리는 어머니와 함께 인생과 문학을 말하는 즐거움을 갖고 무엇보다도 하느님을 찬양하는 고운 마음을 새롭게 다짐하였다.

어머니의 위독 소식에 접해 멀리 미국에서 달려온 누이와 동생과 나는 셋이 이 기간 동안 병상의 어머니를 지키며 우리 사이 모든 것이 더욱 깊어만 가는 희열을 느꼈다.

심부전증이 마지막 단계에 이르면 마치 물에 빠진 사람처럼 숨이 차는 형용키 어려운 고통이 오간다. 보름 동안 잠도 이루지 못하면서도 어머니는 혹독한 고통을 초인적인 인내로 극복하면서 '사랑'과 '감사'란 아름다운 말로 당신의 찬란하고 영광스러운 생애를 마감하셨다.

우리에게 마지막으로 하신 말씀대로 어머니는 세상의 모든 것을

272

따뜻한 눈으로 긍정하는 그런 분이었다. 나의 어리석음까지도 사랑했던 그런 마음으로 어리석은 '전옥희 여사'에게도 〈축제와 운명의 장소〉를 제공하셨다. 방황하던 죽음을 앞에 둔 '임형인'에게도 〈빛의 계단〉을 보여 주셨다.

어머니는 늘 우리에게 세상을 옳게 살아가도록 인도하셨다. 늘 "사고(思考)는 비범하게, 생활은 평범하게" 하며 살라는 당부를 하시곤 하였다. 초기 작품 〈역사는 흐른다〉와 만년의 〈만남〉 등 역사 소설만 보더라도 어머니는 치밀한 필치와 서울 북촌의 망족(望族)의 전통 없이는 가능하지 않은 정확한 고증으로 우리 근대사를 마치 깊게 흐르는 잔잔한 물처럼 감동 깊게 묘사하여 현세를 사는 우리에게 바른 역사관과 교훈을 일깨워 주고 있다.

어머니에게는 읽고 쓴다는 것은 먹고 숨쉬는 것과 마찬가지로 삶의 필수 조건이었다. 입원하실 때에도 여러 가지 책을 주문하여 당신 스스로 읽기가 불가능해지자 나에게 소리내어 들려 드릴 것을 부탁하셨다. 특히 성경의 '시편'을 완독해 드렸는데 나는 앞으로도 이를 소리 높여 읽으면서 이제는 주(主) 안에 어머니가 항상 나와 함께 계시리라는 믿음을 가지도록 할 것이다.

반세기에 걸쳤던 어머니의 창작 활동은 작가로서는 무척 어려운 환경 아래서 이루어진 것은 널리 알려진 사실이다. 충충 시하 누대 봉사 대종가댁의 며느리로서의 의무를 다하며 어머니는 주로 남들이 자는 시간을 쪼개어 글을 쓰실 수밖에 없었다. 어머니는 그래서 한평생 주어진 시간의 효율을 최대화시키며 사셨다. 어머니는 글을 쓴다고 법석을 떨며 자리를 펴는 일이 한 번도 없었다. 항상 작품 구상을 하면서 언제나 어디서나 숨쉬듯 식사하듯 예술에 대한 정열을 써 내려 가셨다. 그리하여 어머니는 예술과 가정을 모범적으로 지키는 이 시대의 이상적인 여성상을 구현하여 수많은 문학상, 문화 훈장과 신사임당상의 영광도 한몸에 지니게 되셨다.

어머니는 비상한 기억력과 창조력을 겸비하신 드문 분이셨다. 한 번 들은 전화 번호나 사람들의 주민 등록 번호도 신통하게 생전 잊어버리지 않았다. 10대에 읽은 러시아 문학 중의 길고 복잡한 이름도 바로 아까 읽은 것처럼 기억하셨다.

늘 가까이 모시던 나는 신기하게 느껴져 그런 일들이 어떻게 가능한가 여쭤보곤 했는데, 어머니의 대답은 늘 간단 명료하였다.

"매사에 최선을 다하면 가능하지 않은 것이 없다. 나는 무엇을 외울 때는 외우는 데 온 힘을 다하고, 청소할 때는 세상의 모든 일 다 잊고 청소에만 집중한다."

그리고 어머니는 늘 "천재란 향상하려는 의지 자체"라는 괴테의 말을 우리에게 가르침으로 들려 주셨다.

언제나 자신과 주위를 청결하게 지키시고 깨끗한 마음 위에 세상을 사랑하는 마음으로 깊은 창조력을 발휘하여 향기 깊은 예술의 세계를 세웠다. 어머니가 즐겨 인용하던 옛말을 이제 생각하니 바로 당신 스스로를 두고 한 말이었다.

"芝蘭生於幽谷 不而無人而不芳."

(지초와 난초는 깊은 산속에서 태어나지만 사람이 없다고 향기를 아니 내지 않는다.)

중환자실에서 자주 오는 통증을 이기지 못하여 어머니는 "삼십 분만이라도 숨이 차지 않게 기도해 다오"로 시작해서 나중에는 "일 분만이라도……"까지 절규에 가까운 부탁을 하셨다. 그러다가 고통이 잠시 가라앉기만 하면 셰익스피어의 〈리처드 3세〉의 마지막 장면을 이해할 것 같다는 절실한 말씀을 하곤 했다.

Horse! Horse! My kingdom for a horse!

(말 한 마리에 내 왕국을 !)

어머니는 고통 중에도 중환자실 안을 청결하게 정돈하도록 세심한 배려를 아끼지 않았다. 주위 환경뿐 아니라 당신의 영혼도 깨끗이 정리하고 있었다. 떠나시기 얼마 전 만기가 얼마 안 되는 보험금을 형편이 어려운 어느 보험 회사 직원에게 맡기기로 했다고 약속한 것을 꼭 지켜 달라는 당부의 말씀을 여러 번이나 잊지 않았다. 이는 자그마한 약속도 최선을 다하여 지키며 어려운 이웃들을 진심으로 도우며 살아온 당신의 일평생을 그대로 나타내신 일로 나에게는 받아들여졌다.

여류 시인이기도 한 그 보험 회사 직원은 어머니의 보험금을 맡아 처리하면서 감격의 눈물을 한없이 흘렸다.

중환자실의 바로 옆방에는 20대 청년 하나가 심근 경색증으로 고통을 받아가며 먼저 죽어가고 있었다. 당신 스스로도 고통 받으시면서도 어머니는 젊은 생명이 절규할 때마다 그를 위하여 두 손을 모아 경건하게 기도드렸다.

그 거룩하고 아름다운 마음을 기리면서 우리 삼남매는 어머니를 위하여 마음속 깊이로부터 천주께 기도드렸다.

이제 그 젊은이의 고통도 어머니의 고통도 다 지나가고 적막한 평화가 그들의 죽음과 함께 남아 있다. 늘 어머니와 함께 "스쳐 지나가는 바람에라도 이별에 익숙하며 살아야 한다"는 얘기를 나누곤 했는데 사랑하는 어머니가 떠나신 이 마당에 청산이 슬프고 새봄이 슬픈 것이 이 가슴이니 아아 세월을 어찌하리오, 인생을 어찌하리오!

떠나시기 바로 전날에 모처럼 식사도 하고 "아아, 이제는 새 생명이다"라고 하실 만큼 차도가 있어 보여 모두 기뻐했는데 그 기쁨도 찰나였고 심장 마비가 오고 인공 호흡으로 겨우 회생하였으나 고통 끝에 이튿날 마비의 재발로 한없는 아쉬움을 남기고 어머니는 떠나셨다.

마지막 하루야말로 짧지만 우리에게 끝없는 농도를 지닌 귀한 시간이 되었다. 어머니는 우리에 대한 사랑과 하느님에 대한 감사의 말씀을 비몽사몽간에도 그치지를 않았다. 그 아름다운 마음이 지금도 또 영원히 우리 가슴속에 살아 있으리라는 것을 굳게 믿고 나는 끝없는 슬픔을 스스로 위로하고 있다.

당신의 유언대로 성모 마리아와 같은 옷을 입혀 드리고 우리는 어머니를 명동 성당에 모셨다. 유해를 모시는 분들이 애통해 마지 않는 나를 고인의 남편으로 오해할 만큼 어머니는 젊고 아름다운 자태를 그대로 지니셨다.

입가의 미소도 너무나 평화롭고 행복하게 보여 영광스럽게 살다 가신 흔적이 역력하였다.

상중에 전·현직 대통령, 추기경님을 비롯한 각계 각층의 조의가 내도하고 누구나 눈물로써 고인의 은덕을 추모하는 감격의 장면이 연속되었다. 진실로 우리는 고인의 죽음을 애도하는 것이 아니라 위대한 삶을 축하하고 있었던 것이다.

영결 미사를 집전하신 장익 신부님은 아우구스티노가 어머니를 여의었을 때 "이제는 주 안에 어머니가 나와 함께 하셔서 더욱 가깝게 되었다"라고 한 말씀을 인용하여 똑같은 생각을 하고 있던 우리에게 큰 위안이 되어 주었다.

경기도 연천 선영에 어머니를 모시는 길에 어머니가 40년을 살아오신 '명륜장'에 들렀을 때는 온 동네가 눈물 바다를 이루었다. 늘 '이웃을 네 몸같이 사랑하라'는 말씀을 지키며 사셨던 어른을 모든 이웃이 진심으로 애도한 것이다.

머지않아 새봄이 오고 지난 겨울 어머니가 손수 싸 주셨던 나무마다 갖가지 봄꽃이 필 것이다. 꽃이 피면 어머니 생각에 그리움을 어찌할는지 지금부터 몸둘 바를 모르겠다. 그러나 우리는 이 정원을 계속해서 가꾸어 나가야 한다. 우리는 이 집을 간직하며 어머니의 고매한 삶과 깊은 문학 사상을 영원히 기리게 할 것이다.

사랑하는 사람이 가셨으니 죽음이란 것이 아무 무서울 것이 없는 것이 되었다.

오히려 죽음은 삶의 연속으로 유한을 무한으로 이어 주는 마력으로 보인다. 그러므로 어머니의 〈생명의 양단〉 사이에 우리 사이는 더욱 더 가까워지는 것이다.

지금 이 아픔도 세월따라 기쁨으로 변하여 주 안에 우리와 같이 계신 어머니의 영혼과 함께 세상과 하느님을 찬미할 수 있기를 기구하게 되는 것이다.

주여! 어머니에게 영원한 안식을 주소서.

영원한 빛을 그에게 비추소서!

그렇습니다. 어머니. 그때 쓴 제 글대로 세월은 아픔도 기쁨으로 승화시키는 마력을 지니고 있습니다. 지금 이 글을 쓰는 이 순간에도 제 마음은 어머니의 추억으로 더없이 맑고 깊은 기쁨으로 가득차게 되었으니까요. 어머니와 함께 지낸 한순간 한순간이 순서도 없이 시작도 끝도 없이 아름다운 만화경을 이루며 눈앞에 어른거립니다.

세월은 영혼의 정화제(淨化劑)이기도 합니다. 세월은 어머니와

저와의 털끝만한 먼지라도 다 털어 버리고 가을 하늘같이 높고 그
윽한 아름다운 추억만 출렁거리게 해 주었으니까요.

사랑하는 어머니. 저도 어느새 지천명(知天命)을 훨씬 지나 이순
(耳順)으로 달리는 길에 들어서 귀 밑에 흰 눈이 쌓이기 시작합니
다. 그러나 사랑하는 당신이 저 높은 하늘에 계시니 세월이 무섭지
않습니다. 늙는다는 것이 어쩌면 반드시 어렵고 괴로운 것만이 아
니라 저녁 노을과 같이 끝없이 아름다울 수 있다는 것을 알 것만 같
습니다. 그 저녁 노을에 아련히 어머니의 아름다우신 모습이 떠오
릅니다. 당신의 아름다운 꽃밭을 가꾸시던 모습 말입니다. 저는 그
모습을 5,6년 전 〈서울신문〉 칼럼에 발표했었는데 그 글을 읽고 좋
아하시던 어머니가 너무너무 그리워 못 견디겠습니다.

□ **1991. 2. 9. 서울신문** ～～～～～～～～～～～～

꽃 가꾸시는 어머니

나의 부모님이 근 사십 년을 살아오신 명륜동 옛 앵두밭 밑 아담
한 돌담 한옥집 안의 스무평 남짓한 정원에서는 봄부터 늦가을까지
갖가지 우리 나라 꽃들이 노래를 한다.

화사한 봄날의 진달래는 겨우내 얼어붙었던 세상을 따뜻하게 녹
여 준다. 초여름의 모란은 뜨겁고 화려한 여름철을 미리 알려 주는
듯하다. 모란꽃잎이 뚝뚝 떨어질 때 그 허전한 마음은 가지각색의
철쭉들이 위로하여 준다. 철쭉들은 볼수록 마음에 드는 시골 처녀

와 같다. 볼수록 친근감을 느끼게 하는 우리 나라 꽃들이다. 7월부터 피는 백일홍은 우리집에서는 '백이십일홍'이 되는 해가 많다.

늦여름부터 서리가 내릴 때까지 피는 벌레먹기 쉽다는 무궁화는 우리 정원에서는 벌레 한 마리 끼지 않는다. 석류나무도 우리 나라 고유의 것인데, 좁은 공간 때문에 심지 못하는 아쉬움으로 어머니는 화분에다 수국과 함께 가꾸신다.

추운 겨울에는 이런 꽃들이 짚에 싸여 삭막해지기 쉬운데, 알뜰하신 나의 어머니는 겨울철에는 더욱 정성스럽게 이 정원을 가꾸며 '청결 자체가 아름다운 것'이라는 당신의 생활 철학을 행동으로 보이신다.

지난번 함박눈이 내려 우리 정원에 하연 눈꽃이 활짝 피었었다. 겨울인데도 마음이 그렇게 따뜻하게 느껴질 수가 없었다. 우리 마당에 1년 내내 꽃을 피우게 하시는 하느님께 나는 마음속 깊이 감사 드린다.

좁은 우리 정원이 이렇게 단정하고 아름답게 유지되는 것은 전적으로 칠순을 넘어서도 아직도 아름다운 자태를 지키시는 우리 어머니의 정성의 덕택이다. 어머니는 얼음과자꽂이나 먹다 버린 나무젓가락, 그리고 우유갑 같은 것을 모아 두었다가 동네를 다니시며 개똥을 수집해서 정원의 꽃들에 거름으로 주신다. 꽃들도 그 정성을 다 아는 듯하다. 항상 싱싱한 모습으로, 바라보는 이로 하여금 깨끗하고 아름다운 마음을 갖게 하는 것이다.

"부잣집 마나님이 궁상떠신다"고 빈정댈지 모르는 사람들의 입을 꺼려 어머니의 거름 수집은 언제나 이른 아침이다.

겨울에도 우리 집안에는 어머니의 '약손'으로 온갖 꽃들이 활짝 피어 있다. 지금도 나는 틈만 나면 지천명(知天命)을 바라보는 내자(內子)에게 시어머니만 닮아 주기를 부탁하곤 한다.

사랑하는 어머니. 우리 '명륜장'은 어머니의 손길을 너무나도 그리워하고 있습니다. 당신 옷도 혼자서는 챙겨 입지도 못하시던 아버지께서 어머니를 애처로울 정도로 그리워하신 나머지 그 꽃밭 가꾸기까지도 하시려 눈물겨운 모습을 보이시니 팔순의 어른이 생전 처음 하시는 일이 완전할 리가 있겠습니까? 아버지 정성으로 그런대로 올해도 모란꽃이 수십 송이 탐스럽게 피는 등 그럭저럭 꽃밭 모양이 유지되지만 어머니께서 그렇게 정성스럽게 가꾸시던 무궁화는 벌레를 먹고 그만 작년에 죽어 버렸어요. 나무를 베어 버리던 날 우리는 어머니 생각하고 짙은 눈물을 흘렸습니다. 그러나 사랑하는 어머니. 무궁화나무 한 그루 사라진다 한들 어머니의 추억이 빛을 바랠 수는 없습니다. 오히려 모든 실체가 눈앞에서 멀어질수록 그 추억의 빛은 더욱 진해지는 것을 느낍니다.
　어머니의 깊은 인생 철학과 문학 사상은 근 20년 전 당신께서 쓰신 〈한국일보〉의 "일요일 아침에"란에 잘 나타나 있습니다. 그때 젊은이들의 지나친 세속적인 이기심과 자연의 모독으로 인한 환경 문제에 대한 우려를 나타내셨는데 그 깊은 뜻을 세상이 혜량하지 못해 지금 우리는 답답한 서울 공기를 마시며 짜증스런 교통 지옥을 헤매며 살고 있답니다.

권력 지향 대학생 의식에 섭섭함이

이제 여성을 '제 2의 성'이라고 부를 수는 없을 것 같다. 여성은 남성에 의하여 만들어진 것이 아니고 남성과는 생리적으로 또 감정적으로 약간 달리 태어났을 뿐 같은 조건 아래서라면 지능·의지·행동 어느 면에서도 남성에 뒤지지는 않는다. 따라서 여성은 인간으로서 남성과 같은 평면에 설 수 있으며 또 그래야만 하는 것이다.

바로 이러한 입장에서 본다면 영국 총선에서 마거리트 대처 여사가 이끄는 보수당이 승리를 거두어 영국 최초의 여재상이 탄생한 것은 뜻밖의 일도 아니고 놀라운 일도 아니다. 그런데 세계의 매스컴은 이것을 아주 이변인 양 취급하고 있다. 남녀 평등이 오래 전에 확립된 서구에서도 말이다.

대처 여사가 설혹 낙선되었다 하더라도 같은 여성의 입장에서 아쉬워하거나 원통해하지는 않았을 것 같다. 그는 여성으로서 남성과 맞섰던 것이 아니고 한 정치인으로서 경쟁자와 당당히 투쟁했기 때문이다.

그러나 역시 대처 여사의 당선은 우리에게 상당한 흥분과 아울러 신선한 기대를 안겨 준다. 그의 당선 뉴스가 어버이날(전에는 어머니날이었지만)에 즈음하여 전해진 것은 공교롭기도 하지만 의미가 있는 일이 아닌가 싶다.

대처 여사 이전에도 이스라엘의 골다 메이어, 인도의 인디라 간디, 스리랑카의 시리마보 반다라나이케 등 여재상이 있었지만 선진

권인 서구, 그 중에서도 전통적인 신사의 나라 영국에서 여재상이 나왔으니 전세계의 매스컴의 이목을 모을 만하다고도 하겠다.

영국이라면 여권의 발원지라고 하겠는데 어째서 이스라엘, 인도, 스리랑카보다 늦게 이제서야 여재상이 나왔을까.

여당인 노동당 집권에 지쳐 정치적 공기를 과감히 바꾸어 보고자 했던 영국민들도 '여자에게 정치는 맡길 수 없다'는 그들의 비판에 동요를 느꼈을 것이고 여성을 총리로 선택하는 데 주저와 의구도 가졌을는지 모른다.

여성은 약한 데도 있는 반면에 매정한 데도 있어 판단력이 빠르고 결단력이 강할 때도 많다. 세심하고 치밀하면서 현실적인 것도 여성이다. 그러한 여성의 특성과 탁월한 정치력을 아울러 살려 대처 여사가 그의 공약대로 횡포에 가까운 과격한 노조 운동을 적절히 조절하면서 복지사회를 이룩하고 사양의 길을 걷고 있는 노대국(老大國)에 새활기를 불어넣기를 바랄 뿐이다. 영국이 당면한 가장 큰 난제는 물가고, 민생 안정 등 경제문제라고 한다. 민생 문제와 직결된 경제 문제 해결에는 가정의 살림을 맡고 있는 여성들의 세심하고 짜임새 있는 감각을 반영하는 것이 보다 효과적일지도 모른다.

남의 나라 일이면서 이만큼의 관심이라도 가지려는 것은 역시 내 자신이 여성인 까닭인가.

올해 서울대 신입생을 대상으로 한 조사 결과는 나에게 적지 않은 충격을 주었다. 설문과 면접으로 가족 관계, 대인 관계, 고교 생활, 가치관, 대학 생활에 대한 전망 등을 상세히 조사한 이 연구 보고서에 의하면 그들의 존경 인물 1위가 정치인이라는 것이다. 응답에서 인문대(人文大), 사회대(社會大), 법대(法大), 사대(師大), 인문사회(人文社會) 계열 학생이 정치인을 1위로 택한 것은 무리가 아니나 공대(工大), 의대(醫大), 약대(藥大), 농대(農大)생까지도 다수가 존경 인물 1위로 정치인을 꼽았다는 것이다.

그러니까 우리 나라에서 가장 힘든 관문을 돌파한 이들 젊은 지성의 대다수가 정치 지향적이고 권력 지향적이라는 것을 알 수가 있다. 무엇을 지향하든 누구를 존경하든 각자의 자유이긴 하지만 어쩐지 허전하고 서운하다.

신입생의 59%가 과외 지도를 받으면서 피나는 공부를 하고 가장 권위 있고 어려운 서울대를 지망하게 된 것인데 그 동기가 졸업 후 사회적 지위 확보가 용이하기 때문이라는 답이 가장 많았다는 것이다. 그러면서 가장 싫어하는 것이 이기적 타산적 대학생으로 되어 있고 존경하는 인물 1위가 정치인으로서 봉사와 사회 지도는 3·4 위에 놓고 있다. 정치인은 봉사와 사회 지도를 하는 사람이라고 생각해 왔던 것은 내 오해였던가?

물론 인간은 모순 덩어리며 사람의 의식 구조란 논리 정연한 것은 못 되지만 예민하고 결벽하고 청신해야 할 젊은 지성으로서 이렇게 생활 가치관과 존경하는 인물이 일관성을 가지지 못하는 것은, 학문을 입신의 수단으로 했던 낡은 가치관이 달에 갈 수 있게 된 오늘날에도 적지 않은 우리 젊은이들의 의식 속에 뿌리를 깊이 내리고 있다는 것을 알 수 있어 형용하기 어려운 삭막함을 느낀다.

소위 인기 학과라는 것이 모두 세속적인 출세와 권력에 관련된 것이고 인원 미달의 학과는 대개가 어렵고 깊고 기초적인 인류의 존속과 복지와 발전을 위하여 가장 중요한 학문에 속한 것이었다는 것도 섭섭한 일이다.

하여튼 꽤 많은 젊은이들이 창조의 아픔과 고뇌와 노고와 땀을 피하여 그 보람과 기쁨까지도 저버리려 하는 아쉬움, 높이 비상하고자 하는 의욕도 위험에의 용기도 인생에의 진지한 도전도 없이 안이하게 소시민적으로 인생 지표를 축소시키고 있는 것 같은 인상은 거듭 말하거니와 섭섭한 일이 아닐 수 없다.

여러 자녀를 길러낸 어머니로서 입시라는 무서운 홍역을 갓 치러낸 이들의 현시점에서의 지표와 가치관이 아직 정리되지 않고 확립도 되지 않고 있으리라는 것은 이해할 수 있다. 또 이 연구 보고서는 아직은 발표된 것도 아니니 만큼 미리 서운해 하고 허전해 할 일도 아니지만 보도된 범위만으로도 느끼는 실정은 착잡하다. 그리고 이 우수한 젊은이들 중의 적지 않은 사람들을 그렇게 되게끔 한 데에는 우리 기성인들의 잘못이 크다고도 생각하는 것이다.

사람의 의식 구조는 오랜 세월을 두고 형성되느니 만큼 그들의 인격 형성 과정에서 일부의 학부모들이 저지른 과오는 큰 것이다. 어려서부터 자가용으로 등하교를 시켜, 목적하는 곳에 이르는 어려움을 모르게 하고 고급 학용품과 사치스러운 옷차림으로 어느 의미로는 남보다 돋보이게 하여 특권 의식을 갖게 하고, 좋은 성적은 좋은 인격이 되고 칭송의 대상이 되고 장래의 출세와 직결되는 것이라는 가르침으로 길러낸 어린 사람들이 진지한 학문을 외면하고, 봉사와 사회 지도를 하위에 놓는 이기적이고 공리적인 청년으로 자라가는 것은 어쩌면 당연한 일일지도 모른다. 어려서부터 남과는 다른 안락한 생활을 했기 때문에 고통과 노고의 공감을 모르고 남과 함께 호흡하는 공동의 장소를 찾으려 하지 않는 것이다.

하루 두 차례―어쩌면 더 여러 번 주인집 꼬마들을 학교로 과외 교장으로 모셔야 하는 운전 기사의 외아들이 콩나물 시루 같은 버스를 타다 떠밀려 떨어져 숨졌거나 다쳤다고 하자. 그의 심정은 어떨까. 다행히 그런 일은 일어나지 않았다 하더라도 지나는 버스 정류장마다에서 붐비는 사람 속에 섞여 시달리고 있는 꼬마들을 볼 때 같은 처지에 있을 아들 생각으로 그의 마음은 안타까움과 불만과 서글픔으로 어두워질 것이다. 그리고 이러한 감정은 사회에 위기를 가지고 오는 위험한 씨가 될 수도 있는 것이다. E 사립 국민학교 앞을 지나야 대학(구 서울 문리대)에 가게 되었던 K교수는 허약한 몸을 버스에 흔들려 가면서 그 국민 학교 앞길에 늘어선 승용차들을 볼 때마다 새삼 사회의 모순이 아프고 때로는 자신의 인생자체가 흔들리는 것 같은 느낌을 갖는다고 말한 일이 있다.

이번에 정부가 국민 학교생 사치 성향을 강력하게 규제한 것은 너무나 당연한 일이고 오히려 만시지탄을 느끼게 한다. 더 바랄 것이 있다면 국민교의 학구제를 강화하고 어떤 어린이나 교통 사고의 우려없이 도보로 등하교를 할 수 있게 세심한 배려를 베풀어 주었으면 하는 일이다.

6가크롬이라는 어렵고 생소한 독소의 이름은 울산의 식수 오염 기사로 처음 알았다. 그런 방면에 생판 무식한 나로서는 이 독소에 대한 아무런 지식도 없지만 이 인체에 해로운 유독성 물질이 함유된 식수가 울산에 석유 화학 단지 내의 13개 계열 공장에 잘못 공급되었던 것을 뒤늦게야 알고 다급히 공급되었던 식수와 각 공장의 점심밥을 모조리 폐기 처분하였다는데 내버린 밥이 2시간 후에는 푸르게 변색되었다는 것이다. 이 독소는 광산 합금 도금 안료 등의 폐수에서 오염되며 급성 중독의 경우 피부 궤양이나 콧구멍 가운데 구멍이 뚫리기도 하고 만성 중독이 되면 갖가지 위험한 질병을 유발하며 오염된 땅에는 식물이 자라지 못하며 오염된 물에 오래 발을 담그면 피부가 썩기도 한다니 실로 무서운 독성 물질이 아닐 수 없다.

그런데 원인 분석에 긴급히 기술진들을 동원했으나 아직 정확한 원인을 밝혀내지 못한다니 안타까운 일이다. 업자는 건설부로부터 공업 원수를 공급받아 일부는 그대로 공업용으로 공급하고 별도로 여과한 것을 식수로 공급하고 있었다는데 공업 용수를 여과하는 과정에서 잘못된 것이 아닌가 보고 있다는 현재까지의 조사 결과는 공포와 불안을 안겨 준다.

경제 성장과 공업 발전은 바람직하고 또 필수적이며 흐뭇한 일이지만 이러한 전율스러운 복병이 있다는 것은 무서운 일이다. 다른 나라에서도 공해는 오래 전부터 해결 못하고 있는 심각한 문제로 내려오고 있다지만 우리의 생명과 생활에 직결되어 있다는 실감은, 아슬아슬하게 모면은 했다 해도 이번 사고로 더욱 절박하게 피부에 와 닿는다. 3천 명이나 되는 사람이 현실적으로 위험 직전에 있었던 것이 아닌가. 새삼 문명의 위험에 전율을 느낀다. 문외한의 무식하고 아둔한 소견이지만 문화 국민으로서 위험 없는 위대한 문명의 혜택을 누릴 날이 하루빨리 오기를 기다리며 학자와 기능인들의 식견과 연구, 그리고 우수한 기능에 큰 기대를 건다. 그리고 당국과 관리자들의 강한 책임감과 사명감, 세심하고 적절한 관리를 바라는 마음이 간절하다.

□ 〰〰〰〰〰〰〰〰〰〰〰〰〰〰〰〰

사랑하는 어머니. 어머니께서 그토록 사랑하고 귀여워하시던 남연이도 벌써 대학생이 되었습니다. 남연이가 대학에 갈 때 저도 〈서울신문〉의 "일요일 아침에"란에 원고 청탁을 받아 〈한국일보〉에 어머니가 젊은 세대에 대하여 나타내셨던 아쉬움을 남연에게 쓰는 편지 형식으로 써 보았습니다. 젊은 세대에 대한 바람과 실망은 세세

286

로 이어가는 것인가 보지요? '상폴로와'의 얘기를 음미해야 하겠
지만 아무튼 세상이 날로 혼탁하고 살기 어려워져 간다는 느낌을
떨쳐버리기가 힘듭니다.

세상이 험하다고 용기를 잃지 말고 매일 매일 조금씩 더 좋은 세
상 만들기 위해 모두가 노력해 나가야 하겠지요.

□ **1995. 2. 12. 서울신문** ～～～～～～～～～～～～～～

여대생 된 막내에게

사랑하는 우리 막내에게

너의 대학 입시 합격을 진심으로 축하한다. 돌이켜 보면 지난 1년
은 그야말로 우리 모두 벽없는 감옥 생활을 한 것이나 마찬가지였
다. 할머니를 여의고 쓸쓸해 하시는 할아버지께 하루도 가 뵙고 위
로해 드리지도 못할 정도였으니……. 유난히 정이 많으신 할아버지
는 지척에 있는 귀여운 손녀를 그토록 오래 보지 못하시는 것을 내
내 섭섭해 하셨단다. 그 동안 할아버지께서는 그 섭섭한 마음을 감
추지 않으시면서 "자식을 그렇게 키우는 것이 아니라 개성을 살리
면서 온전한 사람으로 자라나게 하도록 교육해야 한다"고 어머니
아버지를 수없이 나무라셨다. 할아버지 말씀이 백번 옳은 것을 잘
알면서도 우리는 어쩔 수 없이 세속적인 부모의 범주에서 벗어날
수 없는 부끄러운 사람들이었다. 선거 유세에서 인종 차별을 열띠
게 공격하고 나서 귀가해 보니 저녁상에 외동딸이 흑인 남자 친구

를 데려온 것을 보고 소스라치게 놀라던 어느 미국 영화 속의 정치가와도 같이……. 네가 더 멋있는 처녀로 자라날 수 있었다고 후회해 보아도 부질없는 일이겠지. 그것이 다 우리 어른들 탓임을 아프게 느낀다.

사랑하는 나의 딸아. 이제 대학에 들어갈 만큼 다 자란 네가 대견하면서도 어린 너희들을 데리고 6년 동안 파리에서 근무하던 때의 추억이 아버지의 뇌리를 아련히 스친다. 유난히도 초롱초롱한 눈에 윤기가 흐르는 까아만 머리는 프랑스 아이들 가운데 돋보인데다 총명하고 상냥하여 모든 이들의 귀여움을 독차지한 너였단다. 사람들은 너를 아예 너의 이름 남연 대신 비슷한 발음의 민연(Mignionne)이라고 불렀었다. "귀엽다"라는 뜻이지. 우리가 귀국한 지 어언 십여 년이란 세월이 흘러가서인지도 모르지만 그토록 밝고 아리따웠던 너였는데 별로 '이유 없는 반항'도 아닌 것 같은데 애비 앞의 너의 표정은 어딘가 굳어 있는 것 같고, 함께 지내는 시간도, 함께 나누는 마음도 아버지에게는 무언가 아쉬움이 느껴지는 것은 웬일일까? 네가 특차로 합격했을 때 아버지의 마음은 이제는 너와 함께 지낼 시간이 많아질 것이라는 행복한 기대감으로 가득찼었다. 요즈음 일찍 퇴근하는 이유를 네가 눈치채지 못하는 것이 솔직히 말해 섭섭하다고 느껴지니 어쩔 수 없이 아버지도 나이를 먹어 가는 모양이지.

불문과에 진학하게 된 너와 함께 보들레르의 시를 읽고, 생텍쥐페리의 〈어린 왕자〉 별나라를 찾고 공쿠르 수상작의 독후감을 나누는 즐거움을 바란다면 이 소박한 애비의 소원이 늙은이의 주책이겠느냐? 네가 '오빠 부대'나 '로데오 거리' 같은 데가 있는 것조차 모를 정도로 건실한 것은 물론 고맙기 그지없다. 그리고 대학 입학 때까지 긴긴 시간을 외국어, 컴퓨터, 운전 교육 등으로 알차게 보내고 있는 것도 말할 수 없이 대견하다. 그래야 요즈음 사람마다 얘기하는 세계화 시대의 주역으로서의 준비가 될 수 있을 것이다. 옛 이집트의 파라오의 묘비에 씌어진 상형 문자를 프랑스의 고고학자 샹폴로와가 해독하였는데 그 가운데 "요즈음 젊은이들 버릇이 나빠져서 인류가 한 세대만 지나면 멸망해 버릴 것이다"는 말이 있었다고 한다. 그 후 수백 세대가 지난 지금에도 여전히 인류는 건재하고 있으니 아마도 젊은이에 대한 기성 세대의 우려는 하릴없는 노파심일지도 모르겠지. 그러나 요즈음 세상이 아무리 생각해도 지금보다 훨씬 가난하던 옛날보다 좋아 보이지 않는 것을 어찌 하겠느냐. 외국어와 컴퓨터와 운전은 꼭 배워야 할 생활의 방편이므로 열심히 계속해야 한다. 그러나 너희가 암기식 교육으로 대학 입시에 합격할 수 있었던 것처럼 인생에서 공부만으로는 성공이 보장될 수 없다는 것을 슬기로운 네가 더 인식해 주었으면 한다.

젊은이다운 패기로 넓은 세상을 바라보며 우리의 강산을 즐기고 그 동안 하지 못한 독서를 통하여 선인들의 슬기와 경험을 배우며 문화의 향기에 젖을 수 있는 알차고 보람된 나날을 보내기를 바란다. 그렇게 하여 그 동안 입시용 암기 교육으로 잃어버렸을지도 모르는 인성을 되찾기를 바란다.

입학 시험 지옥에서 벗어난 해방감을 너희 또래끼리만 한껏 만끽하고 싶으면서도 가끔 팔순의 외로우신 할아버지를 찾는 너의 고운 마음이 아버지는 너무 고맙다. 틀림없이 나의 사랑 어린 충고의 말을 너는 잘 받아들여 멋쟁이 대학생이 될 거야.

이 좋은 일요일 아침에 사랑하는 나의 딸이 세상에서 가장 참되고 멋있고 아리따운 여대생이 될 것을 하느님께 기구드린다.

사랑하는 어머니. 어머니가 떠나신 후 우리집 모든 일이 평탄치 않았던 것은 아버지께서 팔순 기념으로 쓰신 〈못다한 약속〉에 잘 나타나 있습니다. 참으로 어머니에 대한 아버지의 순정(다른 말로는 표현할 길이 없습니다)은 눈물겹습니다. 아버지는 당신이 표현하시는 액면 그대로 판단해 드리면 별수없이 '로고진'이나 '마중건'을 면하기 어려우신 어른인데 왜 모든 사람들이 아버지를 아끼고 존경하며 사랑하겠습니까? 그것은 모든 것이 사람의 정으로 똘똘 뭉쳐 있는 아버지의 짙은 인간미의 덕입니다. 어머니가 떠나신 후 오직 아버지의 눈물겨운 노력으로 어머니 문학 전집 10권이 발간되었는가 하면 매년 어머니를 추모하는 행사가 성대하게 거행되었습니다. 1주기에는 〈豊饒한 不在〉의 출판 기념회가, 2주기에는 "韓戊淑文學 研究 발표회"가 각각 성대하게 추모식을 겸해 열렸습니다. 그때마다 제가 장남으로서 인사말을 해서 제법 그럴싸하다는 칭찬을 들었습니다만 원고 없이 연단에 나가서 하니 역시 말솜씨 없는 저라 더듬더듬 문제가 있었던 것으로 기억됩니다. 어머니께서는 생전에 저의 눌변(訥辯)에 대해 크게 걱정을 하셨는데 아직도 큰 발전이 없는 것에 대해 너무너무 송구스럽습니다.

그러나 제 나름대로 노력은 하고 있어요. 3주기 행사 때 저는 인사말을 미리 써 놓고 카세트까지 동원해서 맹렬히 연습을 한 덕으로 그날만은 일류 연사가 될 수 있었습니다. 그날은 〈韓戊淑文學 研究〉 출판 기념과 "제1회 한무숙 문학상" 시상식을 겸한 아주 뜻깊은 날이었어요. 우리 나라 예술계뿐만 아니라 종교계, 경제계, 학계 등의 최고 지도층 수백 명이 와 주셔서 어머니를 추모해 드렸습니다. 모두 어머니의 은덕과 아버지의 정성의 보람이었습니다.

금년 아버지의 팔순 잔치(아버지께서 3년상 이후를 고집하시느라 일 년 늦춘 것이지만)에는 아버지의 〈못다한 약속〉 출판 기념과 서화전을 겸했습니다. 이 자리도 더없이 영광스러웠어요. 그때도 저는 똑같이 미리 인사말을 써서 철저히 연습을 했답니다. 아버지 책이 출판된 지 한두 달도 되지 않아 3판까지 나왔다는 것은 정말 놀랄 만한 일이지요. 그만큼 아버지의 정성과 사랑이 한치의 꾸밈없이 순수하고 애틋했기 때문이겠지요.

하늘에 계신 어머니께서도 크게 기뻐하셨을 것입니다. 저도 기쁜 마음으로 그 두 가지 행사 때 쓴 인사말을 여기에 옮깁니다.

□ **1996. 1. 30. 신문회관**

어머니 3주기 추모 행사 인사말

이 번잡한 퇴근길을 헤치며 저의 어머니 3주기 추모 행사에 와 주신 여러 어른들께 마음속으로부터의 감사 말씀을 드립니다. 또한 제1회 한무숙 문학상을 수상하신 박완서(朴婉緒) 선생님께 충심으로 축하드립니다. 박 선생님은 우리 문단의 빛나는 중진으로 여러 가지 면에서 저의 어머니와 유사한 점이 많으셔서 선생님이 이 자리에 계심으로 하여 하늘 나라의 어머니와 "豊饒한 不在"를 기쁜 마음으로 느끼게 됩니다.

이 추모 행사의 주목적은 물론 고인의 문학적 업적을 기리기 위하는 데 있습니다. 그러나 이 자리에 계신 여러분들은 문단뿐만 아니라 학계, 금융계, 연구계 등 각계 각층에서 와 주셨습니다. 이런 작은 자리에서부터 우리의 문학과 문화가 나라 전체에 확산되는 분위기를 쌓아간다면 우리가 서로 돕고 화이부동(和而不同)하는 따뜻하고 멋있는 우리 나라 좋은 나라를 이룩할 수 있다고 저는 굳게 믿습니다. 이번 행사에 대해 여러 일간지에 보도 기사가 나왔는데 며칠 전 어느 신문에 실린 어머니를 "한국의 버지니아 울프"로 비교하는 기사가 저의 눈에 띄었습니다. 아마 고인 작품의 절묘한 심리 묘사에 대한 설명이었던 것이 분명하였습니다. 그 위에 제가 어머니 자랑을 덧붙일 수 있다면 어머니는 매사에 최선을 다하시어 우리말의 정확한 사용으로 그 아름다움이 오염되지 않게 하며 우리 고유의 전통과 역사를 지키는 데에 큰 공을 세웠다는 사실입니다.

　　이미 죽음의 강을 건너 하늘에 계신 분을 모시는 이 자리에는 사람들끼리의 관계보다도 하느님과 사람 간의, 하늘 나라와 땅 위 사이의 일을 더 생각해야 합니다. 그것은 속세를 어지럽히는 욕심과 허영과 위선의 구름이 걷힌 아름다운 영혼의 관계일 것입니다. 얼마 전 불문과에 다니는 저의 막내딸의 영어 교재에서 울프의 〈나방의 죽음(The Death of The Moth)〉이라는 단편을 읽었습니다. 창가에 부딪쳐 죽어가는 벌레 하나의 모습에서도 삶과 죽음의 사념(思念)을 나타내는 치밀한 묘사에 감탄하면서 또다시 사랑하는 어머니를 그렸습니다. 어머니의 작품에서도 언제나 삶과 죽음의 문제가 다루어졌고, 이제는 사랑하는 분이 하늘 나라에 계시니 어머니도 저도 삶과 죽음의 사이가 그렇게 끔찍하고 먼 것이 아닌 것을 알게 되었습니다. 이 자리에 어머니의 영혼이 우리와 함께 계십니다. 이것이 바로 "豊饒한 不在"라는 것을 여러 어른들과 기쁜 마음으로 확인하며 이 자리를 빛내 주신 여러 어른들께 다시 한 번 감사드립니다.

　이어서 소찬을 준비했사오니 한 분도 빠지지 말고 참석하시어 아름다운 옛 추억의 얘기꽃을 피워 주십시오. 감사합니다.

□ 1996. 6. 26. 신라 호텔 영빈관 〜〜〜〜〜〜〜〜〜〜

"못다한 약속" 출판 기념회 인사말

　번잡한 퇴근길을 헤치며 가친(家親)의 출판 기념을 축하하기 위해 이렇게 많이 와 주신 여러 어른들께 깊은 감사의 말씀을 드립니다. "이름을 내어 부모를 나타내는 것이 효도의 마지막"이라는 옛말이 있습니다. 이 말씀 앞에 저는 부끄럽기 한이 없는 사람입니다만 부모님께 대한 사랑과 존경만은 이 세상 60억 누구에 못지 아니하다는 생각에 이 자리에 설 자격이 있다고 감히 자부하고 있습니다. 이 자리는 가족과 가까운 친지를 모시고 아버지의 팔십 평생을 축하해 드리고 앞으로도 이 자리에 모이신 모든 어른들이 서로 아끼고 사랑하고 화합하며 살아가기를 다짐하기 위해 마련한 것입니다.

　어머니께서 세상을 떠나신 지 어언 3년 반의 세월이 흘러갔습니다. 저희들은 "豊饒한 不在"를 되새기며 애써 우리와 사랑하는 분 사이를 갈라 놓은 삶과 죽음의 장벽을 극복하려 노력해 왔습니다.

　그러나 워낙 정이 많으신 가친께서는 어머니의 죽음을 받아들이기가 너무나 어려웠습니다. 그 깊고 안타까운 사랑의 기록이 바로 여러분들께 이 자리에서 한 권씩 드리는 "못다한 약속"입니다. 그 사랑이 진솔하고 꾸밈없이 나타났기 때문에 전문 문필가가 아닌 분의 글임에도 불구하고 이 책이 아버지를 아는 분들뿐 아니라 언론에서까지 많은 찬사를 받고 있습니다. 저도 많은 분들로부터 이 책을 눈물 없이 읽을 수 없었다는 말씀을 들었습니다. 저는 그 눈물이 삼류 영화의 눈물이 아니고 진한 인생의 참회와 노년의 고뇌 그리고 무엇보다도 세상을 아름답게 하는 사랑의 눈물이라고 생각합니다. 그래서 "세상을 눈물로 채우면 기쁨을 느끼리"라 했던 도스토예프스키의 말이 새삼스럽게 뇌리에 떠오르게 되는 것입니다.

저는 여러분들께서 아버지의 글과 그림을 전문적 비평가의 눈이 아닌 그의 인격과 그를 아끼는 눈으로 대하실 것을 진심으로 믿고 바랍니다. 이미 팔십을 넘기신 아버지께 이 자리를 빌어 저의 형제들의 깊은 사랑을 드립니다. 아버지께서는 인생을 깊게 사시고 사랑하시는 나머지 죽음에 대한 고뇌 또한 남달리 깊습니다. 그러나 로마의 세네카의 말대로 가련한 것은 죽음 자체가 아니라 죽음에 대한 공포인 것입니다. 앞으로도 오래오래 사시어 여러 가지로 어리석고 모자란 자손들에게 빛이 되어 주시고 지금 이 순간 우리가 살아 있다는 사실을 하느님께 감사드리며 기쁜 마음으로 언제나 계시기를 빌겠습니다.

이 자리를 빛내고 기쁘게 해 주시는 여러 어른들께 아무쪼록 소찬이나마 맛있게 드시면서 기억에 남을 만한 저녁 한때를 가지시기를 바랍니다.

감사합니다.

294

사랑하는 어머니. 어머니 3주기 행사 때는 '박사면 다 되냐'를 고집하던 현기가 어머니를 그리며 아버지께 박사 학위 논문을 증정해 드리는 눈물겨운 장면이 있었습니다. 어머니께서 그토록 사랑하시던 아리따운 딸이 오십이 되어서야 저의 형제 중 가장 머리가 좋으면서도 가장 나중에 박사가 된 것은 정말 고집쟁이지만 현기다운 일입니다. 논문은 우리 나라 무속을 역사적, 문화적, 경제 사회적 …… 다방면으로 철저히 조사 연구한 역작이었습니다. 400여 페이지에 달하는 논문을 어머니께 바치는 다음과 같은 말로 시작하였습니다.

"To my mother,
the late Hahn Moo-Sook,
a distinguished novelist, great woman,
and
inspirational mother."

"Reciprocity, Status and the Korean Shamanistic Ritual"이라는 크게 어렵지 않은 제목으로 어려운 문제를 쉽게 풀어 나가는 솜씨는 가히 이미 최고급 인류학자의 것이었습니다. 인류학에 문외한인 저도 큰 감명을 받고 하늘에 계신 어머니와 기쁨을 나누었습니다. '굿' 도 우리 문학 전통의 하나로 긍정적으로 받아들여 동서양의 모든 종교와 인습과 변증법적 발전을 할 수 있으리라는 현기의 기대에는 누구라도 공감할 수 있을 것입니다.

　누나도 언어학 분야에 있어 국제적인 명성을 떨치며 활약하고 있는 것을 보고드리는 제 마음이 기쁩니다. 누나가 중심이 되어 이번 어머니 생신 때 조지 워싱턴 대학에서 "한무숙 기념 한국학 연구 발표회(The Han Moo-Sook Collquium on the Korean Humanities)"가 열릴 예정입니다. 그때 미국 내의 저명한 한국학 관련 학자들이 모여 발표를 하는데 그 가운데 어머니의 문학도 심도 깊게 다루어진답니다.

　단지 송구스러운 것은 저희 형제가 시대를 잘못 태어났는지 아직도 우리 사회에서 고전을 면치 못하고 있습니다. 모든 것이 저희들이 부족한 탓이겠지요. 이보다 더한 불효가 이 세상에 어디 있겠습니까? 그러나 저희 형제는 나름대로 세상을 깨끗하고 성실하게 살아가려 노력을 하고 있습니다. 앞으로 크게 분발하여 부끄럼을 씻도록 노력하겠습니다.

　벌써 저도 나이가 되었는지 여기저기 자서전 비슷한 원고 청탁을 받고 있습니다. 그 가운데 제가 걸어온 길을 꾸밈없이 나타낸 글 하나를 여기에 옮깁니다.

□ 1995. 12. '호유광장'

하늘이 정해 준 길

　이 자리에 초대되어 글을 쓰게 된 것이 나에게 분에 넘치는 영광이다.

원고 청탁서에 씌어 있는 바와 같이 직업에 보람을 크게 느껴 본 일도 드물고 크고 작은 좌절을 슬기롭게 극복하지도 못했고 외길을 꾸준히 걸어온 전문가도 되지 못한 사람이라 부끄러운 마음이 앞서지만 세상에는 나 같은 보통 사람이 더 많을 터이니 이 글을 읽는 이들에게 오히려 공감을 느끼게 해 드리리라는 생각에 용기를 내어 펜을 들었다. 나의 걸어온 길이 좌절과 실패로 점철되어 있을지라도 있는 그대로 진솔하게 적고 싶다.

나는 유복한 가정에 태어나 별 고생없이 자라 큰 어려움없이 세상에서 명문이라는 학교를 거쳐 박사 학위도 받고 대학 교수, 외교관, 고급 공무원 등의 다채로운 경력을 쌓아 왔다. 그러나 스스로는 주어진 환경 아래 언제나 최선을 다하지 못한 것을 반성하며 늦게나마 분발하려고 애쓰고 있다.

나의 오랜 교수 및 공무원 생활이 화공 연구와 관련되었으므로 나를 서울 공대 화공과 출신으로 알고 있는 과학 기술계 인사들이 많은데 실은 나는 섬유 공학과에 입학했다가 후에 미국 유학을 가서 화학 공학으로 전공을 바꿨다.

나는 소년 시절부터 독서를 좋아하여 문학이나 역사 같은 인문계를 지망하였는데 가친과 담임 선생님이 굳이 화공과를 강요하시는 바람에 이공계를 지망하게 된 것이다. 경기 고등학교 졸업반 때 나의 성적은 우등을 할까말까 한 정도였는데 달마다 치르는 대입 모의 고사에는 나도 놀랄 정도로 좋은 성적을 번번이 내는 것이었다. 그것이 진짜 실력이라면서 교장 선생님과 담임 선생님은 그 당시 제일 공부 잘하는 학생들이 가는 화공과에 지망해도 잘하면 일등까지도 할지 모른다고 추켜대는 바람에 철모르는 어린 나이에 별 생각 없이 화공과를 지망하게 된 것이다. 그러나 결과는 내 인생의 첫

좌절이었다. 그해 서울대 수학(數學) 입시 문제가 너무 쉬워 화공과
에 들어가려면 거의 만점을 받아야 했는데 나는 경솔하게도 무슨
원의 직경을 반으로 나누는 사소한 일을 깜빡하는 바람에 2지망인
섬유과로 입학하게 되었다. 한순간의 실수가 한평생의 이력서에 쫓
아다니는 우리 나라 인습은 유감스럽게 아직까지도 사라지지 않고
있다.

공대 2학년 때 군복무를 하고 있을 때 미리 버클리에 유학간 누나
가 내 대신 입학 원서를 화학과로 내서 제대 후에 화학과로 가게 되
었는데 첫학기 화학 실험에서 옷에 온통 구멍만 내고 말아 재미가
금세 없어졌다. 그래서 원래 가고 싶었던 과로 돌아가기로 마음을
먹고 화공과로 전과 신청을 했더니 그대로 승인이 되어 화공과로
옮겼다. 미국 대학에서는 학생 스스로 판단한 적성을 이렇게 존중
하는 것이다.

60년대 중반까지만 해도 미국에서도 석유 화학 공업이 번창하여
화공과에 우수한 학생이 많이 몰려들어 3학년 올라가기 전 화공 입
문 과목을 하는 데 반 이상이 이 과목에서 낙제를 받아 타과로 옮겼
다. 암기 교육으로 자란 나는 군복무 직후라 모든 걸 다 까먹은 상
태여서 공학의 기본이라고 할 수 있는 물질 및 에너지 보존 법칙의
개념을 제대로 알고 있지 못해 첫 중간 고사에서 반에서 꼴지를 했
다. 그 후 분발해서 낙제는 면해 다른 과로 전과할 필요는 없었으니
지금 생각하면 다행스런 일이었다. 나는 너무 큰 대학에서 고생을
많이 했기 때문에 대학원은 산골에 있으면서도 색깔있는 전통을 지
닌 것으로 알려진 콜로라도 광산 공대(Colorado School of Mines)로
진학해 폭넓은 공부를 하면서 박사 학위를 취득한 다음 71년초 설립
된 한국 과학원의 화공과 교수 1호로 부임해 7년 동안 재직했다.

첫 두 해는 준비 기간으로 학생 선발을 하지 않았기 때문에 학문

적인 발전은 희생해야 했지만 오늘날 우리 과학 기술계를 젊어지고 있는 동량들을 배출한 기초를 다졌다는 보람은 언제까지나 느낄 것이다. 지금의 과기원 학생들도 물론 우수하지만 초기의 학생들은 한국의 최고 엘리트였다. 그렇지만 그들도 한결같이 암기식 교육의 챔피언들이었다. 복잡한 미분 방정식 문제는 척척 풀면서도 실제 간단한 시스템을 수학적으로 모사(模寫)하는 일에는 깜깜이었다. 결국 기초적 보존 법칙의 개념을 터득하지 못하고 대학을 졸업한 것이다. 그들도 미국 대학에 가면 나처럼 꼴지할 것이라는 생각에 나는 해병대식 교육으로 거의 매시간 강의에 앞서 퀴즈를 내어 이들이 공학자로서의 기본을 갖출 수 있도록 도와준 것을 기억하고 있다.

7년 만에 과학원을 떠나게 된 것은 아주 우연히 나에게 찾아온 일이었다. 당시 과학 기술처 장관이었던 최형섭(崔亨燮) 박사께서 외국의 과학관(Science Attaché)의 대부분이 대학 교수 출신이라면서 조순탁(趙淳卓) 원장께 주불 대사관의 과학관으로 과학원 교수 가운데 한 사람의 추천을 요청했다. 당시 불어를 할 줄 아는 유일한 과학원 교수였던 내가 지명되었다. 인생 항로의 중요한 방향 전환에 대해 일주일 동안 고민하며 생각한 끝에 국제화와 기술 협력의 다변화의 첨병이 되는 좋은 기회라고 생각이 되어 파리로 떠나기로 결정하였다. 그런데 3년 임기를 마치면 과학원으로 복귀하겠다던 예정이 적당한 후임자가 없었는지 두 번 임기를 반복하고 나서야 비로소 과기처 화공 연구 조정관으로 귀국하게 되었다.

파리의 6년여는 나와 가족에게 여러 가지로 풍성한 결실을 가져다 주었다. 유럽 각국의 문화 유산을 나름대로 철저히 공부하며 섭렵(涉獵)하고 원자력, 고속 전철, 해양 연구 등의 기술 협력 증진에 정력을 쏟으면서 매일 겪는 일을 꼼꼼히 기록했다. 방대한 양의 원고에 '외교관의 파리 일기'라는 제목을 붙여 미당 서정주 선생님께 보여 드렸더니 아주 좋아하시며 서문까지 적어 주신 지가 5년이 지 났는데도 아직까지 이런저런 사정으로 출판을 못하고 있다.

79년의 석유 파동 때는 파리에 본부를 두고 있는 국제 에너지 기 구(IEA)에 매일 개근하다시피하며 당시 초미(焦眉)의 관심사였던 유가(油價) 동정에 관해 본국에 일일 보고를 한 것도 나름대로 국가 에 도움이 되었을 것이라고 자부한다.

나는 '7'이라는 숫자와 무슨 인연이 있는 것 같다. 귀국하고 화공 연구 조정관을 6년 하고 다시 일곱 번째 해에 국립 중앙 과학 관장 으로 자리를 옮겼다. 직업 공무원으로는 가장 높다는 차관보급으로 의 승진이었는데 이는 공무원 생활을 국장급인 2급에서 시작한 지 14년 만의 '초저속 승진'이었다. 빨리 올라가는 사람들을 볼 때마 다 속이 전혀 안 상했다고 하면 거짓말이겠지만 나는 전문직이라는 것을 보람과 긍지로 알고 최장수 조정관으로서 우리 나라 화학 및 화공 분야의 연구 관리의 일도 아주 즐기면서 했다.

화공 연구 조정관 때 한 일 중 기억에 남을 만한 것은 특정 연구 개발 사업의 정착, 물질 특허 도입에 대비한 신물질 개발 사업의 추 진, 생명 과학 연구소의 전신인 유전 공학 연구소의 설립, 88 올림 픽 때 우리 과학 기술을 세계에 과시한 도핑 컨트롤 센터 사업 등이 있다.

나의 '칠년 만의 외출'의 주기(週期)는 1급 승진에서 끊어졌다. 평소에 '과학은 문화다'라는 생각에 깊이 젖어 있던 나는 과학관장 이야말로 내가 죽을 때까지 해볼 만한 자리라고 생각했다. 대전의 새 청사 개관 준비로 불철주야 온 정성을 쏟고 국제 심포지엄 등 개 관 행사를 나름대로 멋있게 치른 뒤 '움직이는 과학관, 연구하는 과 학관'의 기치를 들고 여러 가지 사업을 신나게 개척하려 할 때 1년 만에 국가 과학 기술 자문 회의 사무처장으로 발령을 받게 되었다. 서울이 고향이면서도 나는 대덕 연구 단지를 떠나는 것이 못내 아쉽기만 했다. 그때 여직원들이 나를 보내면서 눈물을 보이며 나와 함께 찍은 송별 사진을 주었던 것을 나는 귀한 보물로 항상 간직할 것이다.

우여곡절 끝에 재작년에 공직에서 물러나 과학 기술 연구소에 잠깐 있다가 현재의 자리로 온 지 1년여가 지났다. 에너지 연구는 나의 전공과도 관련이 있고 '과학 기술의 오페라'라고도 할 수 있는 종합적인 분야이기 때문에 나는 이를 하늘이 내게 주신 마지막 봉사의 장으로 알고 열심히 일하고 있다.

이제 지천명(知天命)의 오십줄에 깊숙이 들어와 지난날을 생각해 볼 때 큰 이룸은 없으나 욕심없이 정직하게 주어진 일에 임했다고 자부한다. 그러나 프랑스 정부에서도 훈장을 받았는데 충성을 다한 조국으로부터는 훈장도 받지 못하고 1년이 모자라 공무원 연금 대상에서도 제외된 것은 아쉽고 부끄러운 일이 아닐 수 없다.

"다시 태어나도 같은 길을 걷겠다"고 말할 수 있는 이들이 나는 부럽다.

나는 다시 태어나면 같은 길을 걷고 싶지 않을 것 같다. 그러나 어쩔 수 없이 똑같은 길을 되풀이하게 될 것이라는 것을 숙명처럼 느낀다.

그렇다. 나에게 주어진 길은 하늘이 정해 주시는 것이다. 나는 오늘도 내일도 그 길을 묵묵히 걸어갈 것이다.

감동적(感動的)인 한 가족사(家族史)를 읽으며

이 상 우

사랑하는 사람과는 비록 죽음이라는 극한 상황이 닥치더라도 마음을 멀게 하지 못한다는 것이 〈못다쓴 편지〉를 읽으면서 느낀 점이다.

이 책에 앞서 상재된 김진흥(金振興) 선생의 〈못다한 약속〉을 읽으면서도 이 같은 느낌은 마찬가지였다. 부부의 정과 모자의 정, 그리고 부자의 정을 각기 다른 각도에서 감동을 받게 해준 내용이었다.

김호기(金虎起) 씨의 어머니에 대한 가슴 저미는 그리움과 아들에 대한 어머니 향정(香庭) 한무숙(韓戊淑) 여사의 사랑은 아무리 시간이 흘러도 잊혀지거나 퇴색되지 않을 것이다. 두 사람의 사랑은 생사를 초월한 신앙의 경지에 이르러 있음이 피부에 와 닿기 때문이다.

김호기 씨는 어머니를 '구원의 여신'으로 생각한다고 했다. 향정은 예술가로서의 생애뿐 아니라 아내로서, 며느리로서, 그리고 특히 어머니로서 훌륭한 생애를 살았다는 것을 이 책은 진솔하게 보여 준다.

D.H. 로렌스는 "나의 어머니를 나는 연인처럼 사랑했다"고 고백한 일이 있다. 김호기 씨가 간직한 어머니상도 '어머니이며 동시에 신앙이고 연인'이었던 것 같다.

부모가 부모로서 존경받고, 아들딸들의 가슴에 아름다운 모습으로 영원히 살아 있게 한다는 것은 참으로 어려운 일이다.

점점 각박해져 가는 요즘의 핵가정과는 달리 훈훈하고 품위 있고 정에 얽힌 한 가정의 삶을 들여다보며 더욱 가슴 뭉클한 감명을 받았다.

신혼 시절부터 시부모 봉양에 일상(日常)을 바치는 어려운 생활 속에서도 문학을 향한 정열을 버리지 않고 고난을 오히려 예술로 승화시켰을 뿐 아니라 고생스러운 타국 땅을 멀다 않고 드나들며 자기 완성에 열중한 자녀들 오남매를 아침 저녁 집에서 보살피듯이 너무도 자상하게 돌보아 준 모정이 슬프도록 아름답다. 또한 멀리 떨어져 있으면서도 매일처럼 문안 올리듯 글을 보낸 아들의 효성 또한 지극하다.

향정 한무숙 선생은 이미 하늘 나라에 가셨지만 그 가족들에겐 아직도 따뜻한 숨결로 살아 있음을 이 책을 대하는 사람이면 누구나 공감하게 될 것이다.

이 글은 단순한 사모곡(思母曲)만이 아니다. 지난해에 발간된 부군 김진흥 선생의 〈못다한 약속〉에서 다 못한 이야기를 이 책에서 많이 보충했지만 아직도 이 가족사에는 애절하고 소중한 이야기가 더 남아 있으리라고 생각된다. 〈못다쓴 편지〉에도 이들 부부의 깨끗하고 고고했던 생애와 인간으로서의 고뇌가 가슴을 아프게 한 대목이 많았다. 누구도 흉내낼 수 없는 생사관에 감탄하기도 했다.

김호기 씨의 〈못다쓴 편지〉는 이 책을 펴냄으로써 끝나는 것이 아

303

널 것이다. 긴 세월이 흘러도 문단 후배, 지인들에게 잊혀질 수 없는 아름다운 관계로 기억되리라 생각한다.

한 시대의 예술가로서, 모범적인 사회인으로서, 성공적인 아내로서, 그리고 따뜻하고 자상한 어머니로서 한세상을 살며 큰 족적을 남긴 한무숙 선생의 명복을 다시 한 번 빈다.

(소설가, 언론인)

책을 엮고 나서 다시 한 번 읽어 보니 어딘가 매듭이 지어 있지 않고 6통의 편지의 앞뒤가 들쭉날쭉하는 등 부족한 점이 한두 가지가 아니다.

가친께서는 마지막 7신을 써서 어머니의 답신을 받지 못하는 안타까움을 절절하게 나타내라는 주문을 하신다.

그러나 나는 나의 원고에 손질을 하고 싶지는 않다. 아버지 말씀이 백번 지당하시지만 나대로의 표현 방법을 아버지께서 사랑으로 허락하시리라 믿고 이 후기를 쓰기로 했다. 무릇 인생지사(人生之事)에 어디가 일사불란(一絲不亂)한 순서가 있을 수 있는가. 오히려 외견으로는 들쭉날쭉한 일들이 그 다양성으로 해서 인생이 재미있고 아름답게 수놓아 가는 것이리라. 그러므로 나는 내 생애의 여러 단계를 기억하는 6통의 편지 하나하나가 그 서투름에도 불구하고 나의 사랑하는 천국의 어머니께 하나의 조화를 이루며 전달되고 있음을 감히 믿어 마지않는 것이다.

나의 작은 생각으로는 어머니는 장남인 내가 율곡(栗谷) 선생의 만분의 일 만한 인물이 되었다면 사임당 신씨(師任堂 申氏)에 못지않은 우리의 이상형의 여성상이 되셨을 것이다. 군림하지 않고 항상 자신보다는 가족과 사회를 먼저 생각하며 하느님의 가르침을 따르신 것은 사임당도 보이지 못했던 덕목이었다. 그런 위대한 어른을 어머니로 모시는(나는 여기에 현재형을 강조한다. 내 마음속에는 늘 살아 계신 어른이니까) 기쁨을 나의 모자라는 글이 독자 여러분께 전달될 수 있다면 그보다 더 큰 기쁨이 없을 것이다.

내 마음속에는 주 안에 함께 하시는 어머니의 영혼과 오늘도 내일도 끊임없이 "못다쓴 편지"가 교환될 것이다.

김호기(金虎起)

1960. 2.　京畿 中・高等學校 卒業
1960. 3.　서울大學校 工科大學 纖維工學科 入學
1961~1963　陸軍 服務
1963~1966　University of California, Berkeley 化工學士
1966~1970　Colorado School of Mines 化工學 博士
1971~1978　韓國科學院 助教授 및 副教授
1977~1978　科學技術處 審議官(二級)
1978~1984　駐佛大使館 科學官(二級)
1984~1990　科學技術處 化工研究調整官(二級)
1990~1991　國立中央科學館 館長(一級)
1991~1993　國家科學技術諮問會議 事務處長(一級)
1994. 4.~1994. 9.　科學技術政策管理研究所 責任研究員
1994. 9.~현재　에너지資源技術開發持援센터 所長

賞勳

1992. 5. France 政府勳章 國家功勞章士官章(Officier de l'Ordre National du Mérite)

못다쓴 편지

초판　1 쇄 인쇄　1997년　1월 25일
초판　1 쇄 발행　1997년　1월 30일

지은이　金　虎　起
엮은이　韓 戊 淑 財 團
펴낸이　鄭　鎭　肅
펴낸곳　(주) 을유문화사

서울시 종로구 수송동 46-1
전화 733-8151~3・734-3515
FAX. (02) 732-9154
1950년 11월 1일 등록 제 1-292 호
대체구좌 010041-31-0527069

지은이와의
협의하에
인지생략

＊ 파본은 바꾸어 드립니다.　　값 6,000원

ISBN 89-324-7069-3 03810